KB151544

외국인을 위한
한국 현대문학 산책
Modern Korean Literature

외국인을 위한
한국 현대문학 산책
Modern Korean Literature

이선이 · 구자황 지음

한국문화사

일러두기

1. 여기에 수록한 작품은 외국인의 이해를 돕기 위해 원문이 한자로 되어 있는 경우에 한자를 괄호 안에 넣어 병기하였으며, 원작의 의도를 훼손하지 않는 수준에서 방언이나 비표준어 혹은 어려운 고어는 부분적으로 표준어로 수정하여 제시하였다. 다만 작가와 작품의 의도를 해치지 않기 위해 산문의 경우에 대화체에서는 옛 표기를 최대한 살렸으며, 시는 원문을 그대로 실었다.

2. 이 교재의 맞춤법, 띄어쓰기, 문장부호, 기호 등은 한국어 맞춤법 규정에 따랐다. 다만 외국인에게 명확한 의미 전달을 위해 필요하다고 판단되는 경우나 작품의 의도를 살리기 위해 필요한 부분, 그리고 사회적으로 관용화된 전문용어는 붙여쓰기를 하였다.

3. 작품은 '「 」'로, 작품집은 '『 』'로, 신문은 '《 》'로 표기하였다.

4. 작품에 등장하는 인물의 이름은 작품에서 주로 사용하고 있는 것을 그대로 따랐다. 성과 이름을 함께 사용한 경우와 성을 빼고 이름만을 사용한 경우가 있다.

5. 이 교재에서 '남한'은 '대한민국'을, '북한'은 '조선민주주의인민공화국'을 뜻한다.

This work was supported by the Academy of Korean Studies Grant funded by the Korean Government (MEST, Basic Research Promotion Fund) (AKS-2009-LC-3003)

디자인 | 유승회
그림 | 맹혜영

글로벌 한국학 교재 시리즈를 펴내며

세계화는 이제 더 이상 구호가 아니라 현실입니다. 오랫동안 단일한 문화와 민족 구성을 유지해 온 한국 안에서도 외국인을 만나는 일은 일상적인 풍경이 되었습니다. 이러한 세계화의 흐름은 한국의 대학 현실에도 많은 변화를 요구하고 있습니다. 이미 한국 대학에 입학한 외국인 학생 수가 6만 명을 넘어섰습니다. 이들은 대부분 한국을 배우려는 열정을 품고 한국을 찾은 젊은이들입니다. 하지만 이들의 꿈과 열정이 제대로 결실을 맺을 수 있기 위해서는 어떠한 내용을 어떻게 가르칠 것인가에 대한 한국 대학의 고민이 좀 더 깊어져야 할 때라는 반성이 앞섭니다. 또한 한국을 배우려는 열기는 해외 대학에서도 점점 뜨거워지고 있습니다. 인접 국가인 중국과 일본을 포함하여 동남아시아와 중앙아시아 등에서 한국을 보다 깊이 있게 배우려는 한국학 학습자는 증가 추세입니다. 한국을 배우려는 국내외의 이러한 현상을 지켜보며, 우리가 보다 진지하게 이들의 관심에 부응해야 할 때가 아닌가 하는 생각이 절실해집니다.

나름대로 아쉬움은 있겠지만 이미 여러 종류의 교재를 발간한 한국어교육 분야의 교재 개발은 괄목할 만한 수준을 보여주고 있습니다. 하지만 한국어를 어느 정도 배운 학습자들이 한국을 체계적으로 공부하고자 할 때, 이들의 요구를 충족시켜 줄 수 있는 한국학의 기초 교재 개발은 아직 초보적인 수준을 벗어나지 못하고 있는 형편입니다. 이런 점에서 외국인을 위한 한국학의 기초 교재 개발은 시급한 사안이 아닐 수 없습니다. 물론 한국학의 외연이 넓고 전공주의가 견고하게 자리 잡고 있는 한국적 학문 풍토에서 다학문적(多學問的) 성격을 가진 교재를 만드는 작업이 흔쾌히 발을 들여 놓을 수 있는 영토는 분명 아닙니다. 실제로 이로 인한 부담감이 만만치 않지만, 국내외의 한국학에 대한 열기를 생각한다면 지금이야말로 누군가 앞장서서 체계적이고 유기적인 교재 개발을 해야 할 때가 아닌가 합니다. 이러한 현실을 직시하며 우리 경희대학교 국제지역연구원에서는 한국학연구소 산하에 '글로벌한국학교재개발실'을 설립하고, 한국을 배우려는 외국인을 위한 한국학 교재 시리즈를 기획하게 되었습니다. 아무도 가지 않은 길을 앞서 가는 이의 두려움과 설렘을 동시에 느끼면서 말입니다.

　우리의 이러한 작업에 현실적으로 큰 격려가 된 것은 한국학중앙연구원의 '한국학진흥사업단'에서 지원한 글로벌 한국학 교육자료 개발 사업이었습니다. 기존의 한국어 열풍을 한국학에 대한 관심으로 이끌기 위해 지역 맞춤형 교육 자료를 개발하고자 하는 이 지원 사업은, 우리가 한국학 기초 교재를 개발하는 데 큰 힘이 되었습니다. 감사의 마음을 전합니다.

　앞으로 경희대학교 국제지역연구원의 글로벌한국학교재개발실에서는 외국인이 한국을 체계적으로 배울 수 있도록 다양한 교재 개발을 지속해 나갈 것입니다. 우리의 이러한 노력이 진정한 글로벌 한국학을 향한 작은 밑거름이 되기를 소망해 봅니다.

경희대학교 국제지역연구원 한국학연구소 소장
이선이

외국인을 위한 『한국 현대문학 산책』을 펴내며

이 책은 외국인이 한국 현대문학의 흐름과 경향을 쉽게 이해할 수 있도록 만든 현대문학 작품 읽기 교재이다. 그동안 국내외에서 발간된 외국인을 위한 한국문학 선집들을 살펴보면, 고전문학과 근대문학에 속하는 작품들이 주를 이루었다. 상대적으로 해방 이후의 작품을 다룬 교재가 별로 없고, 오늘날에 이르기까지 한국 현대문학의 주요 작가와 작품을 간명하게 소개한 교재는 전무하다고 해도 과언이 아니다.

물론 해방 이후의 한국 현대문학에는 해당 작가의 수나 작품의 양이 방대할 뿐만 아니라 문학사적 평가도 온전히 이루어지지 않은 상태라 주요 작가와 작품 선정에 어려움이 적지 않은 것도 현실이다. 하지만 외국인에게 한국문학을 가르치는 국내외의 교육현장에서는, 한국 현대문학의 흐름과 주요 작품을 소개한 교재의 필요성이 수차례 제기된 바 있었다. 이제야 이러한 요구에 부응하게 된 것이 늦은 감도 있지만, 나름의 감회도 적지 않다.

이 책은 필자와 구자황 선생님이 공동으로 작업한 결과물이다. 책의 전체 구성 및 작가와 작품 선정에 대해 함께 논의한 후, 현대시의 대표 작품에 대해서는 필자가, 현대소설의 대표 작품에 대해서는 구자황 선생님이 도맡아 원고를 집필하였다. 비평·희곡·수필의 경우에는 7장과 15장은 필자가, 4장과 11장은 구자황 선생님이 집필하였다. 서로 협의하고 조율하였지만 시각을 조정하지 못한 부분도 적지 않다. 향후 보완을 계속해 나가고자 한다.

이 책이 발간되기까지 많은 분들의 도움이 있었다. 우선 작품 선정과 체제를 결정하는 데에는 해외대학에서 한국문학을 가르치고 계신 여러 교수님들의 도움이 컸다. 감사의 마음을 전하고 싶다. 또한 이 책의 기획에서 발간까지 크고 작은 일들을 도맡아 준 경희대학교 글로벌한국학교재개발실의 백지윤 연구원께도 감사의 마음을 전하는 바이다. 해외에서 가르친 경험을 살려 많은 도움을 주었다. 또 아무런 대가도 바라지 않고 그림을 제공해 주신 맹혜영 선생님의 따뜻한 마음은 내내 잊지 못할 것이다. 마지막으로 좋은 책을 만들기 위해 애써준 한국문화사 유승희, 허미양 님께도 고마운 마음 전하고 싶다.

2012년 10월 이선이

Ⅰ. 역사의 소용돌이 속에서

| 해방에서 1960년대까지의 한국문학

II. 민족현실의 문학적 형상화

Ⅰ 1970년대의 한국문학

III. 민중과 역사의 만남

| 1980년대의 한국문학

IV. 탈이념의 현실과 내면의 언어

| 1990년대의 한국문학

I

역사의
소용돌이 속에서

ㅣ해방에서 1960년대까지의 한국문학

Modern Korean Literature

제1장 서정의 세계와 참여의 언어

국화(菊花) 옆에서

| 서정주

한국적인 소재와 주제를 전통적인 정서와 운율로 표현한 서정주는, 해방 이후 한국시를 대표하는 시인으로 손꼽힌다. 대표작의 하나인 「국화 옆에서」는 불교의 윤회사상을 바탕으로 생명 탄생의 신비를 노래하고 있다.

5

서정주(徐廷柱, 1915년~2000년)
시인. 호는 미당(未堂). 1936년 《동아일보》 신춘문예에 「벽」이 당선되면서 작품 활동을 시작하였다. 주로 불교사상을 바탕으로 자기성찰을 담은 시를 썼다. 대표작으로는 「귀촉도(歸蜀途)」, 「국화 옆에서」, 「무등(無等)을 보며」, 「자화상(自畵像)」 등이 있으며, 시집으로는 『화사집(花蛇集)』(1941), 『귀촉도』(1948), 『신라초(新羅抄)』(1961), 『질마재 신화』(1975) 등이 있다.

운율(韻律): 시에서 행을 이루는 단어의 배열과 글자의 발음에 의하여 일정한 리듬감을 느끼게 하는 것
윤회사상(輪回思想): 생명이 있는 것은 죽어도 다시 태어나 생이 반복된다고 하는 불교사상
소쩍새: 한국문학 작품에서 주로 시련, 고난, 한(恨) 등을 상징하는 새
조이다: 초조해 하거나 긴장하다.
머언: '먼'의 시적 표현
뒤안길: 분명하게 드러나 있지 않고 다른 것에 가려져 있는 것
인제: '이제'의 시적 표현
노오란: '노란'의 시적 표현
간밤: 지난밤 또는 어젯밤
무서리: 늦가을에 처음 내린 서리. 서리란 기온이 영하로 내려갈 때 공기 중에 있는 수증기가 물체 표면에 닿아 얼어붙은 것을 말함.

한 송이의 국화꽃을 피우기 위해
봄부터 소쩍새는
그렇게 울었나 보다.

10

한 송이의 국화꽃을 피우기 위해
천둥은 먹구름 속에서
또 그렇게 울었나 보다.

15

그립고 아쉬움에 가슴 조이던
머언 먼 젊음의 뒤안길에서
인제는 돌아와 거울 앞에 선
내 누님같이 생긴 꽃이여.

20

노오란 네 꽃잎이 피려고
간밤엔 무서리가 저리 내리고
내게는 잠도 오지 않았나 보다.

25

30

‖ 작품의 이해와 감상

이 시는 미당 서정주가 1947년에 발표한 4연 13행의 자유시로, 국화꽃이 피는 과정을 인간의 정신적 성숙 과정과 연관시키며 생명 탄생의 신비를 노래한 작품이다. 이 시는 봄에서 가을까지의 계절 변화를 배경으로 시상이 전개되는데, 이러한 시상 전개는 젊은 시절에서 원숙한 중년에 이르는 삶의 변화를 비유한다. 이처럼 이 시에는 국화가 피는 과정과 인간의 정신적 성숙 과정이 겹쳐져 있다.

시적 화자는 한 송이의 국화꽃을 피우기 위해 봄에는 소쩍새가 울었고 여름에는 천둥이 울었으며 가을에는 무서리가 내렸다고 말한다. 이러한 인식은 국화꽃을 독립된 존재가 아니라 소쩍새, 천둥, 무서리로 상징되는 외부적인 존재와 연관성을 가지는 관계적 존재로 인식한 결과이다. 따라서 이 시는 수많은 외부적 존재와 연관된 생명체로 '한 송이의 국화꽃'을 노래하고 있다. 한편 이 시에서 국화꽃이 피는 과정은 누님의 정신적 성숙과정으로 비유된다.

시적 화자가 국화꽃을 누님에 비유한 것은, 국화꽃이 피기 위해서는 긴 시간을 홀로 견디는 성숙의 시간이 필요하다고 생각하기 때문이다. 그러므로 이 시는 방황과 시련을 스스로 이겨낸 인내의 결과물로 '한 송이의 국화꽃'을 노래하고 있다. 이러한 두 가지 의미를 고려해 보면, 이 시에는 하나의 생명이 탄생하는 데에는 외적인 존재들의 협조와 내적인 노력이 함께 해야 한다는 인식이 담겨있다. 세계를 이와 같이 인식하는 방식은 불교의 인연설이며, 이 시는 인연설을 형상화한 것으로 볼 수 있다. 이러한 인식을 바탕으로 봄, 여름, 가을로 이어지는 시간의 흐름에 따른 시상 전개와 국화와 누님이라는 상징어의 사용이 유기적으로 결합되면서 이 시는 매우 높은 완성도를 보여준다.

인연설(因緣說)
불교에서는 사물이나 어떤 일이 생겨난 이유를 인연이라는 말로 설명한다. 이 말은 세상에 존재하는 모든 것이 직접적 원인인 '인(因)'과 간접적 원인인 '연(緣)'이 결합되어 생겨났음을 뜻한다. 불교사상의 영향으로 한국인들은 세상의 모든 것이 연관되어 있다고 생각하기 때문에 인연을 매우 소중하게 여긴다.

연(聯): 시에서 몇 행을 한 단위로 묶어 이르는 말
행(行): 시에서 한 줄을 이르는 말
자유시(自由詩): 정해진 형식에 얽매이지 않고 자유로운 형식으로 표현한 시
시상(詩想): 시에 나타난 사상이나 감정
시적 화자(詩的話者): 시에서 이야기를 이끌어가는 자아
유기적(有機的): 전체를 구성하고 있는 각 부분이 연결되어 있어 따로 뗄 수 없음을 이르는 말

꽃

| 김춘수

김춘수는 초기에 존재의 본질은 무엇인가라는 철학적인 질문을 시를 통해 탐구한 시인이다. 그의 초기 대표작인 이 시는 사물의 존재론적 의미를 인식하는 과정을 통해 사람들이 서로에게 의미 있는 존재가 되고자 하는 열망을 노래하고 있다.

5

김춘수(金春洙, 1922년~2004년)

시인. 1948년 『죽순(竹筍)』에 「온실(溫室)」을 발표하며 작품 활동을 시작하였다. 그는 서구의 상징주의 시 이론을 받아들여 초기에는 그리움의 서정을 감각적으로 읊었으나, 점차 사물의 본질을 의미보다는 이미지로 나타내었다. 대표작으로는 「꽃」, 「꽃을 위한 서시」, 「샤갈의 마을에 내리는 눈」 등이 있으며, 시집으로는 『꽃의 소묘(素描)』(1959), 『부다페스트에서의 소녀의 죽음』(1959), 『처용단장』(1974) 등이 있다.

내가 그의 이름을 불러주기 전에는
그는 다만
하나의 몸짓에 지나지 않았다.

10

내가 그의 이름을 불러주었을 때
그는 나에게로 와서
꽃이 되었다.

15

내가 그의 이름을 불러준 것처럼
나의 이 빛깔과 향기에 알맞은
누가 나의 이름을 불러다오.
그에게로 가서 나도
그의 꽃이 되고 싶다.

20

우리들은 모두
무엇이 되고 싶다.

25

너는 나에게 나는 너에게
잊혀지지 않는 하나의 눈짓이 되고 싶다.

30

‖ 작품의 이해와 감상

이 시는 김춘수가 1952년에 발표한 4연 15행의 자유시이다. 이 시인은 초기에는 주로 사물의 존재와 의미를 탐구하였고, 후기에는 대상에 대한 설명이나 논리적인 요소에서 벗어나 이미지만으로 시상을 드러내는 시를 썼다. 이 시는 초기시의 대표작으로, 우리가 존재를 인식하는 과정을 통해 서로에게 의미 있는 존재가 되고자 하는 인간의 열망을 노래하고 있다.

이 시의 제재인 '꽃'은 구체적인 사물로서의 꽃을 가리키는 것은 아니다. 여기에서 '꽃'은 서로에게 무의미한 존재에서 벗어나 의미 있는 존재가 된 대상을 비유한다. 따라서 시적 화자는 1연과 2연에서 무의미한 존재인 대상이 어떻게 의미 있는 존재가 되는지의 과정을 보여준다. 이 과정에서 중요한 행위는 대상의 '이름'을 불러주는 것이다. 이때 '이름'은 대상이 가지고 있는 존재의 본질에 해당한다. 즉 누군가가 대상이 가지고 있는 존재의 본질을 불러줄 때 비로소 대상은 '꽃'이 된다. 이는 일상 속에서 무심하게 지나치던 대상들도 관심을 가지고 보면 내 삶에 새로운 의미가 되는 것과 같은 이치이다. 시적 화자는 '하나의 몸짓'(1연)에 지나지 않는 대상이 다가와 '꽃'(2연)이 되면서 서로에게 의미 있는 존재가 되는 과정을 담담한 어조로 들려주고 있다.

3연에서는 시적 화자도 누군가에게 의미 있는 존재가 되고 싶다는 강렬한 열망을 노래한다. 이러한 열망은 시적 화자만이 아니라 모든 인간이 가진 꿈이기도 하다. 따라서 4연에서는 '나'와 '너'가 서로에 대해 의미 있는 존재가 되고 싶어 한다는 보편적인 인간의 바람을 노래하고 있다. 이처럼 이 시는 존재의 본질에 대한 인식 과정을 노래한 전반부(1연과 2연)와 서로에게 의미 있는 존재가 되고 싶은 열망을 노래한 후반부(3연과 4연)로 나누어져 있다. 관념적인 시가 많이 창작되지 않는 한국 현대시의 풍토에서, 이 시는 관념적인 주제를 쉬운 시어로 형상화하고 있어 유독 돋보인다.

무의미시(無意味詩)

1960년대에 김춘수 시인이 자신의 문학적 성향을 밝히면서 만든 용어이다. 그가 말한 무의미시는 의미가 없는 시라는 뜻이 아니라 의미를 배제하고 주로 이미지(image)를 보여주는 데 중점을 두는 시로, 이러한 이미지를 통해 독자가 나름대로 어떤 의미들을 생각해 낼 수 있다는 전제 아래 시도한 실험적 시이다.

무심(無心): 관심이 전혀 없음.
어조(語調): 말을 할 때 소리의 높낮이에 변화를 주는 일
풍토(風土): 어떤 일의 바탕이 되는 제도나 조건을 비유적으로 이르는 말
형상화(形象化): 어떤 소재를 작가의 일정한 의도에 따라 예술적으로 재창조하는 일을 이르는 말

눈

| 김수영

김수영은 민주주의에 대한 한국인의 요구가 분출한 4·19혁명정신을 대표하는 시인으로, 문학이 사회변화에 앞장서야 한다는 참여문학을 주장하였다. 그의 대표작인 이 시는 부정한 현실을 비판적으로 인식하려는 깨어있는 정신과 순수한 삶에 대한 지향을 노래하고 있다.

5

김수영(金洙暎, 1921년~1968년)

시인. 1945년 『예술부락』에 「묘정(廟庭)의 노래」를 발표하면서 작품 활동을 시작하였다. 그는 초기에 모더니즘적 시를 발표하였으나 4·19혁명 이후 현실에 대한 비판의식과 저항정신을 바탕으로 한 사회성 짙은 시를 주로 창작하였다. 대표작으로는 「푸른 하늘을」, 「어느 날 고궁(古宮)을 나오면서」, 「폭포」, 「풀」 등이 있으며, 시집으로는 『달나라의 장난』(1959), 『거대한 뿌리』(1974) 등이 있다.

눈은 살아있다
떨어진 눈은 살아있다
마당 위에 떨어진 눈은 살아있다

10

기침을 하자
젊은 시인(詩人)이여 기침을 하자
눈 위에 대고 기침을 하자

15

눈더러 보라고 마음 놓고 마음 놓고
기침을 하자

눈은 살아 있다
죽음을 잊어버린 영혼(靈魂)과 육체(肉體)를 위하여

20

눈은 새벽이 지나도록 살아있다

기침을 하자
젊은 시인(詩人)이여 기침을 하자

25

눈을 바라보며

기침: 갑작스럽게 거친 숨이 목구멍에서 터져 나오는 것을 이르는 말
가래: 폐에서 목구멍에 이르는 공간에서 생기는 끈끈한 물질

밤새도록 고인 가슴의 가래라도
마음껏 뱉자

30

‖ 작품의 이해와 감상

　이 시는 김수영이 1957년에 발표한 4연 16행의 자유시로, 부정한 현실을 비판적으로 인식하는 깨어있는 정신과 양심을 지키려는 의지를 노래하고 있다. '눈'을 제재로 하는 이 시는, '눈'의 살아있음과 젊은 시인의 '기침'을 대비시킴으로써 부정한 현실을 비판하는 행동하는 양심을 일깨우고자 한다. 이러한 주제를 효과적으로 드러내기 위해 1연과 3연에서는 '눈은 살아있다'라는 말이, 2연과 4연에서는 '기침을 하자'라는 말이 반복된다. 또한 여기에 어절이 덧붙여지면서 주제를 점차적으로 강조하는 점층법이 사용되고 있다. 이러한 반복법과 점층법은 부정한 현실에 맞서려는 시적 화자의 단호한 의지를 표현하는 데에 효과적 기법으로 활용된다.

　시적 화자는 기침도 자유롭게 할 수 없는 억압적인 상황에 처해 있다. 이러한 시적 화자에게 '눈'은 순수한 가치를 간직하고 있는 존재로 인식된다. '살아있다'라는 말의 반복은 시적 화자가 죽음과 같은 현실에 처해 있음을 역설적으로 말해 주고 있다. 따라서 시적 화자는 자신이 처해 있는 죽음과 같은 현실을 비판함으로써 눈처럼 살아있는 존재가 되고자 한다. 이 시에서 이러한 살아있음의 확인은 기침을 하는 행위로 비유된다. 시적 화자는 기침을 할 것을 반복적으로 권유함으로써 순수한 삶에 대한 열망을 드러낸다. 그러므로 4연에서 '밤새도록 고인 가슴의 가래'를 뱉는 행위는 부패하고 부정한 현실에 대한 비판의지를 강하게 드러낸 것으로 볼 수 있다.

　이 시의 '젊은 시인'은 참여시를 쓴 시인 자신으로도 볼 수 있다. 이 시가 발표된 1957년은 이승만 대통령과 자유당이 장기집권을 하며 독재정치를 해 나가던 때로 표현의 자유가 매우 억압되던 시기였다. 따라서 이 시에는 이러한 부정하고 부패한 현실을 비판하고 이에 저항하고자 하는 시인의 의지가 잘 드러나 있다. 이러한 의지는 당시 민주주의를 열망했던 한국 국민들의 열망을 고스란히 담아낸 것으로 해석가능하다.

껍데기는 가라

| 신동엽

신동엽은 김수영과 함께 4·19혁명의 변혁의지를 작품에 담아낸 대표적인 시인이다. 그는 주체적인 역사의식을 가진 시인으로 민중적 저항의식을 시적으로 표현하였다. 이 시는 부패한 권력과 외세에 대한 저항의식을 바탕으로 한민족의 원초적 순수성을 회복하여 분단현실을 극복하고자 하는 열망을 노래하고 있다.

신동엽(申東曄, 1930년~1969년)

시인. 1959년 《조선일보》 신춘문예에 「이야기하는 쟁기꾼의 대지」가 당선되면서 작품 활동을 시작하였다. 그는 역사의식을 담은 민족적 리얼리즘(realism)을 추구하였으며, 해방 이후 민중적 민족시를 정착시키는데 선구적인 역할을 하였다. 대표작으로는 「껍데기는 가라」, 「금강(錦江)」 등이 있으며, 시집으로는 『아사녀(阿斯女)』, 『신동엽전집』(1975), 『누가 하늘을 보았다 하는가』(1979) 등이 있다.

신춘문예(新春文藝): 매해 봄마다 신문사에서 아마추어(amateur) 작가들을 대상으로 벌이는 문예 경연대회

사월(四月): 1960년 4·19혁명이 일어난 달을 이르는 말. 4·19혁명이란 한국 국민들이 당시 정부의 독재와 부정부패, 부정선거에 항의하여 벌인 민주의 혁명을 말함.

동학년(東學年): 동학농민운동이 일어난 1894년을 이르는 말. 동학농민운동이란 잘못된 정치를 바로잡고 외국의 침략에 대항하여 나라를 지키고자 했던 동학교도와 농민들이 힘을 모아 일으킨 운동을 말함.

곰나루: 동학농민전쟁이 일어났던 충청도 공주의 지명

아우성: 여럿이 함께 떠들썩하게 부르짖는 소리

초례청(醮禮廳): 전통 혼례를 치르는 장소

껍데기는 가라.
사월도 알맹이만 남고
껍데기는 가라.

껍데기는 가라.
동학년 곰나루의, 그 아우성만 살고
껍데기는 가라.

그리하여, 다시
껍데기는 가라.
이곳에선, 두 가슴과 그 곳까지 내 논
아사달과 아사녀가
중립의 초례청 앞에 서서
부끄럼 빛내며
맞절할지니

껍데기는 가라.
한라에서 백두까지
향그러운 흙가슴만 남고
그, 모오든 쇠붙이는 가라.

5

10

15

20

25

30

‖ 작품의 이해와 감상

이 시는 신동엽이 1967년에 발표한 4연 17행의 자유시로, 근대(近代, modern)에 접어들면서 계속된 외세의 간섭과 남과 북으로 나누어진 분단현실을 극복하고자 하는 의지를 보여주고 있다. 우선, 장구한 한국사를 배경으로 하는 이 시에는 역사적 사건들이 소재로 활용되고 있다. 4·19혁명(1960년), 동학농민운동(1894년), 아사달과 아사녀(통일신라), 분단현실(현재)이 그것이다. 이러한 소재를 통해 시인은 평화롭고 건강한 삶을 살았던 고대의 삶과 외세의 침탈과 남북분단으로 이어진 불행한 근대사를 대립적으로 인식하며, 근대사의 불행을 극복하고자 한 민중의 순수함과 당당한 저항의지를 노래한다.

이 시에는 '껍데기'와 '알맹이', '쇠붙이'와 '흙가슴'이라는 상반된 시어의 대조가 두드러진다. 여기에서 '껍데기'와 '쇠붙이'는 사회적인 불의와 부정을 상징하거나 외세의 개입과 분단현실을 의미한다면, '알맹이'와 '흙가슴'은 민족적 주체성을 상징하거나 인간의 원초적 순수함을 간직한 평화로운 세계를 의미한다. '껍데기'와 '쇠붙이'라는 시어는 '가라'라는 서술어와 호응하면서 시적 화자의 현실 극복의지를 보여준다. 이와는 대조적으로 '알맹이'와 '흙가슴'은 '남고'라는 서술어와 호응하면서 시적 화자가 지향하는 화해와 통일의 세계를 비유하고 있다. 특히 각 연마다 '껍데기는 가라'가 반복되면서 이 시의 시적 긴장감은 점점 높아진다. 시간적 배경만으로 볼 때, 이 시는 현재에서 출발하여 과거로 거슬러 올라갔다 다시 현재로 되돌아오는 순환구조를 보인다. 이러한 시간적 순환구조는 과거를 통해 현재의 문제를 분명하게 인식하도록 만든다.

이 시는 군부독재로 인해 한국 국민들의 민주화에 대한 열망이 억눌리고 남북한이 이데올로기(ideology) 면에서 심각하게 대립하던 시기에 발표되었다. 이러한 시대상황하에서 이 시는 군부독재와 분단현실에 대한 강한 비판의식을 드러냄으로써, 한국문학에 있어서 문학의 현실참여의식을 보여준 대표적인 작품으로 평가된다.

아사달(阿斯達)과 아사녀(阿斯女)

경주 불국사의 석가탑에 얽힌 설화에 등장하는 인물로, 평범한 민중을 표상한다. 설화에 의하면, 백제 사람이었던 '아사달'이 신라의 경주로 와서 탑을 만들게 되었는데, 그의 아내인 '아사녀'가 탑이 완성되기를 기다리다 지쳐 그만 연못에 비친 탑의 환영을 보고 물속에 뛰어들었다 한다. 시간이 흘러 탑을 완성한 '아사달'은 아내가 죽었다는 소식을 전해 듣고 '아사녀'를 부르며 연못 속에 뛰어들어 함께 죽었다고 한다. 신동엽은 그의 시에서 설화 속의 '아사달'과 '아사녀'를 민중을 대표하는 상징적인 존재로 형상화하였다.

장구(長久)하다: 매우 길고 오래되다.
침탈(侵奪): 땅, 권리, 재산 등을 불법적으로 빼앗음.

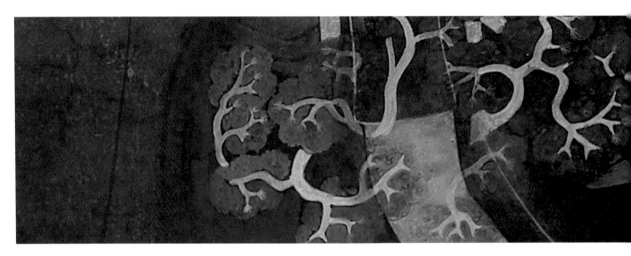

Modern Korean Literature

제2장 해방과 운명 앞에서

1. 이태준, 「해방 전후」
2. 김동리, 「역마」

해방 전후 - 한 작가의 수기(手記)

| 이태준

이태준은 1930년대를 대표하는 소설가로, 예술성을 강조한 문학단체 〈구인회〉를 만들어 활동하였으며 단편소설의 양식을 새롭게 하는 데 크게 기여한 작가이다. 그의 작품 세계는 예술성을 강조했던 이전의 시기와 달리 해방을 겪으면서 많이 달라지는데, 「해방 전후」는 1946년에 발표한 해방 이후의 대표작 가운데 하나이다. 이태준은 주인공을 통해 당시 지식인이 겪었던 심리적 갈등과 해방 직후에 좌우로 대립하던 사회상을 보여준다.

이태준(李泰俊, 1904년~미상)

소설가. 호는 상허(尙虛). 1925년 《시대일보》에 「오몽녀(五夢女)」를 발표하면서 작품 활동을 시작하였다. 뛰어난 단편작가로 알려져 있다. 대표작으로는 「밤길」, 「패강냉(浿江冷)」, 「돌다리」, 「해방전후 (解放前後)」 등이 있으며, 소설집으로는 『달밤』(1934), 『구원의 여상』(1937), 『이태준 단편선』(1939), 『사상(思想)의 월야(月夜)』(1946) 등이 있다.

줄거리: 글의 중심이 되는 내용
검열(檢閱): 어떤 행위나 일을 살펴 조사하는 일. 또는 신문 기사, 출판, 연극, 영화 등의 내용을 미리 심사하여 그 발표를 제한하는 일
직원(直員): 일제강점기에 교육기관에서 일을 맡아 보던 사람
좌익(左翼): 급진적이거나 사회주의 혹은 공산주의를 주장하는 정치적 입장
신탁통치(信託統治): '신탁통치'란 국제연합으로부터 잠정적으로 통치를 위임받은 나라가 정치적 혼란이 있는 지역을 통치하는 일을 말함.

‖ 줄거리

일제 말기, 서울에서 살던 작가 '현'은 일본의 탄압과 검열이 심해지자 시골로 내려간다. '현'은 그곳에서도 감시를 받는 처지이긴 하지만, 성품이 곧고 현실을 비판하기 좋아하는 '김직원'과 교류하며 세월을 보낸다. 그러던 어느 날 '김직원'이 일제에 비판적인 모임에 참가했다는 이유로 경찰서에 붙잡혀 들어가고, '현'은 일제의 패망과 조선의 독립 소식을 듣고 서울로 올라온다.

서울에 온 '현'은 해방 이후의 상황에 혼란스러워하다 고민 끝에 좌익 문인단체에 참여한다. 그 즈음 시골에서 '김직원'이 찾아오고, 반가운 마음에 두 사람은 해방 전후의 이야기로 한 나절을 보낸다. 하지만 두 사람은 예전 같지 않은 어색함을 느끼게 된다. 신탁통치에 반대하면서 과거의 정부를 꿈꾸는 '김직원'의 모습을 바라보며 '현'은 안타까운 마음에 사로잡힌다.

인용한 (1)은 일제 말기, 두 사람이 서로 마음을 의지하며 지내던 때의 모습이고, (2)는 주인공 '현'이 해방 이후 서로의 생각이 다르다는 것을 느끼며 안타까워하는 장면이다.

(1) 낚시질을 못 가는 날은 현은 책을 보거나 그렇지 않으면 김직원을 찾아갔고 김직원도 현이 강에 나가지 않았음직한 날은 으레 찾아왔다. 상종한다기보다 모시어 볼수록 깨끗한 노인이요, 이 고을에선 엄연히 존경을 받아야 옳을 유일한 인격자요 지사였다. 현은 가끔 기인여옥(其人如玉)이란 이런 이를 가리킴이라 느꼈다. 기미년 삼일운동 때 감옥살이로 서울에 끌려 왔었을 뿐 조선이 망한 이후 한 번도 자의로는 총독부가 생긴 서울엔 오기를 피한 이다. 창씨를 안 하고 견디는 것은 물론, 감옥에서 나오는 날부터 다시 상투요 갓이었다. 현과는 워낙 수십 년 연장(年長)인데다 현이 한문이 부치어 그분이 지은 시를 알지 못하고, 그분이 신문학에 무관심하여 현대문학을 논담하지 못하는 것엔 서로 유감일 뿐, 불행한 족속으로서 억천 암흑속에 일루의 광명을 향해 남몰래 더듬는 그 간곡한 심정의 촉수만은 말하지 않아도 서로 굳게 잡히고도 남아 한두 번 만남으로 서로 간담을 비추는 사이가 되었다.

　하루 저녁은 주름 잡히었으나 정채 돋는 두 눈에 눈물이 마르지 않은 채 찾아왔다. 현은 아끼는 촛불을 켜고 맞았다.

　"내 오늘 다 큰 조카자식을 행길에서 매질을 했소."

　김직원은 그저 손이 부들부들 떨리고 있었다. 조카 하나가 면서기로 다니는데 그의 매부, 즉 이분의 조카사위 되는 청년이 일본으로 징용당해 가던 도중에 도망해 왔다. 몸을 피해 처가에 온 것을 이곳 면장이 알고 그 처남더러 잡아오라 했다. 이 기미를 안 매부 청년은 산으로 뛰어올라갔다. 처남 청년은 경방단의 응원을 얻어 산을 에워싸고 토끼 잡듯 붙들어다 주재소로 넘기었다는 것이다.

　"강박한 처남이로군!"

　현도 탄식하였다.

　"잡아오지 못하면 네가 대신 가야 한다고 다짐을 받았답디다만 대신 가기루서 제 집으로 피해 온 명색이 매부 녀석을 경방단들을 끌구 올라가 돌팔매질을 하면서꺼정 붙들어다 함정에 넣어야 옳소? 지금 젊은 놈들은 쓸개가 없습넨다!"

　"그러니 지금 세상에 부모기로니 그걸 어떻게 공공연히 책망하십

상종(相從): 서로 따르며 친하게 지냄.
지사(志士): 나라와 민족을 위하여 자기 몸을 바쳐 일하려는 높은 뜻을 가진 사람
기인여옥(其人如玉): 인격이 옥(玉)과 같이 맑고 깨끗한 사람
자의(自意): 자기의 생각이나 의견
논담(論談): 사물의 옳고 그름을 논하여 말함.
억천(億千): 셀 수 없을 만큼 많은 수를 비유적으로 이르는 말
일루(一縷): 실 한 가닥이라는 뜻으로, 매우 약하거나 불확실하게 유지되는 상태를 이르는 말
촉수(觸手): 가장 끝의 민감한 부분
간담(肝膽): 사람의 몸속에 있는 장기인 간과 쓸개를 아울러 뜻하는 말로, 속마음을 비유적으로 이르는 말
매질: 사람이나 동물을 막대기나 몽둥이로 때리는 짓
면서기(面書記): 지방 행적 구역인 '면'의 사무소에서 사무를 맡아보는 사람
매부(妹夫): 누나의 남편
징용(徵用): 강제로 사람을 데려가 일을 시킴.
경방단(警防團): 일제강점기에 일본이 화재 방지를 위해 조직한 단체로, 일본인의 안전과 한국인 감시 등을 목적으로 함.
주재소(駐在所): 일제강점기에 일본 경찰이 머무르면서 일하던 기관
강박하다(剛薄——): 매우 딱딱하고 인정이 없다.
돌팔매질: 무엇을 맞히기 위해 돌멩이를 던지는 것
책망(責望): 잘못을 지적하여 말하며 못마땅하게 여김.

니까?"

"분해 견딜 수가 있소! 면소서 나오는 놈을 노상이면 어떻소. 잠자 코 한참 대설대가 끊어져 나가도록 패주었지요. 맞는 제 놈도 까닭 을 알 게고 보는 사람들도 아는 놈은 알았겠지만 알면 대사요."

이날은 현도 우울한 일이 있었다. 서울 문인보국회(文人報國會)에서 문인궐기대회가 있으니 올라오라는 전보가 온 것이다. 현에게는 엽 서 한 장이 와도 먼저 알고 있는 주재소에서 장문 전보가 온 것을 모 를 리 없고 일본제국의 흥망이 절박한 이때 문인들의 궐기대회에 밤 낮 낚시질만 다니는 이 자가 응하느냐 안 응하느냐는 주재소뿐 아니 라 일본인이요 방공 감시초장인 우편국장까지도 흥미를 가진 듯, 현 의 딸아이가 저녁 때 편지 부치러 나갔더니, 너희 아버지 내일 서울 가느냐 묻더라는 것이다.

김직원은 처음엔 현더러 문인궐기대회에 가지 말라 하였다. 가지 말라는 말을 들으니 현은 가지 않기가 도리어 겁이 났다. 그랬는데 다음날 두 번째 또 그 다음날 세 번째의 좌우간 답전을 하라는 독촉 전보를 받았다. 이것을 안 김직원은 그날 일찍이 현을 찾아왔다.

"우리 따위 노혼한 것들이야 새 세상을 만난들 무슨 소용이리까만 현공 같은 젊은이는 어떡하든 부지했다가 그에 한몫 맡아 주시오. 그러자면 웬만한 일이건 과히 뻗대지 맙시다. 징용만 면헐 도리를 해요."

그리고 이날은 가네무라 순사가 나타나서, 이틀밖에 안 남았는데 언제 떠나느냐, 떠나면 여행증명을 해가지고 가야 하지 않느냐, 만일 안 떠나면 참석 안 하는 이유는 무엇이냐, 나중에는, 서울 가면 자기 의 회중시계 수선을 좀 부탁하겠다 하고 갔다. 현은 역시,

'살고 싶다!'

또 한번 비명을 하고 하루를 앞두고 가네무라 순사의 수선할 시계 를 맡아 가지고 굿은비 뿌리는 날 서울 문인보국회로 올라온 것이 다.

노상(路上): 길거리의 위
대설대: 담배를 피우는 데 쓰는 기구의 일부분
문인보국회(文人報國會): 일제강점기에 일본을 지지하는 문인들이 모여 만든 친 일 문학단체
궐기대회(蹶起大會): 어떤 목적을 이루 기 위하여 힘차게 일어나는 큰 모임
전보(電報): 전신(電信)을 이용하여 빠르 게 메시지(message)를 전달하는 연락 방법
흥망(興亡): 잘되어 번성하여 일어남과 못되어 다해 없어짐을 아울러 이르는 말
절박(切迫)하다: 어떤 일이나 때가 가까 이 와서 매우 급하고 중요하다.
방공(防共): 공산주의 세력을 막아 냄.

5

10

15

20

25

30

(2) 김직원은 그 이튿날도 현을 찾아왔고 현도 그 다음날은 그의 숙소로 찾아갔다. 현이 찾아간 날은,

"어째 당신넨 탁치 받기를 즐기시오?"

하였다.

"즐기는 게 아닙니다."

"그러면 즐겁지 않은 것도 임정에서 반탁을 허니 임정에서 허는 건 덮어놓고 반대하기 위해서 나중엔 탁치꺼지를 지지헌단 말이지요?"

"직원님께서도 상당히 과격허십니다그려."

"아니, 다 산 목숨이 그러면 삼국 외상헌테 매수돼서 탁치 지지에 잠자코 끌려가야 옳소?"

"건 좀 과허신 말씀이구! 저는 그럼, 장래가 많어서 무엇에 팔려서 삼상회담을 지지허는 걸로 보십니까?"

그 말에는 대답이 없으나 김직원은 현의 태도에 그저 못마땅한 눈치만은 노골화하면서 있었다. 현은 되도록 흥분을 피하며, 우리 민족의 해방은 우리 힘으로가 아니라 국제 사정의 영향으로 되는 것이니까 조선 독립은 국제성의 지배를 벗어날 수 없는 것, 삼상회담의 지지는 탁치 자청이나 만족이 아니라 하나는 자본주의 국가요 하나는 사회주의 국가인 미국과 소련이 그 세력의 선봉들을 맞댄 데가 조선이라 국제간에 공개적으로 조선의 독립과 중립성이 보장되어야지, 급히 이름만 좋은 독립을 주어 놓고 소련은 소련대로, 미국은 미국대로, 중국은 중국대로 정치·경제 모두가 미약한 조선에 지하 외교를 시작하는 날은, 다시 이조말의 아관파천(俄館播遷)식의 골육상쟁과 멸망의 길밖에 없다는 것, 그러니까 모처럼 얻은 자유를 완전 독립에까지 국제적으로 보장되는 길을 택할 수밖에 없다는 것, 이왕조의 대한(大韓)이 독립전쟁을 해서 이긴 것이 아닌 이상, '대한' '대한' 하고 전제제국(專制帝國)시대의 회고감(懷古感)으로 민중을 현혹시키는 것은 조선 민족을 현실적으로 행복되게 지도하는 태도가 아니라는 것, 지금 조선을 남북으로 갈라 진주해 있는 미국과 소련은 무엇으로 보나 세계에서 가장 실제적인 국가들인만치, 조선 민족은 비실제적인 환

탁치(託治): '신탁통치'를 줄여서 부르는 말
임정(臨政): 1919년 4월 일본으로부터의 독립을 위하여 중국 상하이(上海)에 임시로 조직한 '대한민국 임시정부'를 줄여서 부르는 말
반탁(反託): '신탁통치'에 반대함.
외상(外相): 다른 나라와의 관계에서 필요한 정책, 조약 등을 담당하는 행정기관의 대표자를 이르는 말
매수(買收): 돈이나 물품 등으로 남을 꾀어 자기편으로 만듦.
삼상회담(三相會談): 미국(美國), 영국(英國), 소련(蘇聯)이 한반도의 신탁통치 등을 의논하기 위하여 연 회의
노골화(露骨化): 있는 그대로 숨김없이 드러나게 됨.
선봉(先鋒): 집단의 앞자리 또는 그 자리에 선 사람
이조(李朝): 조선(朝鮮)을 이르는 말로, 조선시대 왕의 성(姓)인 '이(李)'를 나라 이름에 붙인 '이씨 조선'을 줄여서 부르던 말
아관파천(俄館播遷): 조선 말기인 1896년 2월부터 다음해 2월까지 조선의 제26대 왕인 고종(高宗, 1863년~1907년 재위)과 그의 아들인 세자가 일본 세력으로부터 위협을 느껴 러시아(Russia) 공사관 건물로 거처를 옮긴 사건
골육상쟁(骨肉相爭): 가까운 친족끼리 서로 경쟁하고 다툼.
전제제국(專制帝國): 국가의 권력을 개인이 장악하고 그 개인의 의사에 따라 모든 일을 처리하는 국가
회고감(懷古感): 옛 자취나 지나간 일을 생각할 때 느껴지는 감정
진주(進駐): 군대가 임무 수행을 위해 한 지역에 머무름.

상이나 감상(感傷)으로가 아니라 가장 과학적이요, 세계사적인 확실한 견해와 준비가 없이는 그들에게 적정한 응수를 할 수 없다는 것, 현은 재주껏 역설해 보았으나 해방 이전에는, 현 자신이 기인여옥이라 예찬한 김직원은, 지금에 와서는, 돌과 같은 완강한 머리로 조금도 현의 말을 이해하려 하지 않고, 다만, 같은 조선 사람인데 '대한'을 비판하는 것만 탐탁지 않았고, 그것은 반드시 공산주의의 농간이라 자가류(自家流)의 해석을 고집할 뿐이었다.

그 후 한동안 김직원은 현에게 나타나지 않았다. 현도 바쁘기도 했지만 더 김직원에게 성의도 나지 않아 다시는 찾아가지도 못하였다.

탁치 문제는 조선 민족에게 정치적 시련으로 너무 심각한 것이었다. 오늘 '반탁' 시위가 있으면 내일 '삼상회담 지지' 시위가 일어났다. 그만 군중은 충돌하고, 지도자들 가운데는 이것을 미끼로 정권싸움이 악랄해 갔다. 결국, 해방 전에 있어 민족 수난의 십자가를 졌던 학병(學兵)들이, 요행 죽지 않고 살아온 그들 속에서, 이번에도 이 불행한 민족 시련의 십자가를 지고 말았다.

이런 우울한 하루였다. 현의 회관으로 김직원이 나타났다. 오늘 시골로 떠난다는 것이었다. 점심이나 같이 자시러 나가자 하니 그는 전과 달리 굳게 사양하였고, 아래층까지 따라 내려오는 것도 굳게 막았다. 전날 정리로 보아 작별만은 하러 들렀을 뿐, 현의 대접이나 인사는 긴치 않게 여기는 듯하였다.

"언제 서울 또 오시렵니까?"

"이런 서울 오고 싶지 않소이다. 시굴 가서도 그 두문동 구석으로나 들어가겠소."

하고 뒤도 돌아다보지 않고 분연히 층계를 내려가고 마는 것이었다. 현은 잠깐 멍청히 섰다가 바람도 쏘일 겸 옥상으로 올라왔다. 미국군의 지프가 물매미 떼처럼 서물거리는 사이에 김직원의 흰 두루마기와 검은 갓은 그 영자 너무나 표표함이 있었다.

응수(應酬): 상대의 말이나 행동에 대응하는 말이나 행동을 함.
역설(力說): 자기의 뜻을 힘주어 말함.
탐탁하다: 모양이나 태도 또는 어떤 일 따위가 마음에 들어 만족하다.
농간(弄奸): 자기의 이익을 위해 다른 사람을 속여 피해를 주는 짓
자가류(自家流): 객관적 사실에 따르지 않고 자기 생각이나 판단대로 하는 방식
부지(扶持)하다: 어렵게 버티어 유지해 나가다.
학병(學兵): 학생 신분으로 군대에 들어간 병사
요행(僥倖): 뜻밖에 얻은 행운
자시다: '먹다'의 높임말
정리(整理): 흐트러진 것이나 어수선한 것을 한데 모으거나 둘 자리에 두어서 질서 있는 상태가 되게 함.
긴(緊)하다: 필요하고 중요하다.
분연(奮然)하다: 떨쳐 일어서는 기운이 세차고 꿋꿋하다.
서물거리다: 뚜렷하지 않고 일렁이는 물결처럼 보이다.
영자(英姿): 매우 당당한 모습
표표(表表): 사람의 생김새나 옷차림 등이 눈에 띄게 두드러짐.

‖작품의 이해와 감상

이태준은 한국 '근대소설의 완성자'로 불릴 만큼 인물 묘사와 소설의 기교 및 구성에 있어서 탁월함을 보인 작가이다. 그의 단편소설에는 일제의 탄압으로 인해 고통 받는 지식인에서부터 불우한 시대를 살아가는 인간들에 이르기까지 다양한 인물상이 따뜻하게 그려진다. 몇몇 장편소설에는 민족주의적 경향이 강하게 드러나기도 하지만, 대체로 그의 소설에는 사라져가는 전통적인 것에 대한 아쉬움이 두드러지게 나타난다. 예술적인 경향을 보여주었던 해방 이전의 작품과는 달리 해방 이후의 작품에는 정치적인 성향이 표출되기도 한다.

이 소설에는 '한 작가의 수기(手記)'라는 부제가 달려있다. 이러한 부제에서 알 수 있듯이, 이 소설은 해방을 전후로 해서 작가 이태준이 겪고 느낀 점들이 충실하게 반영되어 있다. 주인공인 '현'은 작가 이태준의 고민과 판단을 대신하는 인물로 볼 수 있다. 소설은 그러한 '현'이 작가의 또 다른 분신이라고 할 수 있는 '김직원'과 교류하다 결별하는 과정을 보여준다. 소설의 전반부에서 '김직원'과 '현'은 일제 말의 현실에 대해 비판적이라는 점에서 비슷한 성향을 가진 인물로 그려진다. 그러나 '김직원'이 일제에 대한 비판에 적극적이라면 '현'은 소극적인 태도를 보인다. 그런데 해방이 되자 두 사람의 태도와 입장은 달라진다. '김직원'은 과거를 꿈꾸는 보수적인 민족주의 경향을 보인다면, '현'은 새로운 세계에 대한 긍정적이고 낙관적인 전망을 갖는다. 결국 이태준은 주인공 '현'의 변모를 통해 소극적이었던 자신의 과거를 비판하고 해방 이후 현실에 적극적으로 참여하게 된 과정을 소설로 제시하고 있는 셈이다.

이 소설은 주인공 '현'을 통해 해방공간에서 한국인이 겪어야 했던 고민과 갈등을 잘 보여준다. 특히 이 소설을 통해 우리는 이념적 갈등을 겪어야 했던 당시의 시대상황과 이러한 현실에 대한 문학인의 입장을 이해할 수 있다.

해방공간(解放空間)의 이념적 대립

해방공간이란 한국이 일본의 지배에서 벗어난 1945년 8월부터 남한에 단독 정부가 세워진 1948년 8월까지의 기간을 말한다. 한반도는 일제로부터 독립을 이루었으나, 자본주의와 사회주의를 대표하는 미국과 소련의 이념적 대립으로 인해 남한과 북한으로 분열하기에 이르렀다. 이 과정에서 한민족이라는 하나의 민족이 한반도 안에 두 개의 국가를 건설하게 되고, 한민족은 극심한 정치적 혼란을 경험하게 되었다. 이념 대립의 혼란 속에서 수많은 정치인은 물론 민간인들까지 희생되었다. 이러한 정치적 혼란은 분단체제로 이어졌다.

민족주의(民族主義): 민족의 생활이나 전통, 문화를 보존하고 그 독립성과 통일성을 유지 또는 발전시킬 것을 추구하는 사상

수기(手技): 자기의 생활이나 체험을 직접 쓴 기록

부제(副題): 책, 문학 작품 따위의 제목에 덧붙여 그것을 보충하는 제목

분신(分身): 한 몸체에서 갈라져 나온 또 다른 몸

사뭇: 아주 딴판으로.

모색(摸索): 어떤 일을 해결할 수 있는 바람직한 방법이나 해결책 따위를 이리저리 생각하여 찾음.

역마

| 김동리

김동리는 한국인의 전통적 삶과 정신세계를 깊이 있게 탐색한 작가이다. 그의 소설은 한국의 전설, 민담 등을 주요 소재로 활용하여 인간의 운명과 구원의 문제를 다루었다. 1948년에 발표한 「역마」는 해방 전에 창작된 「무녀도」, 「황토기」 등과 함께 김동리의 운명론적 문학관이 잘 드러난 작품이다.

김동리(金東里, 1913년~1995년)

소설가. 본명은 김시종(金始鍾). 호는 동리. 1934년 《조선일보》에 시 「백로(白鷺)」가, 1935년 《조선중앙일보》에 소설 「화랑(花郎)의 후예(後裔)」가 당선되면서 작품 활동을 시작하였다. 역사와 현실을 초월한 인간의 본질적 문제를 주로 다루었다. 특히 그는 계급주의 민족문학론에 대항하여 인간주의 문학론을 제창하며 문학의 순수주의를 표방하였다. 대표작으로는 「무녀도(巫女圖)」, 「역마(驛馬)」, 「사반의 십자가(十字架)」, 「을화(乙火)」 등이 있다.

민담(民譚): 예로부터 일반 민중 사이에서 전해져 내려오는 이야기
화개장터: 경상도와 전라도의 경계에 위치한 시장
남사당패: 무리를 지어 떠돌아다니면서 춤, 노래, 악기 연주 등의 재주를 보여준 남자 예인의 집단
장수: 이윤을 얻고자 물건을 파는 일을 직업으로 하는 사람
사마귀: 피부 위에 작은 콩알만 한 크기로 볼록 튀어나온 살
이복(異腹): 아버지가 같고 어머니는 다름.
기력(氣力): 사람이 몸으로 활동할 수 있는 힘
정처(定處): 정해진 곳 또는 일정하게 머물 수 있는 곳

▮ 줄거리

'옥화'는 화개장터에서 주막을 하며 살고 있는데, 아들 '성기'가 집밖으로 나돌아 다니길 좋아해 늘 걱정한다. '옥화'의 어머니는 남사당패와의 사이에서 '옥화'를 낳았고, '옥화' 자신도 떠돌이 중을 만나서 '성기'를 낳았기 때문에 '성기'가 한 곳에 정착해 살아가기를 바란다. 어느 날 '옥화'의 주막에 '체장수 영감'이 어린 딸 '계연'을 데리고 나타난다. 성기는 자연스레 '계연'에게 관심을 보이고 '계연'도 '성기'를 좋아한다. 그러자 '옥화'는 두 사람이 결혼해서 정착하기를 기대한다.

그러던 어느 날, '옥화'는 '계연'의 귀에 난 사마귀를 보고, '체장수 영감'이 자신의 아버지임을 알게 된다. 그리하여 '옥화'는 '계연'이 자신과 어머니가 다른 이복 자매라는 사실을 알게 되고, '성기'와 혼인시켜서는 안 된다고 생각한다. '옥화'가 '계연'을 억지로 떠나보내자, '성기'는 실의에 빠져 지낸다. 이를 보다 못한 '옥화'가 '성기'에게 모든 사실을 말해준다. 얼마 후 기력을 회복한 '성기'는 정처 없이 집을 나선다.

인용한 (1)은 '계연'이 떠나가는 장면이고, (2)는 모든 사실을 알게 된 '성기'가 자신의 운명을 받아들이기로 결심한 후, 새로운 삶을 찾아 떠나는 소설의 마지막 장면이다.

(1) "아가, 잘 가거라."

옥화는 계연의 조그만 보따리에다 돈이 든 꽃주머니 하나를 정표로 넣어 주며 하직을 하였다.

계연은 애걸하듯 호소하듯 한 붉은 두 눈으로 한참 동안 옥화의 얼굴을 쳐다보고만 있었다.

"또 오너라."

옥화는 계연의 머리를 쓸어 주며 다만 이렇게 말하였고, 그러자 계연은 옥화의 가슴에다 얼굴을 묻으며 엉엉 소리를 내어 울기 시작하였다.

옥화가 그녀의 그 물결같이 흔들리는 둥그스름한 어깨를 쓸어 주며,

"그만 울어. 아버지가 저기 기다리고 계신다."

하는 음성도 이젠 아주 풀이 죽어 있었다.

"그럼 편히 계시오."

영감은 옥화에게 하직을 하였다.

"할아부지 거기 가보시고 살기 여의찮거든 여기 와서 우리하고 같이 삽시다."

옥화는 또 한번 이렇게 당부하는 것이었다.

"오빠, 편히 사시오."

계연은 이미 시뻘겋게 된 두 눈으로 성기의 마지막 시선을 찾으며 하직 인사를 했다.

성기는 계연의 이 말에 꿈을 깬 듯, 마루에서 벌떡 일어나 계연의 앞으로 당황히 몇 걸음 어뜩어뜩 걸어오다간 돌연히 다시 정신이 나는 듯, 그 자리에 화석처럼 발이 굳어 버린 채, 한참 동안 장승같이 계연의 얼굴만 멍하게 바라보고 있었다.

"오빠, 편히 사시오."

이렇게 두 번째 하직을 하는 순간까지도, 계연의 그 시뻘건 두 눈은 역시 성기의 얼굴에서 그 어떤 기적과도 같은 구원만을 기다리는 것이었고 그러나, 성기는 그 자리에 주저앉아 버릴 뻔하던 것을 겨우 버드나무 가지를 움켜잡을 수 있었을 뿐이었다.

보따리: 물건을 싸는 작은 천인 보자기로 짐을 싸서 꾸린 뭉치

정표(情表): 간절한 정을 나타내기 위하여 주는 물건

하직(下直): 먼 길을 떠날 때 윗사람에게 작별을 알림.

풀: 활발한 기운이나 힘 있는 기세

여의(如意)찮다: 일이 계획대로 되지 않는다.

마루: 한국의 전통 주택에서, 방과 방 사이 또는 방 앞에 나무판으로 평평하게 깔아 놓은 공간

어뜩어뜩: 정신이 희미해져 어지럽거나 쓰러질 듯한 모양을 나타내는 말

돌연(突然): 뜻하지 않게 갑자기

장승: 나무 기둥이나 돌에 사람의 얼굴 모양을 새겨 마을 입구에 세운 것. 또는 키가 멋없이 큰 사람 혹은 우두커니 서 있는 사람을 비유적으로 이르는 말

계연의 시뻘겋게 상기된 얼굴은, 옥화와 그녀의 아버지가 그녀들을 지켜보고 있다는 것도 잊은 듯이 성기의 얼굴만 뚫어지게 바라보고 있었으나, 버드나무에 몸을 기대인 성기의 두 눈엔 다만 불꽃이 활활 타오를 뿐, 아무런 새로운 명령도 기적도 나타나지 않았다.

"오빠, 편히 사시오."   5

하고 거의 울음이 다 된, 마지막 목소리를 남기고 돌아선 계연의 저만치 가고 있는 항라적삼을, 고운 햇빛과 늘어진 버들가지와 산울림처럼 울려 오는 뻐꾸기 울음 속에, 성기는 우두커니 지켜보고 있을 뿐이었다.

10

(2) 성기가 다시 자리에서 일어나게 된 것은 이듬해 우수(雨水) 경칩(驚蟄)도 다 지나, 청명(淸明) 무렵의 비가 질금거릴 즈음이었다. 주막 앞에 늘어선 버들가지는 다시 실같이 푸르러지고 살구, 복숭아, 진달래 들이 골목 사이로 산기슭으로 울긋불긋 피고 지고 하는 날이었다.   15

아들의 미음 상을 차려 들고 들어온 옥화는 성기가 미음 그릇을 비우는 것을 보자, 이렇게 물었다.

"아직도 너, 강원도 쪽으로 가보고 싶냐?"

"……"   20

성기는 조용히 고개를 돌렸다.

"여기서 장가들어 나랑 같이 살겠냐?"

"……"

성기는 역시 고개를 돌렸다.

—그해 아직 봄이 오기 전, 보는 사람마다 성기의 회춘을 거의 다   25
단념하곤 하였을 때, 옥화는 이왕 죽고 말 것이라면, 어미의 맘속이나 알고 가라고, 그래 그 체장수 영감은, 서른여섯 해 전 남사당을 꾸며 와 이 '화개장터'에 하룻밤을 놀고 갔다는 자기의 아버지임에 틀림이 없었다는 것과, 계연은 그 왼쪽 귓바퀴 위의 사마귀로 보아 자기의 동생임이 분명하더라는 것을, 통정하노라면서, 자기의 왼쪽 귓   30

항라(亢羅): 여름옷을 만들기에 알맞은 명주, 모시, 무명실 등의 재료로 구멍이 송송 뚫어지게 짠 천의 한 종류
적삼: 윗몸에 입는 옷으로, 한 겹으로 된 홑옷
천륜(天倫): 부모 형제 사이에서 마땅히 지켜야 할 도리
우수(雨水): '겨울이 지나 비가 오고 얼음이 녹는다'는 뜻을 지닌 절기로, 양력 2월 18일경임. 절기란 한 해를 스물넷으로 나눈, 기후의 표준점을 이르는 말임.
경칩(驚蟄): '개구리가 겨울잠에서 깨어날 정도로 날씨가 풀린다'는 뜻을 지닌 절기로, 양력 3월 5일경임.
청명(淸明): '날이 가장 맑다'는 뜻을 지닌 절기로, 양력 4월 5일경임.
주막(酒幕): 옛날에 시골 길가에서 밥과 술 따위를 팔고 잠자리도 제공하던 주점이자 숙박집
미음(米飮): 쌀에 물을 많이 넣고 푹 끓여 만든 음식으로, 환자나 어린아이들이 먹기에 좋음.
회춘(回春): 봄이 다시 돌아온다는 뜻으로, 병에서 회복되어 건강해지거나 다시 젊어짐을 비유적으로 이르는 말
통정(通情): 남의 사정을 잘 알아주거나 내 사정을 남에게 알려 줌.

바퀴 위의 같은 검정 사마귀까지를 그에게 보여주었다.

"나도 처음부터 영감이 '서른여섯 해 전'이라고 했을 때 가슴이 섬뜩하긴 했다. 그렇지만 설마 했지, 그렇게 남의 간을 뒤집어 놀 줄이야 알았나. 하도 아슬해서 이튿날 악양으로 가 명도까지 불러 봤더니, 요것도 남의 속을 빤히 들여다보는 듯이 재줄대는구나, 차라리 망신을 했지."

옥화는 잠깐 말을 그쳤다. 성기는 두 눈에 불을 켜듯 한 형형한 광채를 띠고, 그 어머니의 얼굴을 쳐다보고 있었다.

"차라리 몰랐으면 또 모르지만 한번 알고 나서야 인륜이 있는디 어쩌겠냐."

그리고, 부디 에미 야속타고나 생각지 말라고, 옥화는 아들의 뼈만 남은 손을 눈물로 씻었다.

옥화의 이 마지막 하직같이 하는 통정 이야기에 의외로도 성기는 도로 힘을 얻은 모양이었다. 그 불타는 듯한 형형한 두 눈으로 천장을 한참 바라보고 있던 성기는 무슨 새로운 결심이나 하듯 입술을 지그시 깨물고 있었다.

아버지를 찾아 강원도 쪽으로 가볼 생각도 없다, 집에서 장가들어 살림을 할 생각도 없다, 하는 아들에게 그러나, 옥화는 이제 전과 같이 고지식한 미련을 두는 것도 아니었다.

"그럼 어쩔라냐 너 좋을 대로 해라."

"……"

성기는 아무런 말도 없이 도로 자리에 드러누워 버렸다.

그리고 나서 한 달포나 넘어 지난 뒤였다.

성기가 좋아하는 여러 가지 산나물이 화갯골에서 연달아 자꾸 내려오는 이른 여름의 어느 장날 아침이었다. 두릅 회에 막걸리 한 사발을 쭉 들이켜고 난 성기는 옥화에게,

"어머니, 나 엿판 하나만 맞춰 줘."

하였다.

"……"

섬뜩하다: 갑자기 무섭고 끔찍한 느낌이 들다.
야속(野俗): 상대방에게 섭섭한 마음이 들어 약간 불쾌함.
달포: 한 달이 조금 넘는 기간
엿판: 한국식 사탕류의 하나인 엿을 담아 놓은 판

옥화는 갑자기 무엇으로 머리를 얻어맞은 듯이 성기의 얼굴을 멍하니 바라보고 있었다.

그런 지도 다시 한 보름이나 지나, 뻐꾸기는 또다시 산울림처럼 건드러지게 울고, 늘어진 버들가지엔 햇빛이 젖어 흐르는 아침이었다. 새벽녘에 잠깐 가는 비가 지나가고, 날은 다시 유달리 맑게 갠 '화개장터' 삼거리 길 위에서, 성기는 그 어머니와 하직을 하고 있었다. 갈아입은 옥양목 고의적삼에, 명주수건까지 머리에 질끈 동여매고 난 성기는, 새로 맞춘 새하얀 나무 엿판을 질빵해서 느직하게 엉덩이 즈음에다 걸었다. 윗목판에는 새하얀 가락엿이 반 넘어 들어 있었고, 아랫목판에는 팔다 남은 이야기책 몇 권과 간단한 방물이 좀 들어 있었다.

그의 발 앞에는, 물과 함께 갈리어 길도 세 갈래로 나 있었으나, 화갯골 쪽엔 처음부터 등을 지고 있었고, 동남으로 난 길은 하동, 서남으로 난 길이 구례, 작년 이맘때도 지나 그녀가 울음 섞인 하직을 남기고 체장수 영감과 함께 넘어간 산모롱이 고갯길은 퍼붓는 햇빛 속에 지금도 환히 장터 위를 굽이 돌아 구례 쪽을 향했으나, 성기는 한참 뒤 몸을 돌렸다. 그리하여 그의 발은 구례 쪽을 등지고 하동 쪽을 향해 천천히 옮겨졌다.

한걸음 한걸음 발을 옮겨 놓을수록 그의 마음은 한결 가벼워져, 멀리 버드나무 사이에서 그의 뒷모양을 바라보고 서 있을 어머니의 주막이 그의 시야에서 완전히 사라져 갈 무렵 하여서는, 육자배기 가락으로 제법 콧노래까지 흥얼거리며 가고 있는 것이었다.

옥양목(玉洋木): 희고 얇은 천의 한 종류
고의적삼(袴衣-衫): 한국의 전통의복 가운데 여름에 입는 바지와 웃옷
명주(明紬): 가늘고 고운 실로 무늬 없이 짠 옷감
걸빵: 짐을 어깨에 멜 때 사용하는 줄

‖작품의 이해와 감상

　김동리는 서정주, 조연현과 함께 해방 이후의 순수문학 계열을 대표하는 작가이다. 그는 1930년대 말 이데올로기(ideology)를 담아내던 당시의 문학 경향을 비판하며 등장한 신세대 작가였다. 해방 후에는 문학의 순수성과 휴머니즘을 주장하며 지속적으로 작품 활동을 하였다.

　이 소설은 인간에게 주어진 거스를 수 없는 운명성을 다루고 있다. 소설에서 운명에 대한 저항은 '옥화'가 떠돌이로 살아갈 운명을 타고난 아들 '성기'가 한 곳에 정착해 살기를 바라면서 시작된다. '성기'와 '계연'의 사랑은 '성기'의 운명에 저항할 수 있는 계기가 된다. 하지만 '성기'와 '계연'의 관계가 혈연관계라는 사실로 인해, '옥화'와 '성기'는 결국 주어진 떠돌이의 운명을 받아들이게 된다. 따라서 '계연'과의 이별은 '성기'가 운명에 패배한 것이 아니라 오히려 이를 자신의 삶으로 받아들이고, 새로운 삶을 살게 되는 전환점이라 할 수 있다.

　이 작품의 배경이 된 화개장터는 실제 지명으로서, 소설의 주제와 밀접한 관련이 있는 공간이다. 화개장터는 경상도와 전라도가 만나는 경계지역에 있으며, 이곳은 두 지역을 가로지르며 흐르는 섬진강이 시작되는 곳이다. 즉 이곳은 합쳐지면서 나누어지고, 끝나면서 새로 출발하는 공간으로, 인간의 만남과 이별, 정착과 떠돎을 상징적으로 드러낸다고 볼 수 있다. 이 공간을 통해 작가는 만남과 이별로 이어지는 인간의 삶을 자연스럽게 비유하고 있다.

　김동리는 인간과 삶의 본질을 소설적으로 탐구하고자 한 작가이다. 특히 이 과정에서 그는 한국적인 삶의 궁극적 본질을 탐색하는 데 주력하였는데, 이 소설은 운명에 순응하는 이야기를 통해 한국인의 운명관을 담아낸 대표작으로 손꼽힌다.

한국인의 운명관(運命觀)
전통적으로 한국인들은 운명에 순응하며 살아야 한다는 믿음을 가지고 있었다. 이러한 운명관에는, 모든 일은 미리 정해진 바가 있기 때문에 인간의 의지와 노력으로 이를 바꿀 수 없다는 믿음이 담겨 있다. 한국인이 가진 이러한 운명관은 곧잘 사람이 태어날 때 정해진다는 사주팔자(四柱八字)에 대한 믿음으로 표출된다. 사주란 사람이 태어난 연(年), 월(月), 일(日), 시(時)를 가리키며, 팔자란 사주에 따라 다르게 타고난 운명을 알리는 여덟 글자를 가리킨다.

순수문학(純粹文學): 순수한 예술적 가치의 구현을 추구하는 문학으로, 흥미 위주의 대중문학이나 특정한 이념을 추구하는 문학의 이념화에 반발하여 등장함.
이데올로기(ideology): 개인이나 사회 집단의 사상, 행동, 생활방식을 구성하는 관념이나 신념의 체계
신세대(新世代): 과거부터 내려오거나 기존 세계가 가진 생각과 행동의 틀에서 벗어나 새로운 가치를 지향하는 세대를 이름.
휴머니즘(humanism): 인간의 존엄성을 최고의 가치로 여기고, 인종, 민족, 국가, 종교의 차이를 초월하여 인류의 공존과 복지를 증진시키고자 하는 사상이나 태도
주력(注力): 어떤 일에 온 힘을 기울임.

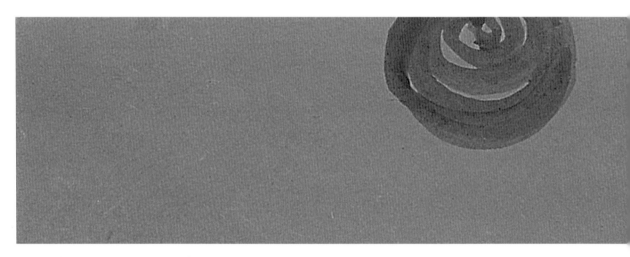

Modern Korean Literature

제3장 이념의 무게와 일상의 세계

1. 최인훈, 「광장」
2. 김승옥, 「역사(力士)」

광장

| 최인훈

최인훈은 1960년대를 대표하는 작가로, 남북 분단의 상황에서 방황하는 지식인의 내면에 주목한 작가이다. 관념적 문체와 철학적 사유가 특징인 최인훈은 한국문학사에서 지적인 계열의 작가로 평가된다. 그의 대표작 「광장」은 인간의 본질에 대해 철학적으로 접근하는 관념성과 분단 문제를 다루는 사회성을 잘 조화시킴으로써, 분단국가에서 살아가는 한국인의 고뇌를 한층 성숙하게 그려냈다.

최인훈(崔仁勳, 1936년~현재)

소설가이자 희곡작가. 1959년 『자유문학(自由文學)』에 「GREY 구락부 전말기」 등이 추천되어 작품 활동을 시작하였다. 그는 냉전 이데올로기의 대립 상황을 비판적으로 인식하며 존재론적 질문을 지속해 나간 작가로 평가된다. 대표작으로는 「광장」, 「구운몽」, 「회색인」 등의 소설과 「어디서 무엇이 되어 다시 만나랴」, 「옛날 옛적 훠어이 훠이」 등의 희곡이 있다.

고뇌(苦惱): 정신적 아픔과 괴로움에 시달림.
고초(苦楚): 심한 괴로움과 어려움
방탕(放蕩): 술, 성적 쾌락, 노름 등에 빠져 바르게 살지 못함.
만연(蔓延): 전염병이나 나쁜 요소가 널리 퍼짐.
환멸(幻滅): 어떤 일이나 사람에 대해 가졌던 기대나 이상, 꿈 등이 깨어질 때 느끼는 실망감이나 허무감
월북(越北): 남한에서 국경을 넘어 북한으로 감.
한국전쟁(韓國戰爭, 1950년~1953년): 북한이 남한을 무력으로 공산화시키기 위해 일으킨 전쟁
인민군(人民軍): 북한의 군대
포로(捕虜): 전쟁 중에 사로잡힌 상대편의 군사

‖ 줄거리

남한에서 철학을 전공하던 대학생 '명준'은 북한에 있는 아버지의 정치 활동이 알려지면서 경찰서에 끌려가 고초를 겪는다. 이 일을 계기로 그는 부패한 자본주의와 방탕한 자유가 만연한 남한사회에 환멸을 느끼고 이상적 삶을 찾아 월북하게 된다.

하지만 북한사회를 체험한 '명준'은 인간다운 삶과 자유가 없는 현실에 절망한다. 그 후 북한에서 신문기자로 일하던 '명준'은 사고로 병원에 입원하게 되고, 거기서 무용수인 '은혜'를 만나 사랑을 나눈다. 얼마 후 그녀가 유학을 떠나게 되어 둘은 헤어지게 된다.

한국전쟁이 일어나자 '명준'은 인민군 장교로 전쟁에 참가하게 되고 낙동강 전선에서 '은혜'를 극적으로 만난다. 그러나 그녀는 명준의 아이를 가진 채 죽게 되고 '명준'은 전쟁포로로 붙잡힌다. 포로를 송환하는 과정에서 북쪽 대표와 남쪽의 대표가 각각 자기들 쪽을 택할 것을 설득하지만, 그는 남한과 북한을 모두 거부하고 중립국을 선택한다. 그러나 중립국으로 향하는 배에서 '명준'은 바다에 뛰어들어 자살한다.

인용한 부분에는 남한과 북한의 대표가 '명준'을 설득하는 장면과 이러한 설득을 외면하는 '명준'의 심리가 서술되어 있다.

이런 사회. 그런 사회로 가기도 싫다. 그러나 둘 중에서 하나를 골라야만 한다. 박헌영 동지가 체포되었다 하오. 전해 듣게 된 그 흉한 소식. 아버지. 그는 막다른 골목에 몰린 짐승이었다. 그때, 중립국에 보내기가 서로 사이에 말이 맞았다. 막다른 골목에서 얼이 빠져 주저앉을 참에 난데없이 밧줄이 내려온 것이었다. 그때의 기쁨을 그는 아직도 간직한다. 판문점. 설득자들 앞에서처럼 시원하던 일이란, 그의 지난날에서 두 번도 없다.

방 안 생김새는, 통로보다 조금 높게 설득자들이 앉아 있고, 포로는 왼편에서 들어와서 바른편으로 빠지게 돼 있다. 네 사람의 공산군 장교와, 국민복을 입은 중공 대표가 한 사람, 합쳐서 다섯 명. 그들 앞에 가서, 걸음을 멈춘다. 앞에 앉은 장교가, 부드럽게 웃으면서 말한다.

"동무, 앉으시오."

명준은 움직이지 않았다.

"동무는 어느 쪽으로 가겠소?"

"중립국."

그들은 서로 쳐다본다. 앉으라고 하던 장교가, 윗몸을 테이블 위로 바싹 내밀면서, 말한다.

"동무, 중립국도, 마찬가지 자본주의 나라요. 굶주림과 범죄가 우글대는 낯선 곳에 가서 어쩌자는 거요?"

"중립국."

"다시 한번 생각하시오. 돌이킬 수 없는 중대한 결정이란 말요. 자랑스러운 권리를 왜 포기하는 거요?"

"중립국."

이번에는, 그 옆에 앉은 장교가 나앉는다.

"동무, 지금 인민공화국에서는, 참전 용사들을 위한 연금 법령을 냈소. 동무는 누구보다도 먼저 일터를 가지게 될 것이며, 인민의 영웅으로 존경받을 것이오. 전체 인민은 동무가 돌아오기를 기다리고 있소. 고향의 초목도 동무의 개선을 반길 거요."

"중립국."

송환(送還): 전쟁 때 붙잡은 적군이나 불법으로 입국한 사람들을 자기의 나라로 돌려보냄.

중립국(中立國): 국제관계에서 정치적·외교적으로 중간적인 입장을 취하는 나라

판문점(板門店): 남한과 북한의 군사 분계선 지역에 있는 마을로, 1953년에 한국 전쟁의 휴전협정이 맺어진 곳이며 이곳의 공식적인 명칭은 유엔(UN) 측과 북한 측의 '공동경비구역(JSA)'으로 결정됨.

중공(中共): '중국 공산당'을 줄여 이르는 말

동무: 마음이 서로 통하여 가깝게 사귀는 사람 또는 북한에서 사람들이 서로를 부르는 호칭

인민공화국(人民共和國): 인민이 주권을 갖고 직접 또는 대표 기관을 통하여 주권을 행사하는 국가

참전(參戰): 전쟁에 참가함.

연금(年金): 국가나 사회에 특별한 공로가 있거나 일정 기간 동안 국가 기관에서 일한 사람에게 해마다 주는 돈

개선(凱旋): 싸움에서 이기고 돌아옴.

그들은 머리를 모으고 소곤소곤 상의를 한다.

처음에 말하던 장교가, 다시 입을 연다.

"동무의 심정도 잘 알겠소. 오랜 포로 생활에서, 제국주의자들의 간사한 꼬임수에 유혹을 받지 않을 수 없었다는 것도 용서할 수 있소. 그런 염려는 하지 마시오. 공화국은 동무의 하찮은 잘못을 탓하기보다도, 동무가 조국과 인민에게 바친 충성을 더 높이 평가하오. 일체의 보복 행위는 없을 것을 약속하오. 동무는……."

"중립국."

중공 대표가, 날카롭게 무어라 외쳤다. 설득하던 장교는, 증오에 찬 눈초리로 명준을 노려보면서, 내뱉었다.

"좋아."

눈길을, 방금 도어를 열고 들어서는 다음 포로에게 옮겨 버렸다.

아까부터 그는 설득자들에게 간단한 한마디만을 되풀이 대꾸하면서, 지금 다른 천막에서 동시에 진행되고 있을 광경을 그려 보고 있었다. 그리고 그 자리에도 자기를 세워 보고 있었다.

"자넨 어디 출신인가?"

"……."

"음, 서울이군."

설득자는, 앞에 놓인 서류를 뒤적이면서,

"중립국이라지만 막연한 얘기요. 제 나라보다 나은 데가 어디 있겠어요. 외국에 가 본 사람들이 한결같이 하는 얘기지만, 밖에 나가 봐야 조국이 소중하다는 걸 안다구 하잖아요? 당신이 지금 가슴에 품은 울분은 나도 압니다. 대한민국이 과도기적인 여러 가지 모순을 가지고 있는 걸 누가 부인합니까? 그러나 대한민국엔 자유가 있습니다. 인간은 무엇보다도 자유가 소중한 것입니다. 당신은 북한 생활과 포로 생활을 통해서 이중으로 그걸 느꼈을 겁니다. 인간은……."

"중립국."

"허허허, 강요하는 것이 아닙니다. 다만 내 나라 내 민족의 한 사람이, 타향 만리 이국 땅에 가겠다고 나서니, 동족으로서 어찌 한마디 참고되는 이야길 안 할 수 있겠습니까? 우리는 이곳에 남한 2천만 동

보복(報復): 다른 사람에게 받은 피해나 고통을 되돌려 줌.

과도기(過渡期): 한 상태에서 다른 새로운 상태로 넘어가는 중간단계의 시기로, 사회적인 질서·제도·사상 등이 확립되지 않은 불안정한 시기를 뜻함.

타향(他鄉): 자기 고향이 아닌 지역

포의 부탁을 받고 온 것입니다. 한 사람이라도 더 건져서, 조국의 품으로 데려오라는…….”

“중립국.”

“당신은 고등교육까지 받은 지식인입니다. 조국은 지금 당신을 요구하고 있습니다. 당신은 위기에 처한 조국을 버리고 떠나 버리렵니까?”

“중립국.”

“지식인일수록 불만이 많은 법입니다. 그러나, 그렇다고 제 몸을 없애 버리겠습니까? 종기가 났다고 말이지요. 당신 한 사람을 잃는 건, 무식한 사람 열을 잃는 것보다 더 큰 민족의 손실입니다. 당신은 아직 젊습니다. 우리 사회에는 할 일이 태산 같습니다. 나는 당신보다 나이를 약간 더 먹었다는 의미에서, 친구로서 충고하고 싶습니다. 조국의 품으로 돌아와서, 조국을 재건하는 일꾼이 돼주십시오. 낯선 땅에 가서 고생하느니, 그쪽이 당신 개인으로서도 행복이라는 걸 믿어 의심치 않습니다. 나는 당신을 처음 보았을 때, 대단히 인상이 마음에 들었습니다. 뭐 어떻게 생각지 마십시오. 나는 동생처럼 여겨졌다는 말입니다. 만일 남한에 오는 경우에, 개인적인 조력을 제공할 용의가 있습니다. 어떻습니까?”

명준은 고개를 쳐들고, 반듯하게 된 천막 천장을 올려다본다. 한층 가락을 낮춘 목소리로 혼자말 외듯 나직이 말할 것이다.

“중립국.”

설득자는, 손에 들었던 연필 꼭지로, 테이블을 툭 치면서, 곁에 앉은 미군을 돌아볼 것이다. 미군은, 어깨를 추스르며, 눈을 찡긋 하고 웃겠지.

나오는 문 앞에서, 서기의 책상 위에 놓인 명부에 이름을 적고 천막을 나서자, 그는 마치 재채기를 참았던 사람처럼 몸을 벌떡 뒤로 젖히면서, 마음껏 웃음을 터뜨렸다. 눈물이 찔끔찔끔 번지고, 침이 걸려서 캑캑거리면서도 그의 웃음은 멎지 않았다.

준다고 바다를 마실 수는 없는 일. 사람이 마시기는 한 사발의 물. 준다는 것도 허황하고 가지거니 함도 철없는 일. 바다와 한잔의 물.

태산(泰山): 중국 산동성(山東省)에 있는 ‘타이산(Taishan)’을 한자음으로 읽은 것으로, 높고 큰 산 또는 크고 많음을 비유적으로 이르는 말
조력(助力): 힘을 써 도와줌 또는 그런 힘
용의(用意): 어떤 일을 하려고 마음을 먹음 또는 그 마음
허황(虛荒): 아무런 보람이나 실속이 없음.

그 사이에 놓인 골짜기와 눈물과 땀과 피. 그것을 셈할 줄 모르는 데 잘못이 있었다. 세상에서 뒤진 가난한 땅에 자란 지식 노동자의 슬픈 환상. 과학을 믿은 게 아니라 마술을 믿었던 게지. 바다를 한잔의 영생수로 바꿔 준다는 마술사의 말을. 그들은 뻔히 알면서 권력이라는 약을 팔려고 말로 속인 꼬임을. 어리석게 신비한 술잔을 찾아 나섰다가, 낌새를 차리고 항구를 돌아보자, 그들은 항구를 차지하고 움직이지 않고 있었다. 참을 알고 돌아온 바다의 난파자들을 그들은 감옥에 가둘 것이다. 못된 균을 옮기지 않기 위해서. 역사는 소걸음으로 움직인다. 사람의 커다란 모순과 업(業)에 비기면, 아무 자국도 못 낸 것이나 마찬가지다. 당대까지 사람이 만들어 낸 물질 생산의 수확을 고르게 나누는 것만이 모든 시대에 두루 맞는 가능한 일이다. 마찬가지 아닌가. 벌써 아득한 옛날부터 사람 동네가 알아낸 슬기. 사람이라는 조건에서 비롯하는 슬픔과 기쁨을 고루 나누는 것. 그래 봐야, 사람의 조건이 아직도 풀어 나가야 할 어려움의 크기에 대면, 아무것도 아니다. 사람이 이루어 놓은 것에 눈을 돌리지 않고, 이루어야 할 것에만 눈을 돌리면, 그 자리에서 그는 삶의 힘을 잃는다. 사람이 풀어야 할 일을 한눈에 보여 주는 것― 그것이 '죽음'이다. 은혜의 죽음을 당했을 때, 이명준 배에서는 마지막 돛대가 부러진 셈이다. 이제 이루어 놓은 것에 눈을 돌리면서 살 수 있는 힘이 남아 있지 않다. 팔자소관으로 빨리 늙는 사람도 있는 법이었다. 사람마다 다르게 마련된 몸의 길, 마음의 길, 무리의 길. 대일 언덕 없는 난파꾼은 항구를 잊어버리기로 하고 물결 따라 나선다. 환상의 술에 취해 보지 못한 섬에 닿기를 바라며. 그리고 그 섬에서 환상 없는 삶을 살기 위해서. 무서운 것을 너무 빨리 본 탓으로 지쳐 빠진 몸이, 자연의 수명을 다하기를 기다리면서 쉬기 위해서. 그렇게 해서 결정한, 중립국행이었다.

중립국. 아무도 나를 아는 사람이 없는 땅. 하루 종일 거리를 싸다닌대도 어깨 한번 치는 사람이 없는 거리. 내가 어떤 사람이었던지도 모를 뿐더러 알려고 하는 사람도 없다.

영생수(永生水): 마시면 영원히 살 수 있는 물
업(業): 사람에게 부여된 일. 불교에서는 사람이 이전 세계에서 지은 죄에 대한 벌을 지금의 세계에 와서 받게 된 것을 뜻함.
비기다: 서로 비교해 보다.
슬기: 일에 맞게 지혜롭게 판단하고 행동하는 능력
팔자소관(八字所關): 타고난 운명으로 인하여 어쩔 수 없이 당하는 일
난파꾼(難破―): 항해하던 중 폭풍우 등을 만나 부서지거나 뒤집힌 배에 탄 선원이나 사람

‖ 작품의 이해와 감상

　　최인훈의 「광장」은 해방에서부터 한국전쟁에 이르는 혼란스러운 시기를 배경으로, 진정한 인간적 삶이 무엇인지를 모색하고 있는 작품이다. 작가는 이 소설에서 '광장'과 '밀실'이라는 문학적 상징을 통해 이데올로기 문제를 인간의 근원적인 삶의 문제와 결부시킴으로써 깊이 있는 역사의식을 보여준다.

　　이 작품에서 '광장'은 공공의 장소이자 사회적인 삶의 공간을, '밀실'은 개인의 비밀스런 공간을 의미한다. 이것은 곧바로 남한사회와 북한사회의 차이로 설명된다. 북한은 모든 의사결정이 집단적으로 이루어지지만 개인의 자유가 없는 '광장'이며, 남한은 개인의 자유가 넘치지만 사회적 소통이 결여된 '밀실'에 해당한다.

　　한편 이 작품에서 주인공인 '명준'은 남한과 북한 모두가 진정한 인간의 삶을 충족시키기 어렵다고 판단하여 제3국인 중립국행을 선택한다. 하지만 주인공은 중립국으로 가는 도중에 자살이라는 극단적 행동으로 생을 마감한다. 그의 죽음은 이념의 갈등 속에서 좌절한 한 지식인의 비극이라 할 수 있는데, 이를 통해 작가는 이념의 대립과 분단 현실을 비판하고 있는 것이다.

　　이와 같이 이 작품은 남한과 북한의 이데올로기를 동시에 비판한 소설이다. 분단이라는 예민한 현실문제를 관념적으로 서술하면서 현대적 삶의 근원에 대한 문제까지 파고들었다는 점에서, 이 작품은 1960년대 한국문학의 지평을 새롭게 연 작품으로 평가된다.

남북 분단의 과정

1945년 8월 15일, 제2차 세계대전(第二次世界大戰)에서 일본이 패하자 한국은 해방을 맞았다. 해방이 되자 한민족의 지도자들은 새로운 국가를 건설하고자 하였다. 하지만 독립국가를 건설하지는 못하였다. 왜냐하면 미국과 소련이 군사분계선인 38도선을 경계로 남과 북에 각각 군대를 파견하여 한반도를 분할통치 하였기 때문이다. 결국 1948년에 남쪽에는 '대한민국(大韓民國, Republic of Korea)'이, 북쪽에는 '조선민주주의인민공화국(朝鮮民主主義人民共和國, Democratic People's Republic of Korea)'이 세워지게 되면서 남북한은 분단국가가 되었다. 이후 한국전쟁(韓國戰爭, the Korean War, 1950년~1953년)으로 인해 분단이 고착화되었으며 현재까지도 남북한은 분단체제를 유지하고 있다.

광장(廣場): 많은 사람들이 모일 수 있도록 거리에 만들어 놓은 넓은 공간
밀실(密室): 외부인이 함부로 출입하지 못하는 비밀스러운 방
결여(缺如)되다: 마땅히 있어야 할 것이 빠져서 없거나 모자람.
이념(理念): 특정한 시대, 사회, 계급에 독특하게 나타나는 관념, 믿음, 주의 등을 통틀어 이르는 말

역사(力士)

| 김승옥

김승옥은 해방 이후 한국문학사에서 새로운 감수성의 혁명을 보여준 작가로 평가된다. 이전 시기의 문학적 전통이라 할 수 있는 엄숙주의나 도덕적 상상력에서 벗어나 생동감 있는 감각적 문체를 보여주었기 때문이다. 그의 초기 대표작인 「역사(力士)」는 1960년대 서울을 배경으로 현대인의 기계적인 일상생활을 풍자한 작품이다.

김승옥(金承鈺, 1941년~현재)

소설가. 1962년 《한국일보》 신춘문예에 「생명연습(生命演習)」이 당선되면서 작품 활동을 시작하였다. 초기작품에서 보여주었던 일상적인 질서로부터 일탈하려는 열망은, 점차 삶에 대한 환멸과 허무를 보여주는 경향으로 변모하였다. 대표작으로는 「무진기행(霧津紀行)」, 「서울, 1964년 겨울」, 「누이를 이해하기 위하여」 등이 있으며, 소설집으로는 『서울, 1964년 겨울』, 『야행』, 『염소는 힘이 세다』, 『서울의 달빛 0장』 등이 있다.

역사(力士) : 뛰어나게 힘이 센 사람
감수성(感受性): 외부로부터의 자극을 받아들이고 느끼는 성질이나 성향
혁명(革命): 이전의 관습, 제도, 방식 등을 깨뜨리고 질적으로 새로운 것을 세움.
엄숙주의(嚴肅主義): 도덕에 벗어나는 욕망, 쾌락 등을 절제하고 도덕적 규율을 엄격히 따르려는 입장이나 태도
풍자(諷刺): 비판의 대상이 되는 사람이나 사회적 현상의 결점과 문제점을 다른 것에 빗대어 비웃음거리로 만들어 비판함.
서술자(敍述者): 이야기를 전개하는 사람
빈민가(貧民街): 돈이 없는 가난한 사람들이 모여 사는 거리
양옥집(洋屋-): 서양식으로 지은 집
하숙(下宿): 일정한 방세와 식비를 내고 남의 집에 머물며 먹고 자는 일

‖ 줄거리

‘나’(바깥 이야기 서술자)는 공원 벤치에서 어느 젊은이에게 다음과 같은 이야기를 듣는다. 이야기 속의 ‘나’(안 이야기 서술자)는 빈민가였던 창신동에서 살다가 깨끗한 양옥집으로 하숙을 옮긴다. 새 하숙집은 규칙적으로 정해진 질서를 지키며 살아가는 것을 중시하는데, ‘나’는 적응하지 못하고 창신동에서의 생활을 그리워한다. ‘나’가 살았던 창신동 빈민가는 무질서하고 지저분하지만 삶의 생기가 느껴지는 곳이었다. 창신동 하숙집에는 막노동자인 ‘서씨’가 살고 있었다. ‘서씨’는 밤마다 동대문의 돌을 이리저리 옮기는 놀라운 힘을 지닌 ‘역사(力士)’였다. ‘나’는 ‘서씨’에게 자신의 집안이 가문 대대로 역사라는 사실을 전해 듣는다. 그리고 ‘서씨’가 낮에 공사장에서 다 쓰지 않았던 힘을 밤에 돌을 옮기는 데 사용함으로써, 조상들에게 그 힘이 유지되고 있음을 알리려던 뜻을 알게 된다. ‘서씨’로부터 생명력을 느낀 ‘나’는 새로운 하숙집에 대해 권태와 혐오를 느낀다. 그리하여 그들의 질서 있는 생활을 깨뜨리기 위해 집안사람들이 모두 마시는 음료수에 홍분제를 타는 음모를 꾸미지만 실패하고 만다.

이 이야기를 들려주던 젊은이는 ‘나’(바깥 이야기 서술자)에게 창신동 옛집과 새로운 하숙집 가운데 어느 쪽이 틀렸는지를 묻는다. 그 질문에 ‘나’는 대답하지 못하지만, 틀린 사람은 없고 두 가지 생활이 공존한다면 자신도 멍청해질 것 같다고 생각한다.

인용한 부분은 화자인 ‘나’가 ‘서씨’의 비밀스런 이력을 알게 되는 과정을 서술하고 있는 부분이다.

그곳에 자리 잡은 지 얼마 되지 않은 어느 날 저녁, 역시 내가 긴 의자의 한쪽 끝을 차지하고 누런 술을 내려다보며 앉아 있는데 내 곁에 어떤 사람이 털썩 주저앉더니 주모에게 술을 청하고 나서 내 등을 툭 치며 말을 건네는 것이었다. 사십쯤 나 보이는, 턱에 수염이 짙고 커다란 몸집에 해진 군용(軍用) 작업복을 입고 있는 그 사내는, 영자가 있는 집에 새로 들어온 젊은이가 아니냐고 내게 묻는 것이었다. 그렇다고 했더니 그 사내는 퍽 사람 좋게 웃으면서 자기도 그 집에 방을 빌려 들고 있는 사람인데 인사가 그리 늦을 수가 있느냐고 하며 자기를 서씨라고 불러 달라고 했다. 같은 집에 있으면서도 그 서씨가 아침 일찍 나가고 저녁에는 내가 늦게 들어가는 셈이었기 때문에 그때까지 나는 서씨라는 사람이 그 집에 들어 있다는 걸 알고 있지 못했지만 그는 용케 나를 보았고 그리고 기억해 두고 있었던 모양이다. 서씨를 알게 된 것은 그렇게 해서였다. 술잔이 오고 가는 동안 나도 말이 하고 싶어져서, 고향이 어디십니까, 가족은 어디 계십니까, 무슨 일을 하고 계십니까 하고 좀 귀찮아할 정도로 서씨에게 물어 대었다. 그러나 서씨는 별로 귀찮아하지도 않고 고향은 함경도, 6·25 때 단신 월남, 지금은 공사장 같은 데서 힘을 팔고 있다고 고분고분 들려주었다.

그 후로 나는 거의 매일 그 서씨와 함께 '함흥집'엘 드나들게 되었다. 그는 사귈수록 착한 사람의 전형이었다. 굵게 쌍꺼풀진 눈매는 가난한 사람답지 않게 빛나고 있어서 차라리 보는 사람에게 열등감을 줄 정도지만 그는 그 눈으로써 상대편에게 친밀감을 나타낼 줄도 알았다. 영리해 보이지는 않고 오히려 행동이며 머리 돌아가는 건 그 반대인 듯했다. 두터운 입술 사이를 비집고 나오는 듯한 그의 함경도 사람답지 않게 느린 말씨가 더욱 그것을 증명해 주었다.

그는 주량이 놀라울 정도로 컸다. 그는 곧잘, 자기가 버는 돈은 아마 모두 이 술집으로 들어갈 거라고 하며 그리고 그건 좋은 일이 아니겠느냐고 말하며 너털웃음을 웃곤 했다. 그의 술버릇은 대단히 좋아서 취하면 떠들어 대는 건, 서씨에겐 어린애로나 밖에 보이지 않을 이쪽이었다. 술이 취해서 그와 어깨동무를 하고— 그의 키가 아주

가문(家門): 가족 또는 가까운 가족으로 이루어진 공동체
대대로(代代-): 여러 세대에 걸쳐서.
권태(倦怠): 어떤 일이나 상태에 관심이 없어지고 흥미를 잃으면서 생기는 싫증이나 게으름
혐오(嫌惡): 싫어하고 미워함.
흥분제(興奮劑): 신경을 자극하여 뇌와 심장의 기능을 활발하게 하거나 감정을 격하게 만드는 약
음모(陰謀): 남 몰래 나쁜 일을 꾸밈 또는 그 일
공존(共存): 두 가지 이상의 사물이나 현상이 함께 존재함. 또는 서로 도와서 함께 존재함.
주모(酒母): 술집에서 술과 음식을 파는 여자
들다: 특정한 집이나 방을 정해 머무르다.
단신(單身): 혼자의 몸
월남(越南): 북한에서 국경을 넘어 남한으로 옴.
고분고분: 말이나 행동이 공손하고 부드러운 모양
열등감(劣等感): 자기를 남보다 못하거나 가치가 없는 사람으로 낮추어 평가하는 감정
주량(酒量): 마시고 견딜 정도의 술의 양
너털웃음: 크게 소리를 내어 시원하고 당당하게 웃는 웃음
쉬쉬하다: 드러내지 아니하고 뒤에서 은밀하게 말하다.

동대문(東大門)의 역사(歷史)

서울에는 조선시대(朝鮮時代, 1392년
~1897년) 때 세워진 네 개의 큰 문이 지
금도 남아 있는데, 동서남북의 방향에 따
라 동대문, 서대문, 남대문, 북대문이라
불린다. 원래 이름은 각각 흥인지문(興
仁之門), 돈의문(敦義門), 숭례문(崇禮
門), 숙정문(肅靖門)이다. 이 가운데 동
대문은 성곽의 동쪽에 세워진 문이다.
한국전쟁 이후 동대문 주변에는 남쪽으
로 내려온 북한 주민들이 재봉틀 한두 대
로 옷을 만들어 판매하면서 시장이 형성
되었다. 1990년대 이후 이곳에는 의류
전문 쇼핑몰(shopping mall)이 들어서면
서 한국 최대 규모의 의류 전문 상가로
발전하였다.

컸기 때문에 나는 그의 허리를 껴안은 셈이 되지만― 비틀거리며 밖
으로 나오면 그는 어두운 밤하늘을 배경으로 하고 훤한 모습으로 솟
아 있는 동대문을 향하여 한 눈을 찡긋거려 눈짓을 보내곤 했다.

서씨는 밤에 보는 동대문이 좋으냐고 물으면, 아니 젊은이도 저 동
대문을 좋아하느냐고 오히려 되물어 왔다. 낮에는 거기서 귀신이라   5
도 나올 것 같기 때문에 기분 나쁘지만 형광빛의 조명을 받고 있는
밤에는 참 아름다워서 좋다고 내가 대답하면, 자기는 좀 별다른 의미
로 동대문을 사랑하고 있다고 말했다. 자기와 동대문은 퍽 친하다는
것이었다. 마치 어떤 살아 있는 사람과 친하듯이 친하다고 했다. 나
는 그 말이 무엇을 의미하는지를 다음과 같이 하여 알게 되었다.   10

그날 밤도 술집에서 돌아와서 서씨는 자기 방으로 가고 나도 내 방
으로 돌아와서 옷을 입은 채 이불 위에 쓰러져 잠이 들어 있는데, 몇
시쯤 됐을까, 누가 나를 흔들어 깨우는 것이었다. 서씨였다. 서씨의
입에서 여전히 단 냄새는 나고 있었으나 그래도 술은 깬 모양이었
다. 나는, 지금 몇 시쯤 됐느냐고 물었더니, 자기도 잘 모르지만 아마   15
새벽 두시나 세시쯤 됐을 거라고 대답하며 보여 줄 게 있으니 나더러
자기를 조용히 따라오라고 말했다. 마치 보물을 캐러 가는 소년들이
비밀을 얘기하는 속삭임과 같은 그런 말투였다. 나는 그의 그러한
기세에 눌려 오히려 내가 쉬쉬해 가며 그를 따라서 밖으로 나섰다.
골목에는 가로등이 켜져 있었다. 우리는 일부러 어두운 곳만을 골라   20
서 몸을 숨겨 가며 걸었다. 도중에 내가 지금 우리는 어디로 가고 있
느냐고 물었더니 그는 동대문이라고 대답했다. 통행금지가 되어 있
는 이 시간에, 가로등만이 거리를 지키고 있는 이 시간에 서씨가 나
와 함께 동대문에 갈 필요는 무엇인지. 나는 의혹과 불안에 눈알을
동글동글 굴리면서도 얌전하게 그를 따라서 고양이걸음을 하고 있   25
었다.

통행금지(通行禁止): 일정한 장소나 시
간에 일반인이 거리를 지나다니거나 집
밖에서 활동하는 것을 못하게 하는 일로,
한국에서는 1845년부터 1982년까지 37
년간 야간에 일반인들의 통행을 금지하
였음.
의혹(疑惑): 믿을 수 없어 의심하고 수상
히 여김 또는 그런 마음
고양이걸음: 주변에서 움직임을 느낄 수
없을 정도로 조심스러운 걸음.

잠시 후에 우리는, 한길 저편에, 기왓장 하나하나까지도 셀 수 있
을 만큼 밝은 조명을 받고 있는 동대문이 서 있는 곳까지 와서 골목
에 몸을 숨겼다. 서씨는 사방을 두리번거리며 살펴보고 나서 우리
외에는 아무도 없다는 걸 알아내자 나에게, 이 골목에 가만히 숨어   30

서 자기가 지금부터 하는 일을 구경해 달라고 말했다. 내가 숨을 죽이고 침을 꿀꺽 삼키면서 그러마고 고갯짓으로 대답하자 그는 히쭉 한번 웃고 나서 재빠르게 이제까지 내가 알고 있던 사람이 아닌 전연 다른 사람처럼 날랜 몸짓으로 한길을 가로질러 달려가서 동대문 성벽 밑의 그늘에 일단 몸을 숨기고 좌우를 살피고 있었다.

동대문의 본건물은 집채만한 크기의 돌로 된 축대 위에 세워져 있는 것인데 축대의 높이는 육 미터 남짓 되어 보이고 그 축대에서 시작되어 역시 커다란 돌이 쌓여 이루어진 성벽이 건물을 반원형으로 둘러싸고 있다. 그 성벽을 서씨는 마치 곡예단의 원숭이가 장대를 타고 올라가듯이 익숙하고 민첩한 솜씨로 올라갔다. 푸른 조명을 받으며 서씨가 성벽을 기어 올라가는 그 광경은 나로 하여금 신비한 나라에 와서 거대한 무대 위의 장엄한 연극을 보는 듯한 감동을 느끼게 하는 것이었다. 단 하나의 넓은 빛살이 펼쳐지고 그 빛에 의해서 풍경이 탄생하여 오만한 마음을 가진 양 흔들리지 않고 정립(定立)해 있는데 그것을 향하여 어쩌면 호소하는 듯한 어쩌면 도전하는 듯한 어쩌면 그것의 손짓에 응하는 듯한 몸짓으로 몸의 온갖 근육을 움직이며 성벽을 기어오르고 있는 그 사람은 문득 나에게 전율조차 느끼게 했다.

이윽고 서씨의 몸은 성벽의 저 너머로 사라져 버렸다. 그리고 잠시 후에 나는 더욱 놀라운 광경을 보게 되었다. 서씨가 성벽 위에 몸을 나타내고 그리고 성벽을 이루고 있는 커다란 금고만한 돌덩이를 그의 한 손에 하나씩 집어서 번쩍 자기의 머리 위로 치켜올린 것이었다. 지렛대나 도로래를 사용하지 않고서는 혹은 여러 사람이 달라붙지 않고서는 들어 올릴 수 없는 무게를 가진 돌을 그는 맨손으로 들어 올린 것이었다. 그는 나에게 보라는 듯이 자기가 들고 서 있는 돌을 여러 차례 흔들어 보이고 나서 방금 그 돌들이 있던 자리를 서로 바꾸어서 그 돌들을 곱게 내려놓았다.

나는 꿈속에 있는 기분이었다. 고담(古談) 같은 데서 등장하는 역사(力士)만은 나도 인정하고 있는 셈이지만 이 한밤중에 바로 내 앞에서 푸르게 빛나는 조명을 온몸에 받으며 성벽을 디디고 우뚝 솟아 있는

축대(築臺): 쌓아놓은 흙이 무너지는 것을 방지하기 위해 쌓아올린 벽
오만(傲慢): 태도나 행동이 무례하고 건방짐.
정립(定立): 정하여 세움.
전율(戰慄): 몹시 무섭거나 두려워 몸이 떨림.
지렛대: 무거운 물건을 움직이는 데에 쓰는 막대기
도르래: 바퀴에 구멍을 파고 줄을 걸어서 돌려 물건을 움직이는 장치
고담(古談): 옛날이야기

저 사내를 나는 무엇이라고 이름 붙여야 할지 몰랐다.

역사, 서씨는 역사다, 하고 내가 별수 없이 인정하며 감탄이라기보다는 차라리 그 귀기(鬼氣)에 찬 광경을 본 무서움에 떨고 있는 동안에 그는 어느새 돌아왔는지 유령처럼 내 앞에서 자랑스러운 웃음을 소리 없이 웃고 있었다.

서씨는 역사였다. 그날 밤 나는 집으로 돌아와서 이제까지 아무에게도 들려주지 않았다는 서씨의 얘기를 들었다.

그는 중국인의 남자와 한국인의 여자 사이에서 난 혼혈아였다. 그의 선조들은 대대로 중국에서 이름있는 역사들이었다. 족보를 보면 헤아릴 수 없이 많은 장수(將帥)가 있다고 했다. 그네들이 가졌던 힘, 그것이 그들의 존재이유였고 유일한 유물이었던 모양이었다. 그 무형의 재산은 가보(家寶)로서 후손에게 전해졌다. 그것으로써 그들은 세상을 평안하게 할 수 있었고 자신들의 영광도 차지할 수 있었다. 그러나 이 서씨에 와서도 그 힘이 재산이 될 수는 없었다. 이제 와서 그 힘은 서씨로 하여금 공사장에서 남보다 약간 더 많은 보수를 받게 하는 기능밖에 가질 수가 없게 된 것이다. 결국 서씨는 그 약간 더 많은 보수를 거절하기로 했다. 남만큼만 벽돌을 날랐고 남만큼만 땅을 팠다. 선조의 영광은 그렇게 하여 보존될 수밖에 없었다. 그리고 서씨는 아무도 나다니지 않는 한밤중을 택하고 동대문의 성벽에서 그 힘이 유지되고 있음을 명부(冥府)의 선조들에게 알리고 있다는 것이었다.

대낮에 서씨가, 동대문의 바로 곁에 서서 행인들 중 누구 한 사람도 성벽을 이루고 있는 돌 한 개의 위치변화에 관심을 보내지 않고 지나다닐 때, 옮겨진 돌을 바라보며 빙그레 웃고 있는 그의 모습을 나는 쉽게 상상할 수 있었다. 그것이 서씨가 간직하고 있는 자기였고 내가 그와 접촉하면 할수록 빨려 들어갈 수 있었던 깊이였던 모양이었다.

귀기(鬼氣): 귀신이 나타날 것 같은 무서운 기운
혼혈아(混血兒): 혈통이 다른 종족 사이에서 태어난 아이
족보(族譜): 한 가문의 계통과 혈통 관계 또는 그런 관계를 기록한 책
장수(將帥): 군사를 거느리는 우두머리 또는 몸집이 크고 힘이 센 사람을 비유적으로 이르는 말
가보(家寶): 한 집안에서 여러 대를 걸쳐 전해 오거나 전해질만한 귀중한 물건
명부(冥府): 불교에서 사람이 죽은 후에 그 혼령이 가서 산다고 하는 세상

‖ 작품의 이해와 감상

  김승옥은 한국문학에 새로운 경향을 보여준 1960년대의 대표적인
작가이다. 그가 보여준 새로운 경향은 이 소설에서 유감없이 발휘된
다. 생동감 넘치는 감각적 문체, 액자식 구성 등은 이 작품의 주제를
참신하게 제시하는 데 효과를 거두고 있다.

  이 소설에는 두 개의 장소가 대조적으로 제시되는데, 두 개의 공간
적 배경은 작품에서 중요한 구실을 한다. '창신동 옛집'은 불편하고
무질서하지만 활력이 넘쳤던 곳으로, '개인의 자유의지가 활성화되
는 공간'을 상징한다. 반대로 '양옥집'은 깨끗하고 질서가 있지만 삭
막한 곳으로, '개인의 자유의지를 억압하고 근대적 규율이 억압적으
로 지배하는 공간'을 상징한다. 작품 속 '나'는 '규율과 질서'로 대변
되는 비인간적인 삶에 환멸을 느끼고 옛집 속에 살아있던 활기찬 생
명력을 그리워한다. 그러한 생명력은 '역사(力士)'인 '서씨'의 행위를
통해 극적으로 표현된다. '서씨'는 자신의 넘치는 힘을 경제적 이익
을 위해 사용하지 않고 동대문의 돌을 옮겨 놓는 데 사용한다. 그럼
으로써 '역사(力士)'인 자신이 살아있음을 확인하고 있다. 이러한 '서
씨'의 행위는 물질 중심의 현대사회에서 건강함을 상실한 채 규율에
얽매여 살아가는 현대인들의 생활에 맞서는 의식적인 행동이라 할
수 있다. 이를 통해 작가는 '양옥'으로 상징되는 근대적 삶의 질서가
불합리하고 위선적인 모순이 있다는 점을 부각시킨다. 그러면서도
결코 그곳의 아늑함을 벗어나지 못하는 소시민의 모습을 그려냄으
로써 물질적 이익을 추구하는 현대인들에 대한 비판의식을 표출하
고 있다. 이것은 근대화가 추진되던 1960년대의 한국사회에 대해 느
꼈던 당대인의 심리, 더 나아가 작가의 복잡하고 모순적인 심리의 반
영이기도 하다.

액자식 구성(額子式構成): 액자 속의 그
림처럼 소설, 희곡 등에서 이야기 속에
하나 또는 그 이상의 이야기가 들어 있는
구성
자유의지(自由意志): 외부의 제약이나
구속을 받지 않은 채 자기 스스로 생각하
고 결정하고 행동할 수 있는 의지
삭막하다(索莫－－): 황폐하고 쓸쓸함.
또는 사람의 마음이나 생활이 메마르고
인정이 없음.
대변(代辯): 어떤 사실이나 의미를 대표
적으로 나타냄.
극적(劇的): 어떤 상황이나 사건이 마치
연극을 보는 것처럼 큰 긴장이나 감동을
불러일으키는 것
위선적(僞善的): 겉으로만 착한 척하는 것
당대인(當代人): 어떤 일이 있는 바로 그
시대의 사람

Modern Korean Literature

제4장 1960년대의
비평·희곡·수필

1. 김우종, 「유적지의 인간과 그 문학」
2. 이근삼, 「제18공화국」
3. 이어령, 「폭포와 분수」

유적지의 인간과 그 문학

| 김우종

김우종은 1950년대 후반 새로운 세대의식과 문학의 현실 반영성을 강조하며 등장한 전후세대의 평론가이다. 그는 이어령, 최일수 등과 함께 1960년대 비평의 중심 주제가 된 순수참여논쟁에 주도적으로 참여하였고, 이후 한국 현대비평사를 체계화하는 데 힘썼다. 「유적지의 인간과 그 문학」은 당시 한국 문단에 순수참여논쟁을 불러일으킨 문제작으로, 문학에 대한 김우종의 입장과 태도를 잘 보여주는 비평문이다.

김우종(金宇鍾, 1930년~현재)

평론가. 1957년 『현대문학』에 「은유법론고((隱喩法論考)」와 「이상론(李箱論)」을 발표하며 평론 활동을 시작하였다. 주요 평론으로는 「복종과 반항」, 「작가와 현실」, 「민족문학의 새 차원」 등이 있으며, 저서로는 『한국현대소설사』(1968), 『작가론』(1973), 『현대 소설의 이해』(1976) 등이 있다.

유적지(遺跡地): 역사적으로 가치 있는 건축물이 있는 곳이나 중요한 역사적 사건이 일어난 장소
세대의식(世代意識): 같은 시대에 사는 비슷한 연령층의 사람들이 공통적으로 갖는 집단적 감정이나 사상
순수참여논쟁(純粹參與論爭): 1960년대 이후 한국 문단에서 문학의 사회비판적 기능을 강조하는 문인들과 문학의 탈이념성을 강조하는 문인들 사이에서 일어난 논쟁
청산(清算): 과거의 부정적 요소를 깨끗하게 씻음.
고수(固守): 생각이나 방식을 굳게 지킴.
방관자(傍觀者): 어떤 일에 직접 나서서 관여하지 않고 곁에서 보기만 하는 사람
갈보: 남자들에게 몸을 파는 여자를 속되게 이르는 말

(1) 오늘날 한국의 작가들, 누구보다도 먼저 그 슬픔을 통감하고 그 연대적 책임 의식으로 고민하고 있는 작가들—이들이 해야 할 일은 그러한 호소 작전이 아니다. 그런 것으로 해결되기에 이 비극은 너무나도 심각한 것이다. 그러므로 이제는 그러한 문학은 청산해 버려야 한다. '순수'라는 애매한 이름 아래 고수되어 온 그러한 문학—우리는 이젠 이 30년 전통의 문학 방법론에 대하여 아낌없이 수정을 가하고 결별을 고해야 한다. 그리고 새로운 방법론 위에서 우리의 문학을 수립해 나가야 한다. 그것은 작가들이 정치가들처럼, 경제가들처럼, 혁명가들처럼, 이 비극의 현실 문제 속에 적극적으로 참여하는 것이다. 즉 "이것이 한국이다"하고 문제만 내놓은 채 방관자와 다름없는 위치로 돌아가지 말고 적극적인 해결 방법을, 구체적인 도표를 제시하는 것이다. 그러한 방법, 그러한 도표는 반드시 갈보에게 미장원을 차려 주고 상이군인에게 교문의 수위직을 알선해 주는 것만을 의미하는 것은 아니다. 우리는 페스트가 만연되어 가는 폐쇄된 항구 속에서 내일의 죽음에 직면한 한 닥터가 여전히 환자들을 찾아다니며 성실히 작업하고 있는 모습을 본 일이 있다(까뮈의 「페스트」에서). 그는 절망 속에서 해결의 도표를 찾은 인간이다. 우리는 또한 죽음이 일각일각(一刻一刻)으로 접근해 오는 절망적인 현실 속에서 오히려 그 '죽음'을 향하여 과감히 뛰어들고 그 절망을 초극하는 행동주의자를 본 일이 있다(앙드레 말로의 「정복자」에서). 그 역시 절망 속에서 해결의 도표를 찾은 인간이다. 우리는 또한 자연의 거대한 힘의 도전 앞에서 완전히 탈진하고 만신창이가 되고서도 여전히 항복을 거

부하는 의지의 인간을 본 일이 있다(헤밍웨이의 「바다와 노인」에서). 그
역시 절망 속에서 해결을 찾은 인간이다. 우리 또한 어머니와 아버
지와 할머니와 할아버지와 그 많은 조상들의 생명을 빼앗고, 재산을
휩쓸어 간 해일의 마을에 또다시 집을 짓고 바다로 창을 내고 내일
의 삶을 설계하는 젊은이들을 본 일이 있다(펄 벅의 「해일」에서). 이들
은 절망적인 현실 속에서 살아온 인간들이지만 결코 절망하는 인간
들은 아니다. 내일 또다시 죽음이 찾아온다고 하더라도 이들은 오늘
뜰 앞의 빈터에다 사과나무를 심고 있는 것이다.

　　한국의 작가들은 과연 이 천형수의 유적지 같은 한국 땅에다 어떻
게 해결의 도표를 세워 줄 수 있는 것인가?

　　(2) 우리의 문학은 결국 이러한 새로운 인간형을 창조하고 그것을 도
표로 삼는 방법론 위에 서지 않으면 안 된다. 바꿔 말하자면 현실적
인 당면 과제를 해결하는 방편이요, 수단으로서의 문학을 확립시키
는 일이다. 그리고 어떤 본능적인 미적 충동에만 내맡긴 문학보다
도 위대한 사상성을 밑받침으로 하는 목적의식이 우선적으로 창작
동기가 되는 문학을 전개시켜 나가는 것이다. 이렇게 되면 그것은
1930년대 문단의 총아로 등단했던 작가 이태준이나 시인 정지용의
문학만큼 '순수'하지는 못하게 될 것이다. 그렇지만 흙 묻은 '더러운
손'(사르트르의 작품)이라고 해서 반드시 손의 본질이 상실된 것도 아
니고, 또한 값없는 손도 아닌 것처럼, 비순수라고 해서 반드시 예술
의 본질이 상실되는 것도 아니고, 졸렬해지는 것도 아니다. 위대한
인간의 손, 작업하는 인간의 손엔 반드시 잡것이 묻어 있는 것처럼
위대한 문학, 위대한 예술은 '현실 문제 해결의 방편'이라는 비본질
적인 분자의 합세로 말미암아 오히려 가능해지는 것이다. 1939년 현
민(玄民)의 글에 '순수란……빛나는 문학 정신만을 옹호하려는 의연
한 태도'라는 것이 있었다. 결국 그 무엇이 섞여 있든 이 '문학 정신'
만 지켜지면 그만일 것이다. 그런데 당시 현민의 '문학 정신'이란 어
떤 것이었는지도 의문이려니와 문단은 또한 문단대로 관습상의 '순

상이군인(傷痍軍人): 전쟁터나 군대에서
근무하는 중에 몸을 다친 군인
알선(斡旋): 다른 사람의 일이 잘되도록
힘써 마련함.
페스트(pest): 페스트균(pest菌)이 일으
키는 병으로 다른 사람에게 옮겨짐.
까뮈(Albert Camus, 1913년~1960년): 프
랑스의 소설가
일각일각(一刻一刻): 시간이 흐르는 매 순간
초극(超克): 어려움·따위를 넘어 극복해 냄.
앙드레 말로(André-Georges Malraux, 1901
년~1976년): 프랑스의 소설가이자 정치가
「정복자(Les Conquérants)」(1928): 앙드
레 말로의 소설. 영국의 제국주의에 맞
서는 주인공의 활약상을 통해 부조리를
극복하기 위한 인간 행동의 한 전형을 제
시하고 있는 작품임.
만신창이(滿身瘡痍): 온몸이 상처투성이
가 됨. 또는 일이 아주 엉망이 됨을 비유
적으로 이르는 말
도표(道標): 도로의 방향이나 거리 따위
를 표시하여 길가에 세운 푯말
헤밍웨이(Ernest Miller Hemingway, 1899
년~1961년): 미국의 소설가
「바다와 노인(The Old Man and the Sea)」
(1952): 용기와 자기극복의 의지를 가지
고 자연과 대결하는 주인공을 통해 인간
의 존엄성을 그린 헤밍웨이의 중편소설
펄 벅(Pearl S. Buck, 1892년~1973년): 미
국의 소설가
「해일(The Big Wave)」(1947): 펄 벅이
쓴 동화. 죽음을 받아들이는 용기와 삶
에 대한 의지를 그린 작품
천형수(天刑樹): 하늘이 내린 형벌을 받
고 있는 나무
당면(當面): 바로 눈앞에 마주 대함.
총아(寵兒): 특별한 사랑을 받는 사람.
또는 뛰어난 능력을 가진 것으로 인정받
은 사람
사르트르(Jean-Paul Sartre, 1905년~1980
년): 프랑스의 작가이자 사상가
「더러운 손 (Les Mains sales)」(1948): 사
르트르의 희곡. 공산주의의 모순을 경험
한 지식인의 내면적 고뇌를 그리고 있음.
졸렬(拙劣): 이해심이 없고 생각이 좁음.
합세(合勢): 흩어져 있는 세력을 한곳에 모음.
의연하다(毅然――): 의지가 굳세고 당
당하다.

수'개념을 형성해 나갔었다. 그 대표자가 소설가 이태준과 시인 정지용이었다. 그리고 현실에 눈이 먼 문학, 현실 참여의 의욕이 전연 거세된 이들의 문학을 우리는 한 번도 분명한 의식으로 거부해 온 일이 없이 오늘에 이르렀다.

　물론 오늘날의 우리 문학이 이것을 전적으로 답습하고 있는 것은 아니지만 문제 제시에만 그치는 문학, 양심과 지성에의 호소로 그치는 문학 그리고 작가 자신이 현실 속에 뛰어들어 도표를 세우고, 현실 문제 해결의 방편으로서, 그러한 목적의식하에서 하는 문학을 기피해 온 것은 모두 그 인습적인 '순수'관에 매였던 탓이라고 볼 수밖에 없다. 그러므로 이제 우리는 그러한 방법론엔 아낌없이 결별을 고하고 과감히 새로운 방법론 위에 문학을 확립해 나가야 하는 것이다. 다시 말하면 한국만이 홀로 떠밀려 나간 이 숙명의 유적지, 이곳의 처참한 인간군들을 위해 직접 도표를 세우는 문학을 전개시켜 나가야 할 것이다.

거세(去勢): 어떤 세력이나 대상 따위를 없앰.
답습(踏襲): 예로부터 해 오던 방식을 그대로 행함.
인습적(因習的): 예전의 풍습, 습관, 예절 따위를 그대로 따르는 것
기피(忌避): 꺼리거나 싫어하여 피함.

‖작품의 이해와 감상

이른바 '순수참여논쟁'은 분단과 한국전쟁을 거치면서 특수한 문학 환경을 갖게 된 한국적 현실에서 비롯되었다. 1960년대 내내 전개되었던 순수참여논쟁은 크게 세 단계와 논점으로 구분할 수 있다. 1차 논쟁은 1963년과 1964년에 걸친 김우종, 김병걸, 이형기 사이의 문학사에 대한 평가를 둘러싼 공방이며, 2차 논쟁은 1967년 김붕구가 발표한 글을 임중빈이 반론하면서 시작되어 다수의 비평가가 공방을 벌인 작가의 사회참여 문제에 관한 논쟁이다. 그리고 3차 논쟁은 1968년 이어령과 김수영 사이에 벌어진 논쟁이라 할 수 있다.

이 글은 1963년에 김우종이 『현대문학』에 발표한 글로, 1차 '순수참여논쟁'을 불러일으킨 문제적 비평이다. 여기서 김우종은 문학의 자율성을 지키되 현실에 대해 눈을 뜨고 있는 양심과 정의를 발견하고, 나아가 그것을 제시하는 문학을 한국문학이 지향해야 할 목표로 설정하였다. 김우종은 이러한 문학을 '도표(道標)의 문학'이라 부르고, '도표의 문학' 건설을 강하게 주장하였다. 이런 관점에서 「춘향전」 등의 고전문학에서부터 동시대의 문학까지를 체계적으로 재질서화할 것을 문단에 주문하였다.

이 글에서 김우종은 '순수'라는 애매한 이름 아래 숨어 지내온 한국문학, 즉 '현실을 보여주기만 하는 문학', '위안의 문학', '기도드리는 문학'과 결별할 것을 주장하면서 까뮈, 헤밍웨이, 펄 벅 등 외국의 문학적 성취를 모델로 제시하고 있다. 그는 순수문학이 고수하는 '문학정신'의 가치를 비판하면서 그 예로 이태준, 정지용까지 언급하는데, 이는 이형기가 「순수 옹호의 노트」라는 글을 통해 반론을 펼치는 계기가 되기도 한다.

순수참여논쟁은 1960년대의 작가와 비평가의 문학(사)에 대한 인식과 각성에서 비롯된 것이다. 한편으로는 서양의 실존주의 문학을 수용하는 계기가 되었다. 하지만 근본적으로는 1960년대의 한국적 상황에 대한 문학인들의 문학적 태도 및 입장 차이가 다양하게 분출되었다는 점에서 문학사적 의미를 지닌다.

참여문학(參與文學)

순수문학과 대립하는 개념으로, 문학이 사회현실에 관심을 가지고 사회문제를 해결하기 위해 직극 참여해야 한다는 문학적 입장을 가리킨다. 서구에서 참여문학은 실존주의(實存主義)를 대표하는 작가인 사르트르와 까뮈가 주도하였다. 한국에서 참여문학은 1950년대 중반 이후 문학의 사회적 역할과 의의에 대해 작가들이 서서히 자각하면서 시작되었다.

공방(攻防): 서로 공격하고 방어함.
반론(反論): 남의 의견이나 주장, 비난 따위에 대하여 반박함. 또는 그런 주장
분출(噴出): 요구나 욕구 따위가 한꺼번에 터져 나옴.

제18공화국

| 이근삼

이근삼은 전후 한국 연극계의 변화를 주도한 대표적인 극작가이다. 그는 1930년대부터 이어져온 사실주의 연극의 전통을 풍자성이 강조된 형식과 기법적 혁신으로 변모시키는 데 기여했다. 그의 첫 작품인 「원고지」는 현대희곡의 시초로 평가받을 만큼 내용과 형식에서 새로운 실험성을 보여 주고 있으며, 여기서 다룰 「제18공화국」 역시 매섭고 날카로운 풍자가 돋보이는 1960년대의 대표작이다.

이근삼(李根三, 1929년~2003년)

극작가. 1959년 『사상계』에 「원고지」를 발표함으로써 작품 활동을 시작하였다. 그는 반사실주의 기법을 활용하여 극문학의 새 지평을 열었으며, 해학과 풍자를 통해 현대문명과 사회의 부조리를 비판하는 작품을 지속적으로 발표하였다. 대표작으로는 「원고지」, 「대왕은 죽기를 거부했다」, 「제18공화국」, 「국물 있사옵니다」 등이 있으며, 희곡집으로는 『제18공화국』(1967), 『아벨만의 재판』(1975), 『국물 있사옵니다』(1988), 『어떤 노배우의 마지막 연기』(2001) 등이 있다.

‖ 줄거리

아프리카 신생국의 까마부부 대통령이 18공화국을 방문한다. 까마부부 대통령은 공화국의 정치인, 관료, 언론인, 지식인 등 다양한 사람들을 만나고, 그들의 부패한 정치의식, 왜곡된 경제구조, 그리고 수동적인 시민의식 등을 속속들이 보고 듣는다. 까마부부 대통령이 공화국 방문을 마치고 출국하는 날, 공화국에서는 쿠데타가 일어나 19공화국이 수립되고, 까마부부 대통령은 공화국의 정치를 감명 깊게 배우고 간다며 인사한다.

공화국(共和國): 주권이 국민에게 있는 공화정치를 하는 나라
풍자성(諷刺性): 문학작품 등에서 현실의 부정적 현상이나 모순 따위를 빗대어 비웃는 특성
혁신(革新): 오래된 풍속, 관습, 조직, 방법 따위를 완전히 바꾸어서 새롭게 함.
시초(始初): 맨 처음
신생국(新生國): 식민지 상태에서 벗어나 새로 독립한 국가
속속들이: 자세히 깊은 속까지.

명랑한 음악과 더불어 대비마마·청년·딸이 원시무(原始舞)를 시작하자 까마부부 대통령도 합세한다. 잠시 후 모든 사람들이 춤을 출 때 암전. 무대 전면에 눈물의 장군 리수독 사령관과 항구고문을 제외한 모든 사람들이 나와 정렬해 선다. 비행장이다. 제트기의 엔진소리도 들린다. 그러나 백호마마의 요란한 후성(吼聲)이 들리자 제트기의 엔진소리 딱 멎는다. 이윽고 까마부부가 나온다. 송별장면이다.

까마부부 (관객에게) 제18공화국 국민 여러분! 그간 본인에게 베풀어주신 우정과 호의에 대해 꼬랑꽁 민주주의 국민 공화 사회 인민공화국 국민을 대신하여 심심한 감사를 드립니다. 우리는 제18공화국으로부터 배운 것이 많습니다. 우리의 무질서한 밀림에 비해 산뜻하게 정리된 빨간 산들…… 물을 사랑하는 아름다운 마음…… 특히 홍수가 나도 아무 말 없이 피난을 하는 군자다운 태도…… 경제생활에 위험이 닥쳐와도…… 식생활에 있어 곤란을 느껴도 정부에 대해 아무런 불평 없이 참아 나아가는 여러분들의 거룩한 인내심… 흡사 우리 나라의 코끼리와도 같습니다. 죽은 사람뿐만이 아니라 살아있는 사람을 위해서도 무수히 세운 기념비·동상…… 이것은 동포애의 상징입니다. 여러분들의 탁월한 정치적 수완에 무엇보다도 감명을 받았습니다. 2, 3년 또는 5, 6년 걸려도 불가능한 정당조직을 불과 2, 3일 내에 완성해 버리는 그 높은 정치의식. 뿐만 아니라 발전하는 정치사상에 호응하기 위해 과감하게 정당을 해체하고 신당을 조직하는 민첩한 태도. 이리하여 마침내 정당을 수출할 경지에까지 도달하였습니다. 너그러운 신문, 명랑한 신문에서도 배운 것이 많습니다.

갑자기 트파세 국장이 뛰어 들어온다.

트파세 국장 대비마마! 대비마마! (대비마마가 나온다.) 대비마마! 마침내 보갈양과 정을 통한 범인을 알았습니다. 무서운 일입니다. 매춘부에게 국가의 비밀을 누설하다니!

국무총리 엄벌에 처해야지!

마마(媽媽): 왕과 그 가족들의 호칭 뒤에 붙여 높임의 뜻을 나타내던 말
원시무(原始舞): 어떤 틀이나 형식이 없이 자연발생적으로 나오는 동작으로 이루어진 춤사위
암전(暗轉): 연극에서 무대를 어둡게 하고 무대장치나 장면을 바꾸는 일
고문(顧問): 어떤 분야에 대하여 전문적인 지식과 풍부한 경험을 가지고 있어 다른 사람에게 조언하는 직책
후성(吼聲): 크게 우는 소리
밀림(密林): 큰 나무들이 빽빽하게 들어선 깊은 숲
군자(君子): 행동이 바르고 너그러우며 학식이 높은 사람
동포애(同胞愛): 같은 나라나 민족의 사람끼리 서로 아끼고 사랑하는 감정
수완(手腕): 일을 꾸미거나 해결하는 능력
정당(政黨): 정치적인 사상이나 주장이 같은 사람들이 정치적 이상을 실현하기 위해 조직한 단체
신당(新黨): 새로 조직한 정치적 단체
매춘부(賣春婦): 돈을 받고 남자에게 몸을 파는 여자
누설(漏泄): 비밀이 밖으로 새어나감. 또는 그렇게 함.

대비마마	그래, 누구야?
트파세 국장	여기에 있는……(국무총리를 가리키며) 이 국무총리하고…… 7군을 통솔하는 눈물의 장군 리수독 사령관입니다.
대비마마	아니, 7군 외에 도덕윤리재무장위원회의 책임자까지 하고 있는 눈물의 장군이…… 당장 체포해!

이때 항구고문이 의기양양하게 들어온다.

까마부부	아, 항구고문이시군! 못 뵐 줄 알았더니.
우여 고문	아, 섭섭합니다. 저는 각하를 전송도 할 겸 새소식을 전하려고 왔습니다. 방금 제18공화국은 제19공화국이 되었습니다.
총리	제19공화국이요?
우여 고문	방금 쿠데타가 일어났습니다.
총리	어떤 놈이? 평화당인가요?
우여 고문	아뇨, 제7군 총사령관입니다.
까마부부	아, 그…… 백호마마를 찾으러 다니던 눈물의 장군이요?
우여 고문	그렇습니다. 전 그 장군의 특별고문이 되었습니다.
까마부부	축하합니다, 특별고문.
총리	그 악독한 사령관! 백호마마를 잡는다고 원자포 부대들을 배치하더니…… 혁명을 위한 잔꾀였었군!
대비마마	넌 가만있어! 범인이야.
우여 고문	(흰 가발을 벗으며) 이번 제19공화국에선 흰 머리를 환영 안 합니다. 18공화국하고는 다르지요. (말끔히 가발을 벗고 검은 두발을 보인다.) 잘됐습니다. 흰 머리는 상대를 안 한다니까!
까마부부	아, 이 부러운 능숙한 솜씨.

눈물의 장군과 보갈양이 자랑스럽게 들어온다. 대비마마와 총리를 제외한 모든 사람들이 일제히 인사를 한다.

리수독 총사령관	아, 까마부부 대통령, 우리 제19공화국도 좀 보고

5

10

15

20

25

30

국무총리(國務總理): 대통령을 도와 행정 각부를 다스리는 가장 높은 직책의 공무원으로, 대통령이 국회의 동의를 얻어 임명함.
통솔(統率): 무리를 거느려 다스림.
의기양양(意氣揚揚): 뜻한 것을 이루어 만족한 마음이 얼굴에 나타난 모양을 이르는 말
재무(財務): 돈이나 재산에 관한 일체의 일을 말함.
각하(閣下): 대통령 등 특정한 고급 관리를 높여 부를 때 붙이는 호칭

가시지! (보갈양을 가리키며) 이분이 이번 제19공화국

의 대비마마가 되었습니다. 젊다는 것이 우리들의

특징이니까요.

까마부부   하여간 축하합니다.

청년과 딸이 뛰어 들어온다.

청년   (보갈양에게) 누나! 축하해.

총사령관   자, (대비마마에게) 당신의 망명을 허락하오!

대비마마   망명! 나는 잊었던 기억을 찾아 자진해서 가는 거야!

아들   (총리에게) 아버지, 너무 상심 마셔요. 제20공화국은 제

가 세울 터이니까.

제트기가 무대에 나온다. 비행기의 동체가 세 사람의 허리에 걸려있다. 까마부부도
빈 앞자리에 탄다. 엔진소리가 나며 네 사람은 걸어간다. 기상(機上)의 네 사람은 퍽
명랑하다. 전송하는 사람들이 수건을 흔들며 울고 있을 때 막이 내린다.

망명(亡命): 혁명 또는 정치적인 이유로
자기 나라에서 괴롭힘을 당하거나 위험
이 있는 사람이 이를 피하기 위하여 외국
으로 몸을 옮김.
기상(機上): 비행기 위 또는 비행기 안
동체(胴體): 비행기의 날개와 꼬리를 제
외한 중심 부분
막(幕): 연극에서 장면을 바꿀 때 무대를
가리기 위해 사용하는 천

‖ 작품의 이해와 감상

『사상계』에 「원고지」를 발표하면서 작가 생활을 시작한 이근삼
은 왕성한 작품 활동으로 40여 편의 희곡을 남겼다. 그의 희곡은 크
게 두 경향으로 구분된다. 하나는 자본주의적 일상에서 겪는 인간소
외문제를 다룬 것으로, 「원고지」, 「국물 있사옵니다」 등이 여기에
속한다. 다른 하나는 후진국에서나 볼 수 있는 정치권력의 재생산
구조를 풍자한 작품들로, 「대왕은 죽기를 거부했다」, 「제18공화국」
등을 들 수 있다.

이 작품은 한국의 5·16군사정변과 제2차 세계대전 이후 독립된 신
생국의 정치풍토에 자극을 받아 쓴 작품이다. 작가에 따르면, 「제18
공화국」은 이러한 정치풍토에 대한 비판을 시도한 것으로 당시에는
정치적 외압으로 인해 자주 공연할 수가 없었다고 한다.

이 작품은 제목에서부터 정치적 후진국의 현실을 비유하고 있다.
우선 이 제목을 통해 18개가 넘는 공화국이 등장했다 사라지는 후진
국 정치의 풍경을 작가는 노골적으로 풍자하고 있다. 또한 한국에서
많이 사용되는 욕설과 발음이 같은 18이라는 숫자를 공화국 앞에 사
용함으로써 이러한 풍자의식을 더욱 강하게 드러낸다. 등장인물의
이름을 동물의 이름을 거꾸로 하여 만든 것 역시 풍자적 시도로 해석
된다.

「제18공화국」은 정치인에 대한 비판은 물론 정치의 추악상과 권
력의 무모성을 과감하게 파헤치고 있다. 권력의 본질은 악이고 정치
가는 우매하다는 입장에서 작가는 정치철학과 경륜도 없이 날뛰는
무리들과 정치권력 탈취의 악순환을 희화화한다. 나아가 지식인의
아부와 아첨, 정당의 난립과 무모한 국수주의 등 당대 현실의 문제점
을 폭넓게 다루고 있다.

이처럼 이 작품에 나타난 비사실적 인물과 시공간의 설정, 우화적
인 기법, 해설자의 등장을 통해 이야기를 끌어나가는 서사적 기법 등
은 이근삼 희곡에 지속적으로 나타나는 형식적 특징이다. 그의 작품
은 전통적인 희극정신을 계승하면서도 당대의 한국사회가 갖고 있

5·16군사정변(五一六軍事政變)

1961년 5월 16일 박정희(朴正熙, 1963년
~1979년 재임, 5대~9대 대통령)가 이끄
는 군부 세력이 사회의 무질서와 혼란을
수습한다는 명분으로 일으킨 정변을 말
한다. 군대를 동원하여 정권을 장악한
박정희 군사정권은 반공과 경제성장을
목표로 장기 독재를 하며, 언론 및 표현
의 자유에 제한을 가하는 등 한국 국민들
의 민주화에 대한 요구를 탄압하였다.

『사상계(思想界)』: 1953년에 창간하여
1970년에 폐간된 월간 종합 잡지. 정치,
경제, 사회, 철학, 문학 등의 여러 방면에
관한 글을 수록하여 당대 한국인의 인식
형성에 많은 영향을 끼침.
후진국(後進國): 산업, 경제, 문화 따위의
발전 수준이 뒤떨어진 나라
정치풍토(政治風土): 한 나라의 정치에
있어서 바탕이 되는 제도나 조건
추악상(醜惡相): 더럽고 흉악한 모양
경륜(經綸): 일정한 포부를 가지고 일을
조직적으로 계획함. 또는 그 계획이나
포부
난립(亂立): 질서 없이 여기저기서 나섬.
국수주의(國粹主義): 자기 나라의 고유
한 역사, 전통, 정치, 문화만을 가장 뛰어
난 것으로 믿고, 다른 나라나 민족을 배
척하는 극단적인 태도나 경향

는 사회적 모순에 관심을 보이며 이를 탐색하였다는 점에서 높이 평
가받고 있다.

폭포와 분수

| 이어령

이어령은 수많은 논쟁을 통해 한국의 비평문학을 성장시킨 대표적인 평론가이자 수필가이며 학자이다. 그는 현실에 대한 문학의 저항을 주장한 비평에서부터 인간 존재의 문제를 독특한 시각으로 다룬 소설에 이르기까지 다양한 분야에서 업적을 남겼으며, 문화부 장관을 역임하기도 하였다. 1960년대에 쓰인「폭포와 분수」는 역사와 문명에 대한 풍부한 이해를 바탕으로 동서양의 가치관을 대비하고 있다.

이어령 (李御寧, 1934년~현재)

평론가. 1956년에『문학예술』에「현대시의 환위와 한계」,「비유법논고」를 발표하며 평론 활동을 시작하였다. 그는 전후세대를 대표하는 평론가로 평가된다. 주요 평론으로는「화전민지역」,「신화 없는 민족」,「실존주의 문학의 길」등이 있으며, 평론집으로『저항의 문학』(1960),『전후문학의 새 물결』(1962),『시 다시 읽기 : 한국 시의 기호론적 접근』(1995) 등이 있다.

문화부(文化部): 국가의 행정부 내에 문화에 관한 일을 맡아보는 부서
장관(長官): 국가의 행정부를 구성하는 여러 각 부의 우두머리
역임(歷任): 여러 직위를 두루 거쳐 지냄.
비류직하 삼천척(飛流直下三千尺): '나는 듯 떨어져 흘러내리니 그 길이가 삼천척'이라는 뜻으로 시원하게 떨어져 내리는 폭포수를 비유하는 말. 한 척은 약 30센티미터(centimeter)임.
상투어(常套語): 어떤 일이나 상황에서 늘 똑같이 사용하는 말
선녀(仙女): 여자 신선(神仙)을 말함. 신선이란 동양의 신선사상(神仙思想)이나 도교(道教)에서 이상적으로 여기는 인간임.
심산유곡(深山幽谷): 깊은 산속의 골짜기
만유인력(萬有引力): 물체가 서로 잡아당기는 힘

동양인은 폭포를 사랑한다. 비류직하 삼천척(飛流直下三千尺)이란 상투어가 있듯이 위에서 아래로 떨어지는 그 물줄기를 사랑한다. 으레 폭포수 밑 깊은 못 속에는 용이 살며 선녀들이 내려와 목욕을 한다. 폭포수에는 동양인의 마음속에 흐르는 원시적인 환각의 무지개가 서려 있다.

서구인들은 분수를 사랑한다. 지하로부터 하늘을 향해 힘차게 뻗어 오르는 분수, 로마에 가든 파리에 가든 런던에 가든, 어느 도시에나 분수의 물줄기를 볼 수 있다. 그 광장에는 비둘기 떼가 날고 젊은 애인들의 속삭임이 있다. 분수에는 서양인의 마음속에 흐르는 원초적인 꿈의 무지개가 서려 있다.

폭포수와 분수는 동양과 서양의 각기 다른 두 문화의 원천이 되었다고 해도 지나친 말은 아니다. 대체 그것은 어떻게 다른가를 보자. 무엇보다도 폭포수는 자연이 만든 물줄기이며, 분수는 인공적인 힘으로 만든 물줄기이다. 그래서 폭포수는 심산 유곡에 들어가야 볼 수 있고, 거꾸로 분수는 도시의 가장 번화한 곳에 가야 구경할 수가 있다. 하나는 숨어 있고, 하나는 겉으로 드러나 있다. 폭포수는 자연의 물이요, 분수는 도시의 물, 문명의 물인 것이다.

장소만이 그런 것은 아니다. 물줄기가 정반대이다. 폭포수도 분수도 그 물줄기는 시원하다. 힘차고 우렁차다. 소리도 그렇고 물보라도 그렇다. 그러나 가만히 관찰해 보자. 폭포수의 물줄기는 높은 데서 낮은 곳으로 낙하한다. 만유인력, 그 중력의 거대한 자연의 힘 그

대로 폭포수는 하늘에서 땅으로 떨어지는 물이다.

물의 본성은 높은 데서 낮은 데로 흐르는 것이다. 하늘에서 빗방울이 대지를 향해 떨어지는 것과 같다. 아주 작은 도랑물이나 도도히 흐르는 강물이나 모든 물의 그 움직임에는 다를 것이 없다. 폭포수도 마찬가지이다. 아무리 거센 폭포라 해도 높은 데서 낮은 곳으로 흐르고 떨어지는 중력에의 순응이다. 폭포수는 우리에게 물의 천성을 최대한 표현해 준다.

그러나 분수는 그렇지가 않다. 서구의 도시에서 볼 수 있는 분수는 대개가 다 하늘을 향해 솟구치는 분수들이다. 화산이 불을 뿜듯이, 혹은 로켓이 치솟아 오르듯이, 땅에서 하늘로 뻗쳐 올라가는 힘이다. 분수는 대지의 중력을 거슬러 역류하는 물이다. 자연의 질서를 거역하고 부정하며 제 스스로의 힘으로 중력과 투쟁하는 운동이다. 물의 본성에 도전하는 물줄기이다. 높은 데서 낮은 데로 흐르는 천연의 성질, 그 물의 운명에 거역하여 그것은 하늘을 향해서 주먹질을 하듯이 솟구친다. 가장 물답지 않은 물, 가장 부자연스러운 물의 운동이다.

그들은 왜 분수를 좋아하는가? 어째서 비처럼 낙하하고 강물처럼 흘러내리는 그 물의 표정과 정반대의 분출하는 그 물줄기를 생각해 냈는가? 같은 힘이라도 폭포가 자연 그대로의 힘이라면 분수는 거역하는 힘, 인위적인 힘의 산물이다. 여기에 바로 운명에 대한, 인간에 대한, 자연에 대한 동양인과 서양인의 두 가지 다른 태도가 생겨난다.

그들이 말하는 창조의 힘이란 것도, 문명의 질서란 것도, 그리고 사회의 움직임이란 것도 실은 저 광장에서 내뿜고 있는 분수의 운동과도 같은 것이다. 중력을 거부하는 힘의 동력, 인위적인 그 동력이 끊어지면 분수의 운동은 곧 멈추고 만다. 끝없이 인위적인 힘, 모터와 같은 그 힘을 주었을 때만이 분수는 하늘을 향해 용솟음칠 수 있다. 이 긴장, 이 지속, 이것이 서양의 역사와 그 인간 생활을 지배해 온 힘이다.

동양에서 '물'의 상징

동양의 대표적인 고전 가운데 하나인 노자(老子, 생몰년도 미상)의 『도덕경(道德經)』에는 '상선약수(上善若水)'라는 말이 나온다. 이 말은 "가장 좋은 것은 물과 같다."는 뜻을 담고 있다. '물'은 높은 데서 낮은 데로 흐르며, 어느 그릇에 담겨도 유연하게 자신의 형체를 바꾸는 속성을 가지고 있다. 또한 '물'은 언제나 낮은 곳을 향하고 남과 경쟁하거나 대립하지 않기 때문에, 동양에서는 '물'을 사람이 배워야 할 삶의 자세를 의미하는 상징으로 인식해 왔다.

중력(重力): 지구 위에 있는 물체를 지구 중심으로 끌어당기는 힘
천성(天性): 본래 타고난 성격이나 성품
용솟음치다: 물따위가 매우 세찬 기세로 위로 나오다.

‖ 작품의 이해와 감상

이 작품은 1960년대 초에 필자가 아시아, 유럽, 아메리카 등지를 여행하고 쓴 기행문집 『바람이 불어오는 곳』에 실린 수필이다. 이 수필집에는 그의 구체적 경험뿐만 아니라 동서양의 문명에 대한 통찰이 담겨 있어, 한국의 기행문학에 새로운 지평을 연 작품집으로 평가된다.

이 글은 유럽의 광장에서 흔히 볼 수 있는 '분수'를 동양의 '폭포'와 비교하면서 동서양의 대조적인 역사 및 가치관을 서술하고 있다. 필자는 '폭포'와 '분수'가 서로 다른 동양과 서양 문화의 표상이라고 본다. '폭포'와 '분수'는 그것을 볼 수 있는 장소부터 다르다. '폭포'는 깊은 곳에 숨어 있고, '분수'는 도시의 가장 번화한 곳에 있다. 또한 물줄기의 방향도 다르다. 높은 곳에서 낮은 곳으로 흐르는 것이 물의 본성이라고 할 때, '폭포'는 자연의 섭리에 순응하는 형태지만 '분수'는 하늘을 향해 솟구치는 형태로 자연의 질서를 거역한다.

필자는 '분수'의 특징으로부터 서양문명의 창조적 힘을 발견할 수 있다고 보고, '분수'가 보여주는 인위적이며 거역하는 모습에서 서양인들이 인간, 자연, 역사를 바라보는 창조적 태도를 유추하고 있다.

이와는 달리 '폭포'는 한국의 시나 그림 속에 많이 등장하는 대상이다. 그만큼 한국인의 생활이나 정서와 깊이 연관되어 있다. 그 한 예로 한국의 유명한 산에는 한두 개의 '폭포'가 있으며 저마다의 이름과 사연을 갖고 있다. 필자의 예리한 관찰력은 서양의 '분수'를 보는 순간, 이러한 한국의 '폭포'를 떠올리며 '폭포'와 '분수'의 특성을 비교분석하는 데로 나아간다. 필자는 '폭포'와 '분수'를 비교해 봄으로써 한국을 포함한 동양문화의 특징이 자연에 순응하는 것임을 깨닫게 된다. 이를 확대하여 동서양의 가치관, 역사, 문명, 문화 등 삶의 양상 전반을 통찰하기에 이른다. 하지만 이 글에서 필자는 동양문화나 서양문화 어느 한쪽을 우월한 것으로 평가하거나 예찬하는 태도를 보이지 않고, 이 둘의 차이를 제시하는 객관적인 태도를 보인다.

필자(筆者): 글을 쓴 사람. 또는 쓰고 있거나 쓸 사람
섭리(攝理): 자연계를 지배하고 있는 원리와 법칙
거역(拒逆): 윗사람의 뜻이나 지시 따위를 따르지 않고 거스름.
유추(類推): 같은 종류의 것 또는 비슷한 것에 기초하여 다른 사물을 미루어 추측함.
사연(事緣): 일의 앞뒤 사정과 까닭

이렇듯 이 글은 자신의 경험과 사소한 사물의 특성에서부터 보편
적 의미와 가치까지를 자연스럽게 기술해 간다는 점에서 수필의 특
징이 잘 드러난 작품이라 하겠다.

Modern Korean Literature II

민족현실의 문학적 형상화

| 1970년대의 한국문학

Modern Korean Literature

제 5장 사회시의 위력과 순수시의 깊이

화살

| 고은

고은은 1970년대에 독재정권에 맞서 싸웠으며 이후 민주화운동에 적극적으로 참여한 대표적인 시인이다. 그는 시에서 어두운 시대에 대한 비판의식과 투쟁의지를 민중적인 세계관을 통해 보여주었다. 이 시는 민주화를 향한 투쟁의지를 보여준 1970년대의 대표작이다.

5

고은(高銀, 1933년~현재)

시인. 1958년 『현대시』에 「폐결핵」이 추천되어 작품 활동을 시작하였다. 그의 초기 시들은 허무의 정서에 바탕을 두고 있었으나, 점차 부정한 현실에 대한 투쟁의지를 노래하는 것으로 시세계가 변모하였다. 이후 역사의식을 바탕으로 민족의 삶과 진실을 서정적인 언어로 노래하였다. 대표작으로는 「눈길」, 「만인보(萬人譜)」, 「문의마을에 가서」, 「백두산」 등이 있으며, 시집으로는 『피안감성(彼岸感性)』(1960), 『문의마을에 가서』(1974), 『새벽길』(1978), 『만인보』(1986~2010) 등이 있다.

우리 모두 화살이 되어

온몸으로 가자

허공 뚫고   10

온몸으로 가자

가서는 돌아오지 말자

박혀서

박힌 아픔과 함께 썩어서 돌아오지 말자   15

우리 모두 숨 끊고 활시위를 떠나자

몇 십 년 동안 가진 것

몇 십 년 동안 누린 것   20

몇 십 년 동안 쌓은 것

행복이라던가

뭣이라던가

그런 것 다 넝마로 버리고   25

화살이 되어 온몸으로 가자

허공(虛空): 텅 빈 공중. 공중이란 하늘과 땅 사이의 빈 곳을 말함.
넝마: 낡아서 입지 못하게 된 옷이나 이불 따위를 이르는 말
과녁: 활이나 총 따위를 쏠 때 목표로 삼으려고 만들어 놓은 물건
영령(英靈): 죽은 사람의 영혼을 높여 이르는 말

30

허공이 소리친다

허공 뚫고

온몸으로 가자

저 캄캄한 대낮 과녁이 달려온다

이윽고 과녁이 피 뿜으며 쓰러질 때

단 한번

우리 모두 화살로 피를 흘리자

돌아오지 말자

돌아오지 말자

오 화살 정의의 병사여 영령이여

Ⅱ 작품의 이해와 감상

박정희 군사정권

박정희(朴正熙, 1917년~1979년)는 1961
년 5·16군사정변을 일으켜 권력을 잡은
후, 군인들이 중심이 된 군사정권으로 장
기집권을 하였다. 1963년에 대통령이 된
그는 헌법을 강제로 고쳐 국민의 기본권
을 제한하고 대통령의 권한을 강화하였
다. 이 정권은 1979년에 박정희가 암살
당하기까지 정부 주도의 강력한 경제개
발정책으로 한국의 경제성장을 이끌었
으나, 한국 국민들의 민주주의에 대한 요
구를 탄압하고 노동자의 권리를 제한하
는 등 강압적인 통치를 펴 나갔다.

이 시는 고은이 1978년에 발간한 시집 『새벽길』에 수록한 5연 25
행의 자유시로, 박정희 독재정권에 대한 투쟁의지와 저항의지를 '화
살'에 비유하여 직설적으로 드러낸 이 시기의 대표적인 저항시이다.
이 시가 창작된 1970년대는 박정희 군사정권이 장기집권을 해나가
며 한국사회의 모든 부분을 통제하고 억압하던 시기이다. 이러한 시
대상황하에서 발표된 이 시는, 당시 한국인들의 민주주의에 대한 열
망을 잘 담아내고 있다.

부정한 현실에 대한 투쟁의지가 강하게 드러나는 이 시는, '화살'
과 '과녁'이라는 상징의 선명한 대비를 통해 시상이 전개된다. '과
녁'은 정의롭지 못하고 비민주적인 현실을 의미하고 이와 대비되는
'화살'은 정의와 민주화를 실현하는 투쟁의 주체를 의미한다. 이 둘
의 대결구도를 통해 시적 갈등은 분명해진다. 이러한 대립구도 속에
서 시적 화자는 독자에게 흔들림 없이 날아가 과녁을 맞히는 화살이
되자고 투쟁을 권유한다.

이 시가 의지적이고 투쟁적인 정서를 보이는 것은, 시적 화자가
'가자'와 '말자'라는 어미를 반복해서 사용하며 행동을 같이 하자고
강하게 요청하고 있기 때문이다. 또한 부조리한 현실에 대해 자기희
생을 감수하며 저항하는 태도를 보여주는 '우리 모두 숨 끊고 활시
위를 떠나자'(2연)나 '피를 흘리자'(3연)나 '돌아오지 말자'(4연)라는
진술들은, 화자의 결연한 투쟁의지를 보여준다. 무엇보다 이 시는 확
신에 찬 어조로 단순하고 반복적인 시어를 사용함으로써 대중적인
호소력을 높이고 있다. 이처럼 간결하고 선명한 상징의 사용, 청유형
어미의 반복, 자기희생적인 표현, 단순하고 반복적인 시어 구사를 통
해 이 시는 현실을 변화시키고자 하는 시인의 의도를 효과적으로 드
러낸다.

고은은 시, 소설, 평론 등을 포함하여 약 150권이 넘는 저서를 발간
한 한국의 대표적 문인이다. 특히 그의 시집은 여러 외국어로 번역
되어 전 세계에 널리 소개되고 있다. 한때 승려였던 그는 불교적 사

저항시(抵抗詩): 폭력적인 통치나 외국
의 지배에 대항하여 자유와 해방을 지향
하는 입장의 시
부조리(不條理): 이치에 맞지 아니하거
나 도리에 어긋남.
감수(甘受): 어려운 상황이나 고통 따위
를 순순히 받아들임.
결연하다(決然--): 의지나 결심이 흔
들리지 않고 굳다.
호소력(呼訴力): 강한 인상을 주어 마음
을 사로잡을 수 있는 힘
선적(禪的): 모든 형식이나 격식을 벗어
나 궁극적인 깨달음을 추구하는 일

유를 바탕으로 선적(禪的)인 직관과 민중적 세계관을 담은 다수의 시
를 발표하여 오늘날 한국을 대표하는 시인으로 평가된다.

타는 목마름으로

| 김지하

김지하는 한국의 민주화 운동을 상징하는 시인으로서, 절제된 시어의 사용과 운율감각이 매우 뛰어나 완성도 높은 시편을 많이 발표하였다. 이 시는 1970년대를 대표하는 기념비적 작품으로, 한국 국민의 민주주의에 대한 염원을 담아낸 김지하의 대표작이다.

5

김지하(金芝河, 1941년~현재)

시인. 1969년 『시인』에 「황톳길」 등의 시를 발표함으로써 본격적인 작품 활동을 시작하였다. 그는 1970년대에 박정희 독재정권에 저항하는 시를 발표하면서 한국의 대표적인 반체제 저항시인이 되었고, 민주화가 어느 정도 성취된 이후에는 생명의 소중함을 시적으로 형상화하면서 생명사상을 체계화하고 생명문화 운동을 주도하였다. 대표작으로는 「오적(五賊)」, 「타는 목마름으로」 등이 있으며, 시집으로는 『황토』(1970), 『타는 목마름으로』(1982), 『애린』(1987), 『중심의 괴로움』(1994) 등이 있다.

기념비(紀念碑的): 오래도록 기념할 만한 가치가 있는 것
염원(念願): 마음으로 간절히 생각하고 기원함.
신새벽: 날이 새기 시작하는 새벽
동트다: 아침이 되어 밝아 오다.
외마디: 말이나 소리의 단 한마디
탄식(歎息/嘆息): 억울하거나 괴로워 한숨을 쉼. 또는 그런 한숨
가슴팍: 가슴의 판판한 부분 또는 가슴의 가운데 부분을 속되게 이르는 말
벗: 서로 친하게 지내는 사람
백묵(白墨): 칠판에 글씨를 쓰는 데 사용하는 흰색 필기구

신새벽 뒷골목에

네 이름을 쓴다 민주주의여

내 머리는 너를 잊은 지 오래

내 발길은 너를 잊은 지 너무도 너무도 오래

오직 한 가닥 있어

타는 가슴속 목마름의 기억이

네 이름을 남 몰래 쓴다 민주주의여

10

15

아직 동 트지 않은 뒷골목의 어딘가

발자욱소리 호르락소리 문 두드리는 소리

외마디 길고 긴 누군가의 비명 소리

신음소리 통곡소리 탄식 소리 그 속에 내 가슴팍 속에

깊이깊이 새겨지는 네 이름 위에

네 이름의 외로운 눈부심 위에

살아오는 삶의 아픔

살아오는 저 푸르른 자유의 추억

되살아오는 끌려가던 벗들의 피 묻은 얼굴

떨리는 손 떨리는 가슴

떨리는 치떨리는 노여움으로 나무판자에

백묵으로 서툰 솜씨로

쓴다.

20

25

30

숨죽여 흐느끼며

네 이름을 남 몰래 쓴다.

타는 목마름으로

타는 목마름으로

민주주의여 만세

‖ 작품의 이해와 감상

이 시는 김지하가 1975년에 발표한 3연 25행의 자유시로, 군부독 5
재라는 암울한 시대상황과 여기에서 벗어나 민주주의를 성취하고자
하는 열망을 긴장감 있게 배치시켜 놓은 저항시이다. 이 시는 의인
법을 사용하여 '민주주의'를 '너'라고 설정하고, 너를 회복하려는 간
절한 열망을 '타는 목마름'으로 비유하고 있다. 민주주의가 '타는 목
마름'으로 비유된 이유는 시대상황과 연관 지어 생각해 볼 수 있다.
1972년에 박정희 군사정권은 장기집권을 위해 유신체제를 구축하고
국민들의 민주주의에 대한 염원을 억눌렀다. 시적 화자는 이러한 시 10
대상황을 빗대어 '민주주의여/ 내 머리는 너를 잊은 지 오래'라고 노
래한다. 민주주의에 대한 탄압이 거세지자 화자는 '가슴 속 목마름
의 기억'으로 존재하는 민주주의를 잊지 않기 위해 '숨죽여 흐느끼
며/ 네 이름을 남 몰래 쓴다.' 따라서 이 시는 민주주의를 남몰래 기
억하는 행위인 '쓴다'가 반복되면서 시상이 개인에서 사회로 확대된 15
다. 1연에서는 개인적 차원의 목마름이 2연에 이르러서는 시대적인
고통에 대한 분노로 확대되고, 이러한 시대인식이 3연에 이르러 민
주주의에 대한 절실한 기원으로 승화된다.

특히 이 시는 구체적 사건을 진술하지 않고 청각적 이미지를 통해
자유가 짓밟히는 현실 탄압의 시대상황을 적절하게 그려내고 있다. 20
2연에서 묘사된 '발자욱 소리 호르락 소리 문 두드리는 소리/ 외마디
길고 긴 누군가의 비명소리'는 고통스러웠던 당시의 현실을 생생하
게 증언하기에 충분하다. 또한 이러한 이미지들은 반복과 점증이라
는 내적 운율을 가지고 있어 감정을 고조시키는데 효과적이다. 뒷골
목, 통곡과 탄식, 피묻은 얼굴 등의 암담한 현실과 타는 목마름으로 25
민주주의를 회복하려는 열망이 긴장관계를 보이지만 마지막 행에서
'민주주의여 만세'라고 직접적으로 외침으로써, 민주주의는 더 이상
억누를 수없는 열망임을 분명하게 보여주고 있다. 이 시는 한국의 민
주화운동을 상징하는 대표작으로, 민중가요로 만들어져 민주화를 요
구하는 시위 현장에서 널리 애창되기도 하였다. 30

민중가요(民衆歌謠)

1970년대와 1980년대에 민주화운동을
하던 사람들이 체제에 대한 저항성을 노
래한 가요를 일컫는다. 1970년대 중반
이후 대학가를 중심으로 널리 창작되고
보급되면서 한때 대학의 고유한 문화가
되기도 하였다. 이들 민중가요 중에는
저항시인들의 시에 곡을 붙인 노래도 많
았다.

의인법(擬人法): 사람이 아닌 것을 사람
인 것처럼 표현하는 방법
탄압(彈壓): 권력이나 무력 따위로 억지
로 눌러 꼼짝 못하게 함.
승화(昇華): 어떤 현상이 한 단계 더 높은
영역으로 발전함.
애창(愛唱): 노래나 시 따위를 즐겨 부름.

김지하는 독재정권에 저항하며 8여 년을 감옥에서 지냈다. 감옥에서 나온 후, 그는 한국사상에 뿌리를 둔 생명사상을 체계화하며 사상운동과 문화운동을 지속적으로 펼쳐나갔다. 강한 저항성을 보이던 그의 시도 이 시기에 와서는 사상적인 깊이를 획득하면서 서정적인 아름다움을 포착해 나갔다.

귀천(歸天)

| 천상병

천상병은 욕심 없이 살아가는 순수한 마음을 노래한 시인이다. 그는 '가난은 내 직업'이라고 말하며 현실적인 욕망과 집착을 버리고 낙천적인 태도로 세계를 노래하였다. 이 시는 그의 대표작으로 죽음에 대해 낙관적인 태도를 보이며 삶을 따뜻하게 노래하고 있다.

천상병(千祥炳, 1930년~1993년)

시인. 1949년 『죽순(竹筍)』에 「공상(空想)」 등이 추천되면서 작품 활동을 시작하였다. 대표작으로는 「새」, 「귀천(歸天)」 등이 있으며, 시집으로는 『새』(1971), 『주막에서』(1979), 『천상병은 천상 시인이다』(1984), 『저승가는 데도 여비가 든다면』(1987), 『요놈! 요놈! 요이쁜 놈!』(1991) 등이 있다.

나 하늘로 돌아가리라
새벽빛 와 닿으면 스러지는
이슬 더불어 손에 손을 잡고,

나 하늘로 돌아가리라.
노을빛 함께 단 둘이서
기슭에서 놀다가 구름 손짓하며는,

나 하늘로 돌아가리라
아름다운 이 세상 소풍 끝내는 날,
가서, 아름다웠다고 말하리라…

귀천(歸天): 하늘로 돌아감.
스러지다: 형체나 현상 등이 점점 희미해지면서 없어지다.
기슭: 산의 비스듬한 부분이 끝나는 아랫부분 또는 바다나 강에 맞닿아 있는 땅

‖ 작품의 이해와 감상

이 시는 천상병이 1970년에 발표한 3연 9행의 자유시로, 죽음을 삶의 연속으로 인식하고 자연스럽게 죽음을 받아들이는 태도를 통해 삶을 긍정하는 마음을 노래한 작품이다. 이 시는 죽음을 '하늘로 돌아간다(歸天)'고 인식하는 한국인의 죽음의식을 잘 보여주고 있다. 시적 화자는 삶을 하늘에서 지상에 온 '소풍'이라고 생각하고, 죽음을 다시 하늘로 돌아가는 행위로 파악한다. 이러한 인식을 바탕으로 이 시는 우리가 죽음을 맞이할 때 어떤 마음과 태도를 가질 것인가를 노래하고 있다.

시적 화자는 '나 하늘로 돌아가리라'라는 구절을 매 연마다 반복하고 있다. 이러한 반복은 인간은 죽는다는 사실 자체를 강조한다기보다는 죽음을 자연스러운 이치로 생각하는 화자의 태도를 효과적으로 보여주는 시적 전략이라 할 수 있다. 또한 시적 화자는 죽음에 이르러 '이슬'(1연) 및 '노을빛'(2연)과 함께 돌아가겠다고 한다. '이슬'과 '노을빛'은 깨끗하고 아름답지만 영원하지 않고 순간적으로 사라지는 존재이다. 그러므로 시적 화자가 '이슬'과 '노을빛'과 함께 죽음을 맞이하고자 하는 것은 인간도 이들처럼 영원한 존재가 아니라 순간적이고 소멸하는 존재라는 사실을 알고 있기 때문이다. 특히 시적 화자는 지상에서의 삶을 끝낸 후 '가서, 아름다웠더라고 말하리라'고 노래함으로써 지상의 삶을 긍정하는 태도를 보인다.

인간의 삶에는 고통이 있을 수밖에 없다. 시인은 시대적인 고통과 개인적인 가난의 삶을 모두 견디며 살아야 했다. 그러나 시인은 삶을 아름답게 인식함으로써 삶을 긍정하는 모습을 보여준다. 이처럼 이 시는 삶과 죽음이 하나로 이어져 있다는 한국적인 세계관과 삶에 대한 집착을 버린 채 낙천적으로 살아가는 삶의 태도를 보여주고 있어 순수 서정시의 대표적인 작품으로 한국인의 사랑을 받고 있다.

천상병 시인의 삶

천상병은 가난한 삶과 술버릇으로 많은 일화를 남긴 시인이다. 한때 매우 똑똑한 젊은이였던 그는, 유신체제가 만들어 낸 간첩단사건에 연루되어 심한 고문을 받고 정신병원에 입원하면서 특이한 삶을 살기 시작하였다. 그 후 천상병은 직업도 없이 술과 시로 세월을 보냈다. 세속적인 욕심을 모두 버리고 오직 가난과 술을 벗 삼아 평생을 살다간 천상병 시인은 순수 시인의 상징으로 널리 알려져 있다.

소멸(消滅): 사라져 없어짐.

어부(漁夫)

| 김종삼

김종삼은 시의 음악성을 추구하면서 시어의 절제와 비약을 통해 여백의 미를 보여준 시인으로 평가된다. 이 시는 바닷가에 매어 둔 고깃배에 빗대어 우리가 살아가는 고통스러운 삶의 과정을 담담하게 그려내고 있다.

5

김종삼 (金宗三, 1921년~1984년)

시인. 1951년에 「돌각담」 등을 발표함으로써 작품 활동을 시작하였다. 대표작으로는 「물통」, 「민간인」, 「북치는 소년」, 「어부」 등이 있으며, 시집으로는 『십이음계(十二音階)』(1969), 『시인학교(詩人學校)』(1977), 『북치는 소년』(1979), 『누군가 나에게 물었다』(1982) 등이 있다.

바닷가에 매어 둔

작은 고깃배

날마다 출렁거린다

10

풍랑에 뒤집힐 때도 있다

화사한 날을 기다리고 있다

머얼리 노를 저어 나가서

헤밍웨이의 바다와 노인(老人)이 되어서

15

중얼거리려고

살아온 기적이 살아갈 기적이 된다고

사노라면

많은 기쁨이 있다고

20

25

여백(餘白): 종이 따위에, 글씨를 쓰거나 그림을 그리고 남은 빈자리

머얼리: '멀리'의 시적 표현

30

‖작품의 이해와 감상

이 시는 김종삼이 1977년에 발간한 시집 『시인학교』에 수록된 2연 11행의 짧은 시로, 우리가 삶에서 겪는 고통과 기쁨을 표현하고 있다. 감정을 극도로 절제하며 시적 의미의 여백을 크게 만들어내는 김종삼의 시적 특징이 잘 드러나는 이 시에는, 삶을 긍정적으로 바라보는 시인의 따뜻한 시선이 잘 나타난다.

시의 중심 소재는 고깃배이다. 여기서 고깃배는 어부와 그의 삶을 비유하는 객관적 상관물로서, 시적 화자는 바닷가에서 흔히 볼 수 있는 고깃배를 관찰자의 눈으로 바라보면서 어부의 고된 삶을 연상한다. 시의 전반적인 내용은 크게 두 개의 의미단락으로 이루어져 있다. 1행에서 5행까지는 물고기를 잡으러 나갈 날을 손꼽아 기다리는 어부의 마음이, 6행에서 11행까지는 고기잡이를 나간 어부의 마음이 표현되어 있다. 전반부에서는 어부가 파도와 풍랑이라는 시련 속에서도 물고기를 잡으러 나갈 희망을 품고 이를 견디는 모습을 담담하게 진술한다. 후반부에서는 고기잡이를 하러 나간 어부가 고된 노동에도 불구하고 절망하지 않고 살아가고자 하는 희망을 노래하고 있다. 하지만 이러한 감정을 시적 화자는 직접적으로 말하지 않고 '중얼거리려고', '된다고', '있다고' 등의 간접적인 인용을 통해 표현한다. 이러한 표현 방식은 화자의 절제된 감정을 보여주며 삶의 의미를 하나로 규정하지 않고 무한하게 확장하는 기능을 한다. 실제로 이 시에서 어부는 소설 「노인과 바다」에서 고기를 잡기 위해 사투를 벌이는 노인처럼 고된 삶을 살아야 하지만 이러한 삶을 긍정하며 이를 이겨나가는 인물로 그려진다. 따라서 '살아온 기적이 살아갈 기적이 된다'는 낙관적인 진술은 스스로를 위로하며 고통스런 삶에 당당하게 맞서는 어부의 삶에 대한 태도를 말해주고 있다. 이처럼 이 시에는 고통스러운 삶 속에서도 희망을 버리지 않고 살아가는 이들에 대한 시인의 따뜻한 시선이 잘 드러나 있다.

헤밍웨이의 「노인과 바다」

헤밍웨이(Ernest Hemingway, 1899년~1961년)는 미국을 대표하는 소설가로, 그의 소설은 주로 현실의 도전에 적극적으로 맞서지만 결국 패배하는 인간을 다루었다. 이 소설은 조각배를 타고 고기를 잡는 늙은 어부가 엄청나게 큰 물고기를 잡기 위해 사흘 밤낮을 보낸 후 결국 물고기를 잡게 되지만 이를 상어 떼에게 빼앗기고 뼈만 매달고 항구로 돌아온다는 이야기이다. 이 소설을 통해 작가는 고난을 견디는 인간의 위대한 의지를 보여주고자 하였다.

객관적 상관물: 자신의 정서나 사상을 다른 사물이나 상황에 빗대어 표현할 때, 이 사물이나 상황을 지칭함.

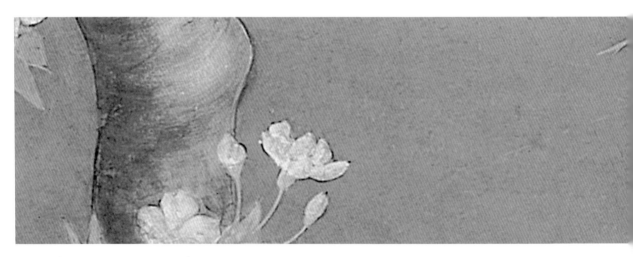

Modern Korean Literature

제6장 분단 서사와 개발의 그늘

1. 황석영, 「한씨 연대기」
2. 조세희, 「난장이가 쏘아올린 작은 공」

한씨 연대기

| 황석영

황석영은 산업화와 근대화, 분단현실과 자본주의 문제 등 한국사회와 관련한 주요 모순들을 탐색하며 이를 사실주의 기법으로 그려낸 작가이다. 그의 삶은 그의 소설만큼이나 치열한 궤적을 보여준다. 1970년대부터 본격적인 작품 활동을 시작한 그는, 체험을 바탕으로 글을 써왔으며 한국사회의 모순을 해결하기 위한 사회적 실천에도 적극적으로 참여하였다. 1980년대 이후에는 베트남전쟁(Vietnam戰爭)과 해외여행 등의 체험을 살린 장편소설을 발표하였다. 1972년에 발표한 「한씨 연대기」는 그의 초기 대표작으로, 정직하게 살아가려는 한 지식인이 한국전쟁을 겪으며 분단 논리에 희생되어가는 비극을 보여주는 작품이다.

황석영(黃晳暎, 1943년~현재)

소설가. 1970년에 《조선일보》에 「탑」이 당선되면서 작품 활동을 시작하였다. 그는 주로 노동과 생산의 문제, 부와 빈곤의 문제, 분단과 이데올로기의 문제 등을 소설의 주제로 다루었다. 대표작으로는 「객지」, 「한씨 연대기(韓氏年代記)」, 「삼포 가는 길」 등이 있으며, 소설집으로는 『아우를 위하여』(1972), 『장산곶매』(1979), 『장길산』(1984), 『오래된 정원』(2000), 『손님』(2001) 등이 있다.

궤적(軌跡/軌迹): 어떠한 일을 이루어 온 과정이나 흔적
베트남전쟁(Vietnam戰爭, 1960~1975): 베트남의 독립과 통일을 위하여 벌인 전쟁. 1960년에 결성된 남베트남 민족해방전선이 북베트남의 지원 아래 남베트남군 및 이들을 지원하는 미국군과 싸워 이겨 1969년에 임시 정부를 수립하였으며 미군 철수 후 1975년에 남베트남 정부가 무너짐으로써 남북이 통일됨.
연대기(年代記): 역사적으로 중요한 사건을 연대순으로 적은 기록
인민병원(人民病院): 북한의 군인을 치료하는 병원
반동분자(反動分子): 반동적인 행위를 하는 자
낙태수술(落胎手術): 태아를 인공적으로 자궁에서 없애기 위한 수술
고발하다(告發——): 세상에 잘 알려지지 않은 잘못이나 비리 따위를 드러내어 알리다

‖ 줄거리

가난하게 살다가 외롭게 숨진 ‘한영덕’ 노인의 장례식이 치러진다. 간신히 연락이 닿은 ‘한영덕’의 여동생 ‘영숙’과 친구 ‘서학준’, 그리고 딸 ‘혜자’가 찾아와 한 많은 그의 일생을 돌이켜 본다.

북한의 김일성대학 의학부 산부인과 교수인 의사 ‘한영덕’은 한국전쟁이 일어나자 인민병원에 배치되어 부상자들을 치료한다. 그러던 중 생명이 위급한 사람을 먼저 치료해주었다는 이유로 반동분자로 몰려 사형선고를 받지만 처형장에서 기적적으로 목숨을 건진다. 그 후 ‘한영덕’은 남한으로 월남하고, 휴전이 되자 남한에서 다시 의사생활을 시작한다.

‘한영덕’과 병원을 동업하는 ‘박가’와 ‘김가’는 면허가 없는 무면허 의사들로 현실적인 이익에 밝은 사람들이다. 어느 날 낙태수술을 둘러싸고 갈등이 생기자 ‘한영덕’은 이들을 고발한다. 하지만 ‘박가’와 ‘김가’는 뇌물로 문제를 해결하고, 오히려 ‘한영덕’을 간첩으로 몰아 정보기관에 신고한다. 간첩 혐의에서는 벗어나지만 낙태수술에 대한 누명으로 ‘한영덕’은 징역을 살게 되고, 형을 살고 감옥에서 나온 그는 어느 장의사에 빌붙어 시체 치우는 일을 하다가 아무도 돌보는 사람도 없이 홀로 죽음을 맞이한다. 그의 장례식에 참석했던 한영덕의 딸 ‘혜자’는 아버지의 수첩을 들고 새벽에 상가를 빠져나온다.

인용한 (1)은 장례식에 찾아온 여동생 ‘영숙’과 친구 ‘서학준’이 시대를 잘못 타고난 ‘한영덕’의 한을 이야기하는 장면이고, (2)는 ‘한영덕’의 딸 ‘혜자’가 그동안 외면했던 아버지의 삶을 받아들이면서 아버지의 수첩을 챙겨 들고 역으로 향하는 소설의 마지막 장면이다.

(1) 유품 삼을 만한 물건은 그래도 고급으로 보이는 낡은 가죽가방이었다. 노인의 가방에서 나온 것은 검은 비닐뚜껑의 수첩 한 권과 상아꼭지가 달린 독일제 청진기였다. 민씨가 수첩을 들춰보니 깨알만한 글씨로 뭔가 적혀 있었고, 맨 뒤에 주소록이 있었다. 다른 곳은 볼펜으로 북북 그어 버려서 보이지 않았으나, 다음 장에 주소 셋이 새로 씌어 있었다. 사고무친의 노인인 줄 알고 있었던 사람들은 모두 놀랐다. 자기네의 무심했던 행동을 후회했으나, 나중에 유가족에게 원망 받지 않도록 서로를 변명해 주기로 약속하고 나서 그들은 세 통의 전보를 쳤다.

소식을 보내고 이틀 지난 저녁, 어두컴컴해질 무렵에 세련된 양복 차림의 노신사와 오십대쯤으로 보이는 부인이 찾아왔다. 혼수상태를 유지하던 노인은 예상했던 대로 그 밤을 넘기지 못했다. 장례는 다음 날로 미뤄지게 되었는데, 키가 크고 나이보다 훨씬 숙성해 뵈는 처녀가 하루 뒤늦게 도착해서 그들과 함께 마지막 밤을 지켰다. 밤을 새운 것은 그들 세 사람뿐이었고, 장례라 부를 수도 없을 만큼 쓸쓸했다.

늦게까지 도란도란 얘기를 나누는 그들의 음성이 들려 왔다.

"한영덕이 소식이 하두 오래전에 끊어데서 난 이 친구레 어디메 지방에서나 개업하구 있는 줄로 알았대시요. 한군은 내 생각에두 너무 고디식하구 순수했디요. 그게 이 친구 단점입네다. 난 이 사람하군 정반대디만 어릴 적부터 쭉 같이 자랐댔구 도재 남을 속일 줄두 모르구 융통성두 없는 이 사람 성미가 짜증이 나멘서두 밉질 않았디요. 아니, 오히려 그런 면을 도와했대시요."

"저희 아부님께서두 오라바니 인품을 벌써 알아보시구는, 기술 없으문 한데서 얼어죽을 넌석이라구 하셌시요. 기래 의학공불 시키셌는데 훌륭한 솜씰 개지구두 살아 나가기가 무척 어려웠댔나 봐요. 오라바닌 거저, 결혼을 잘 하셔야 됐댔는데…… 니악하구 똑똑한 아낙이 뒤에서 들구 보채문 정신을 버쩍 차릴 분이야요. 페양 있는 저이 형님은 기런 녀자레 못 되구 약하구 얌전하기만 했시요. 오라바니 성격이 기러니끼니 아낙은 좀 세차구 똑똑해야 할 텐데요."

뇌물(賂物): 사적인 부탁을 하기 위해 어떤 직위에 있는 사람에게 건네는 부정한 돈이나 물건

간첩(間諜): 한 국가나 단체의 비밀이나 상황을 몰래 알아내어 경쟁 또는 적대관계에 있는 국가나 단체에 제공하는 사람

누명(陋名): 사실이 아닌 일로 이름을 더럽히는 억울한 소문

징역(懲役): 죄인을 교도소에 가두어 노동을 시키는 형벌

형(刑): 국가가 범죄를 저지른 사람에게 범죄의 책임을 물어 가하는 법률적인 구속이나 금지

장의사(葬儀社): 장례에 필요한 여러 가지 물건을 팔거나 남의 장사지내는 일을 맡아 하는 장소

빌붙다: 권력이나 경제적 이득을 얻기 해 남에게 기대다.

외면(外面): 마주치기를 꺼리어 피하거나 얼굴을 돌림.

유품(遺品): 죽은 사람이 살아있을 때 사용하다 남긴 물건

상아(象牙): 코끼리의 날카롭고 큰 이빨

청진기(聽診器): 환자의 몸 안에서 나는 소리를 듣는 데 쓰는 의료 기구

사고무친(四顧無親): 의지할 만한 사람이 아무도 없음.

숙성(夙成): 나이에 비하여 지각이나 발육이 빠름.

"매씨처럼 말입네까? 허허 너자 문제야 머 벨루 상관이 있댔갔소. 혼자 월남한 거이 한군을 이렇게 만든 원인은 됐갔디만. 영덕인 자기에게 너무 까다롭디요. 대범하게 잊어 두는 법이 없쇠다. 기렇다구 표현두 못 하멘서 속으루만 괴로워합네다레. 모든 세상 불의를 자기 까탄으루 돌리는 거야요. 난두 답답할 때가 한두 번이 아녔대시요. 이리케 폐로운 세상에 한군은 꼼짝없이 손해볼 처신으루 살아온 거야요. 폐양 수복 당시만 해두 보시라요. 난 무사하게 숨어서 라디오나 듣구 지냈는데, 이 친구레 처형장에서 죽을 고비를 넘기지 않았갔시요?"

"늘 기런 식으루 살아오신 거야요. 왜 서박사님두 아시디요. 여게 넘어와선 안 기랬나요. 운두 무척이나 없던 분이야요. 기렇게 순박하시니 세상이 천 번을 뒤집헤두 아무 탈이 없을 거라구 생각했댔는데…… 반대였시요."

고별(告別)의 밤은 무척이나 긴 것 같았다.

(2) 한혜자는 단신 월남한 주정뱅이 고용의사와 납북된 경찰관의 아내였던 전쟁미망인 사이에서 태어났다. 그애는 뒷날 성숙한 처녀가 되었을 때에 자신의 별명을 '개똥참외'라고 지었다. 인분에 섞여 싹이 트고 폐허의 잡초 사이에서 자라나 강인하게 성장하는 작고 단단한 열매.

이별을 겪고 나서 체념한 사람들이 인생의 새로운 인연에 따라 살아갔는데, 그들의 버려진 기대와 함께 태어난 아이들은 자기네 이전의 삶을 일종의 우스운 농(弄)으로 받아들일 수밖에 없었다.

혜자는 아버지에 관해서 아는 게 별로 없었다. 시름시름 허리를 앓거나 어쩌다 폭음을 하던 키 큰 남자라는 기억뿐이었다. 그애는 자라나는 동안 양친의 일가친척 집에 거의 왕래를 하지 않고 살았다. 어느 쪽에서도 혈육의 대접을 기대할 수 없었던 것이다. 아버지가 달랐던 진용이와 혜자는 사이가 좋았지만, 진용이는 아버지를 미워했다. 처음에는 아저씨라고 부르더니, 커서는 선생님이라고 불렀고,

고디식: '고지식'이란 말의 북한어로, 상황에 따라 일을 처리하기보다 원칙에 따르는 곧고 답답한 성격을 이르는 말
도재: '도저히'의 북한어
한(寒)데: 추운 곳
아낙: 결혼한 여자를 이르는 말
폐양: 북한의 수도인 '평양'의 북한어
보채다: 어떤 것을 요구하여 조르다.
매씨(妹氏): 다른 사람의 여동생을 높여 이르는 말
까탄: '까닭' 혹은 '이유'라는 뜻의 방언
폐롭다: 몸이 마르고 얼굴빛이 좋지 않다는 뜻의 방언
수복(收復): 잃었던 땅이나 권리 따위를 되찾음.
고별(告別): 같이 있던 사람과 헤어지면서 이별을 알림.
납북(拉北): 북한으로 강제로 데려 감.
미망인(未亡人): 남편이 죽고 혼자 남은 여자
농(弄): 놀리거나 장난으로 하는 말

또 그럴 만도 했던 것이 독립 호적을 갖고 있었기 때문이었다. 혜자에게 유지의 이야기를 꺼낼 경우라도 언제나 너의 아버지라고 말해 왔었다. 혜자는 그런 게 모두 우스웠고, 술에 취해 헛소리를 하는 아버지를 구경하는 게 재미있었다. 아버지는 식구들과 말도 건네지 않고 항상 뿌루퉁하게 골난 사람처럼 보였다. 술이 깨었을 때엔 이상한 소리가 들린다며 솜으로 두 귀를 꼭 막고 지냈다.

한영덕 씨는 혜자가 여덟 살이 될 때까지 의사 노릇을 하지 않았다. 혜자네는 몇 년 동안 어느 실업고등학교 앞에서 작은 문방구점을 해서 살았다. 한씨가 수완이 없어서 상점은 쫄딱 망해 버렸다. 학교 서무과 직원에게서 학용품 납품의 특혜를 얻는 대신 무슨 금전상의 보증을 섰는데 그쪽의 채무를 한씨네가 걸머지게 되었던 것이다. 그 뒤 이삼 년간을 한영덕 씨는 친구들 병원을 돌아다니며 시간제 의사 노릇을 했다. 어느 날 아침에 한씨는 병원에 나가는 차림으로 외출해서는 돌아오지 않았다. 윤미경은 이 무능한 남자가 드디어 일본에 있는 동창생 덕으로 날라 버렸다며 분개를 했었다. 그 여자는 혜자가 열다섯 살 때 여관업을 하던 홀아비 노인과 재혼해 버렸다. 훨씬 뒤에 혜자는 고모에게서 아버지의 소식을 들었다. 그가 미션 계통의 어떤 지방대학 기숙사에서 관리인 노릇을 한다는 것이었다. 혜자가 첫번에 고모와 같이, 두 번째는 혼자 가서 그를 만났었고, 세 번째 찾아갔을 때엔 한씨가 거길 그만두고 떠나 버린 다음이어서 만날 수가 없었다. 한영덕 씨가 사망했다는 전보를 받고서도 혜자는 울음이 나오지 않았다. 그애는 아버지의 죽음이 아닌—그이가 내포했던—시대를 새롭게 실감하고 있었기 때문이었다.

새벽의 냉기 때문에 눈을 뜬 혜자는 서학준 박사와 고모가 잠이 든 걸 확인한 뒤에 살그머니 일어났다. 그애는 발꿈치를 들고 영좌(靈座) 앞으로 걸어가 향그릇 옆에 놓인 유품들 중에서 수첩을 집어 들었다. 집 안의 모든 사람들이 잠들었는지 사위가 고요했다. 그애는 우중충하고 비좁은 계단을 내려와 그 집을 빠져나왔다. 고별식은 끝났고, 이제 아버지는 망령마저 떠돌 수 없도록 땅속 깊이 묻힐 것이다. 혜자는 아버지의 매장에 관한 따분한 기억을 갖고 싶지가 않았다.

유지(有志): 마을이나 지역에서 명망 있고 영향력을 가진 사람
호적(戶籍): 한 집안에 속하는 사람의 이름, 생년월일 따위의 신분에 관한 사항을 기록한 문서 또는 그 기록
골나다: 화가 나다.
금전상(金錢上): 돈과 관계가 있는 상태
채무(債務): 빚
분개(憤慨/憤愾): 몹시 분하게 여김.
미션(mission): 기독교에서 전도를 이르는 말
영좌(靈座): 죽은 사람의 이름과 죽은 날짜를 적은 나무 조각을 모셔 놓은 자리
사위(四圍): 주변 또는 사방의 둘레
망령(亡靈): 죽은 사람의 영혼

집을 나서니까 상가를 알리느라고 달아매 놓은 붉은 종이호롱이 바람에 흔들리고 있었다. 잔등(殘燈)의 불빛이 어둠 속으로 멀리까지 쫓아왔다. 혜자는 다시 돌아갔다. 동편 하늘에 새벽빛이 부옇게 번졌고, 이층집 지붕이 어둠과 경계를 지으며 하늘 속에 윤곽을 드러내고 있었다. 혜자는 종이 등피를 처들고 기의 다 타버린 촛불을 불어 껐다. 첫차 시간이 아직 멀었는데도 그애는 역까지 뛰어서 갔다.

상가(喪家): 사람이 죽어 장례를 치르는 집
종이호롱: 종이로 만든 등으로, 석유를 담아 불을 켜는 데에 쓰는 그릇인 호롱을 종이로 감싼 것을 말함.
잔등(殘燈): 깊은 밤의 꺼질 것 같이 희미한 등불
등피(燈皮): 등불이 꺼지지 않도록 바람을 막고 불빛을 밝게 하기 위하여 등에 씌우는 것

‖ 작품의 이해와 감상

황석영은 등단 초기부터 낯선 소재를 과감하게 수용하고, 이를 사실적 기법으로 그려나가기 시작하였다. 그의 작품은 노동문제, 분단 모순, 부와 빈곤의 문제 등을 다루면서도 인간적인 정감의 세계를 묘사하거나 개인의 비극적 운명을 통찰하는 성과를 보여주었다.

이 작품은 한국전쟁과 남북 분단이라는 역사의 시련을 감내하며 살아야 했던 다소 고지식하지만 양심적인 한 인간의 삶을 통해, 한민족의 아픔과 비극을 사실적으로 그린 작품이다. 이 작품은 작가의 큰외삼촌을 모델로 해서 쓴 작품이라고 한다. 하지만 이 소설에서 '한영덕'이라는 인물의 삶은 개인의 삶이라기보다 한민족 전체의 삶을 상징한다고 할 수 있다. 따라서 작품의 마지막 부분에서 딸 '혜자'가 아버지의 죽음을 실감하고 받아들이는 과정은, 한국전쟁을 겪고 분단의 아픔을 직접 체험해야 했던 세대가 가고 새로운 세대가 등장하는 시대적 변화로 볼 수 있다.

주인공 '한영덕'은 아무런 죄도 없고 유능한 의사였지만 북한의 체제에 적응하지 못해 월남한 인물이다. 그런데 남한에서의 그의 삶역시 간첩으로 몰려 무자비하게 고문을 당하고 인권을 짓밟히긴 마찬가지였다. 이처럼 이 소설은 전쟁과 이데올로기(ideology)적인 대결 상황이 어떻게 한 개인을 파괴하는지를 보여줌으로써 남북 분단과 한국전쟁, 이념에 관한 작가의 비판의식을 뚜렷하게 보여주고 있다.

분단은 오늘날까지도 한민족의 삶을 규정하는 주요한 문제이다. 분단 이후 한국문학에서는 분단의 원인과 상처, 분단에 대한 극복 의지 등을 다룬 작품이 지속적으로 창작되고 있다. 이 작품은 1970년대 분단문학의 성과와 분단 서사를 전형적으로 보여주고 있다.

1·4후퇴(一四後退)와 실향민(失鄕民)

1·4후퇴란 한국전쟁 중에 중국 군대가 북한군을 지원하자 힘을 얻는 북한군이 1951년 1월 4일에 서울을 차지하고, 남한군을 포함한 UN군 진영이 서울에서 물러난 사건을 말한다. 이후 남한군과 유엔군은 반격을 하여 다시 서울을 되찾았고, 38도선 일대에서는 치열한 전투가 계속되었다. 이 과정에서 많은 북한 주민들이 북한의 사회체제에 반대하여 남한으로 내려왔다. 오늘날 실향민이라는 말은, 해방에서 한국전쟁에 이르는 기간 동안 북한의 체제를 반대하여 월남한 자와 분단 후 남한에 정착한 북한 주민들을 두루 지칭하는 개념으로 사용되고 있다.

노동문제(勞動問題): 노동과 관련해서 주로 시간, 임금, 신분의 세 가지 면에서 나타나는 사회문제. 미성년자나 여성의 노동문제, 실업문제, 임금문제 등이 있음.
정감(情感): 정조와 감흥을 불러일으키는 느낌
감내하다(堪耐하다): 어려움을 참고 버티어 이겨내다.
한민족(韓民族): 한반도, 만주, 연해주 등에 살면서 같은 문화를 공유하고 한국어를 사용하는 민족을 일컫는 말
실감하다(實感하다): 실제로 체험하는 듯한 느낌을 받다.
고문(拷問): 숨기고 있는 사실을 강제로 알아내기 위하여 육체적 고통을 주며 신문함.
인권(人權): 인간으로서 당연히 가지는 기본적 권리
서사(敍事): 어떤 상황이나 사건을 시간의 흐름에 따라 있는 그대로 적음.

난장이가 쏘아올린 작은 공

| 조세희

조세희는 1970년대의 한국문학을 대표하는 작가로, 산업화가 진행되면서 나타난 도시빈민의 삶과 노동을 둘러싼 문제를 소설로 형상화하였다. 그의 대표작인 「난장이가 쏘아올린 작은 공」은 도시빈민 문제를 다룬 연작소설 가운데 하나로, 대립적 현실인식에 바탕을 둔 소설이다. 그 밖에도 소설에 환상성을 도입하고, 짧은 문체로 이야기가 전개되는 등 작가의 개성적인 소설기법이 잘 드러난 작품이다.

5

조세희(趙世熙, 1942년~현재)

소설가. 1965년 《경향신문》 신춘문예에 「돛대 없는 장선(葬船)」이 당선되면서 작품 활동을 시작하였다. 그는 자본가와 노동자의 갈등, 노동과 부의 분배 문제 등 한국사회가 산업화를 이루는 과정에서 직면한 사회적 모순을 형상화하여 주목을 받았다. 대표작으로는 「뫼비우스의 띠」, 「난장이가 쏘아올린 작은 공」, 「클라인씨의 병」, 「시간여행」 등이 있으며, 작품집으로는 『난장이가 쏘아올린 작은 공』(1978), 『시간여행』(1983), 『내 그물로 오는 가시고기』(1995) 등이 있다.

난장이: 정상에 비교해 키가 작은 사람을 낮잡아 이르는 말. 표준어는 '난쟁이'임.
연작소설(聯作小說): 여러 작가가 나누어 쓴 것을 하나로 만들거나 한 작가가 같은 주인공의 단편소설을 여러 편 써서 하나로 만든 소설
환상성(幻想性): 현실성이 없는 헛된 생각이나 공상을 하는 경향
도시재개발사업(都市再開發事業): 계획을 가지고 지속적으로 도시를 다시 개발하는 일
투기업자(投機業者): 기회를 잡아 큰 이익을 보려고 하는 투기사업을 하는 사람
입주권(入住權): 재개발 지역의 현지인들이 같은 지역 내에 건설되는 아파트에 들어갈 수 있는 권리나 자격
전세금(傳貰金): 전세를 얻을 때 부동산의 소유주에게 맡기는 돈
탈진(脫盡): 기운이 다 빠져 없어짐.

‖ 줄거리

서울특별시 낙원구 행복동에 난장이 아버지와 그의 가족이 산다. '김불이'라는 난장이 아버지와 '어머니', '영수', '영호', '영희'는 하루하루를 힘겹게 살아가는 도시빈민이다. 이들은 가난하고 고된 생활 속에서도 꿈을 잃지 않고 열심히 살아간다. 그러던 어느 날 그들의 집이 도시재개발사업으로 인해 철거될 처지에 놓인다.

10

행복동 주민들은 대부분 투기업자에게 입주권을 팔고 동네를 떠난다. 난장이 가족의 집도 철거되고 입주권을 받아 이를 팔 수밖에 없는 상황이다. 그러나 입주권을 팔아 받은 돈으로 전세금을 갚고 나니 그들에게 남는 돈이 없다. 입주권을 판 날, '영희'는 어디론가 사라지고 난장이 아버지는 벽돌공장 굴뚝에 올라가 자살을 한다.

15

영희는 아파트 입주권을 되찾아 올 생각으로 투기업자를 따라가지만 오히려 그에게 순결을 빼앗긴다. 투기업자에게 잡혀있던 영희는 그에게 수면제를 먹이고 탈출하여, 되찾은 입주권과 돈을 가지고 입주 신청을 하러 간다. 그러나 서류신청을 마치고 가족을 찾으러 갔을 때, 아버지가 자살했다는 사실을 알게 된 영희는 정신을 잃고, 큰오빠에게 아버지를 죽인 악당들을 죽여 달라며 절규한다.

20

25

인용한 (1)은 소설의 도입 부분으로 난장이 가족이 철거 계고장을 받는 장면이며, (2)는 영희가 입주 절차를 마친 뒤, 이웃의 '신애 아주머니'를 찾아가 도움을 청하는 장면이다.

30

(1) 사람들은 아버지를 난장이라고 불렀다. 사람들은 옳게 보았다. 아버지는 난장이였다. 불행하게도 사람들은 아버지를 보는 것 하나만 옳았다. 그 밖의 것들은 하나도 옳지 않았다. 나는 아버지, 어머니, 영호, 영희, 그리고 나를 포함한 다섯 식구의 모든 것을 걸고 그들이 옳지 않다는 것을 언제나 말할 수 있다. 나의 '모든 것'이라는 표현에는 '다섯 식구의 목숨'이 포함되어 있다. 천국에 사는 사람들은 지옥을 생각할 필요가 없다. 그러나 우리 다섯 식구는 지옥에 살면서 천국을 생각했다. 단 하루라도 천국을 생각해 보지 않은 날이 없다. 하루하루의 생활이 지겨웠기 때문이다. 우리의 생활은 전쟁과 같았다. 우리는 그 전쟁에서 날마다 지기만 했다. 그런데도 어머니는 모든 것을 잘 참았다. 그러나 그날 아침 일만은 참기 어려웠던 것 같다.

"통장이 이걸 가져왔어요."

내가 말했다. 어머니는 조각마루 끝에 앉아 아침식사를 하고 있었다.

"그게 뭐냐?"

"철거 계고장예요."

"기어코 왔구나!"

어머니가 말했다.

"그러니까 집을 헐라는 거지? 우리가 꼭 받아야 할 것 중의 하나가 이제 나온 셈이구나!"

어머니는 식사를 중단했다. 나는 어머니의 밥상을 내려다보았다. 보리밥에 까만 된장, 그리고 시든 고추 두어 개와 조린 감자.

나는 어머니를 위해 철거 계고장을 천천히 읽었다.

낙 원 구

주택: 444, 1 - ──   197×. 9. 10

수신: 서울특별시 낙원구 행복동 46번지의 1839 김불이 귀하

제목: 재개발사업 구역 및 고지대 건물 철거 지시

귀하 소유 아래 표시 건물은 주택개량촉진에 관한 임시 조치법에 따라 행복 3구역 재개발지구로 지정되어 서울특별시 주택개량 재개발사업 시행 조례 제15조, 건축법 제5조 및 동법 제42조의 규정에 의하여 197×. 9. 30까지 자진 철거할 것을 명합니다. 만일 위 기일까지 자진 철거하지 않을 경우에는 행정대집행법의 정하는 바에 의하여 강제 철거하고 그 비용은 귀하로부터 징수하겠습니다.

철거 대상 건물 표시
서울특별시 낙원구 행복동 46번지의 1839
구조   건평   평
            끝

낙원구청장

통장(統長): 행정구역의 단위인 통(統)을 대표하여 일을 맡아보는 사람

계고장(戒告狀): 행정기관에서 의무적으로 행해야 할 일과 이를 하지 않을 경우 강제로 이를 실행한다는 내용을 알리는 문서

조치법(措置法): 어떤 사태를 잘 살펴서 필요한 대책을 세워 행하기 위한 법

조례(條例): 규칙이나 명령

동법(同法): 같은 법

기일(期日): 정해진 날짜

자진(自進): 남이 시키는 것을 기다리지 아니하고 스스로 함.

행정대집행법(行政代執行法): 행정적인 강제집행에 관한 절차와 비용 징수에 대하여 규정한 법률

징수(徵收): 행정기관이 법에 따라서 조세, 수수료, 벌금 따위를 국민에게서 거두어들임.

평(坪): 땅 넓이의 단위로, 한 평은 3.3058㎡에 해당함.

(2) 나는 주택공사 건물을 등지고 나왔다. 거리에 쓰러지지 않고 신애 아주머니네 집까지 갔다. 아주머니네 집 초인종을 누르고 우리 동네를 보았다. 우리집이, 이웃집들이, 온 동네의 집들이 보이지 않았다. 방죽도 없어지고, 벽돌공장의 굴뚝도 없어지고, 언덕길도 없어졌다. 난장이와 난장이의 부인, 난장이의 두 아들, 그리고 난장이의 딸이 살아간 흔적은 거기에 없었다. 넓은 공터만 있었다. 신애 아주머니가 딸의 이름을 큰 소리로 부르며 나와 나의 몸을 부축해 안았다. "안녕하세요?" 하는 인사도 제대로 못 했다. 신애 아주머니는 전에도 다친 아버지를 이렇게 부축해 안아 일으켰었다. 아주머니와 아주머니의 딸이 나를 방으로 안아다 눕혔다. 딸이 물수건을 해오고, 아주머니는 나의 옷을 풀어헤쳤다. 아주머니는 어머니처럼 나에게 해주었다. 물수건으로 얼굴을 닦아 주고, 손과 발을 닦아 주고, 푹신한 이불을 내려 덮어주었다.

"고맙습니다, 아주머니."

내가 말했다. 나는 겨우 눈을 떴다.

"자, 아무 말도 하지 마라."

아주머니가 말했다.

"의사 선생님을 모셔 오마. 오늘은 아무 얘기도 하지 말자."

"괜찮아요."

내가 말했다. 저절로 눈이 감겼다.

"잠을 못 잤을 뿐예요. 잠이 와서 그래요."

"그럼 잠을 자라. 한잠 푹 자."

"빼앗겼던 걸 찾아왔어요."

"잘했다!"

"수속까지 끝냈어요."

"잘했어."

"이사 간 델 아시죠?"

"암, 알잖구."

"사무장님을 만났어요."

잠이 들 듯 말 듯한 상태에서 나는 말했다.

주택공사(住宅公社): 주택을 건설, 공급, 관리하는 일을 하는 정부 기업
방죽: 물이 밀려들어 오는 것을 막기 위해 쌓은 벽
수속(手續): 어떤 일을 진행하거나 처리하기 전에 거쳐야 할 과정이나 단계

"아주머니가 다 말씀해 주실 거라고 했어요."

"다른 말은 없었지?"

"무슨 일이 있었어요?"

"한잠 자라. 자구 나서 우리 얘기하자."

"말씀을 듣기 전엔 못 잘 것 같아요."

내가 다시 눈을 떴다. 아주머니의 딸이 마루로 나갔다. 이내 대문 소리가 들렸다. 병원으로 의사를 데리러 가는 길이었다.

아주머니가 말했다.

"네가 집을 나가구 식구들이 얼마나 찾았는지 아니? 이 방 창문에서도 보이지. 어머니가 헐린 집터에 서 계셨었다. 너는 둘째치구 이번엔 아버지가 어딜 가셨는지 모르게 됐었단다. 성남으로 가야 하는데 아버지가 안 계셨어. 길게 얘길 해 뭘 하겠니. 아버지는 돌아가셨어. 벽돌공장 굴뚝을 허는 날 알았단다. 굴뚝 속으로 떨어져 돌아가신 아버지를 철거반 사람들이 발견했어."

그런데─나는 일어날 수가 없었다. 눈을 감은 채 가만히 누워 있었다. 다친 벌레처럼 모로 누워 있었다. 숨을 쉴 수 없었다. 나는 두 손으로 가슴을 쳤다. 헐린 집 앞에 아버지가 서 있었다. 아버지는 키가 작았다. 어머니가 다친 아버지를 업고 골목을 돌아 들어왔다. 아버지의 몸에서 피가 뚝뚝 흘렀다. 내가 큰 소리로 오빠들을 불렀다. 오빠들이 뛰어나왔다. 우리들은 마당에 서서 하늘을 쳐다보았다. 까만 쇠공이 머리 위 하늘을 일직선으로 가르며 날아갔다. 아버지가 벽돌공장 굴뚝 위에 서서 손을 들어 보였다. 어머니가 조각마루 끝에 밥상을 올려놓았다. 의사가 대문을 들어서는 소리가 들렸다. 아주머니가 나의 손을 잡았다. 아아아아아아아 하는 울음이 느리게 나의 목을 타고 올라왔다.

"울지 마, 영희야."

큰오빠가 말했었다.

"제발 울지 마. 누가 듣겠어."

나는 울음을 그칠 수 없었다.

"큰오빠는 화도 안 나?"

모로 눕다: 옆쪽으로 눕다.

"그치라니까."

"아버지를 난장이라고 부르는 악당은 죽여 버려."

"그래. 죽여 버릴게."

"꼭 죽여."

"그래. 꼭."

"꼭."

‖ 작품의 이해와 감상

조세희의 소설은 1970년대 접어들어 한국사회의 중요한 사회문제로 제기된 빈곤문제와 노동문제, 그리고 환경문제를 연작소설이라는 양식으로 탐색하였다. 1976년 발표된 「난장이가 쏘아올린 작은 공」은, 같은 제목의 연작소설 12편 가운데 네 번째에 해당하는 중편소설이다. 조세희는 이 소설을 통해 낙원도 아니고 행복도 없는 '낙원구 행복동'을 묘사하고 있으며, 그곳에서 살아가는 '난장이' 일가(一家)의 삶을 통해 도시재개발 뒤에 숨은 도시빈민들의 아픔을 그리고 있다.

이 작품은 세 부분으로 나누어져 있으며, 각각 '영수', '영호', '영희'의 시각으로 이야기가 서술된다. 인용한 부분은 '영희'의 시각으로 서사가 진행되고 있다.

이 작품에서는 다양한 상징적 의미와 이미지가 활용되고 있다. 우선 주인공의 신체적인 특징인 '난장이'는 정상인보다는 왜소한 존재로서, 점차 거대해지는 산업화와 도시화로 인해 희생되는 인물을 의미한다. 즉 '난장이'는 사회적으로 열등한 위치에 있는 존재로서 빈곤한 사람, 소외된 사람을 상징한다. 또한 '하늘을 일직선으로 가르며 날아가'는 '쇠공'은 '난장이'와 그의 가족이 소망하는 불가능한 희망을 상징한다고 할 수 있다. 쇠로 만든 무거운 공이 하늘을 날아오르는 일은 현실적으로 불가능한 일이다. 하지만 '쇠공'이 하늘로 날아가는 환영을 통해 작가는 등장인물들의 염원, 이상적인 삶과 세계에 대한 꿈을 표현하고 있다. 이러한 상징적인 장치는 이 소설이 문학성을 확보하는 데 기여하고 있다.

이 작품은 1970년대의 한국사회를 배경으로 탄생한 것이다. 작가는 난장이 일가로 대표되는 가난한 노동자와 도시빈민의 삶을 교차해가며 그려냄으로써, 산업화와 도시화로 요약되는 성장주의의 문제점들을 적나라하게 폭로하고 있다. 특히 벗어나고자 하나 도저히 벗어날 수 없는 가난의 문제를 자본주의의 구조적인 모순으로 파악함으로써 당대 한국사회가 직면한 문제점을 날카롭게 포착하고 있다. 산업화시대에 대한 문학적 대응으로 평가되는 이 소설은, 1980년대에 등장하는 본격적인 노동문학의 토대를 제공하기도 하였다.

도시재개발과 철거민(撤去民)

한국에서는 1960년대 이후 급격한 도시화가 진행되었다. 이로 인해 농촌으로부터 많은 사람들이 도시로 이주하게 되었다. 많은 사람들이 한꺼번에 도시로 이주하자 이들이 생활할 거주공간이 부족하였다. 그러자 나무판으로 허술하게 지은 판자촌(板子村)이라는 새로운 주거지역이 형성되었다. 하지만 이곳은 도시개발정책에 따라 철거가 되는데, 이들을 철거하는 과정에서 이주 대책을 마련하지 못한 주민들은 정부의 개발정책에 반대하는 격렬한 시위를 하였다. 이렇게 철거를 당한 주민들을 '철거민'이라 부르는데, 강제 이주를 위해 정부는 무차별적인 폭력과 협박을 이들에게 가했으며, 철거민들 대부분은 삶의 기반을 잃은 채 길거리로 내몰리게 되었다.

빈곤문제(貧困問題): 가난하여 살기가 어려움에 따라 발생하는 사회문제

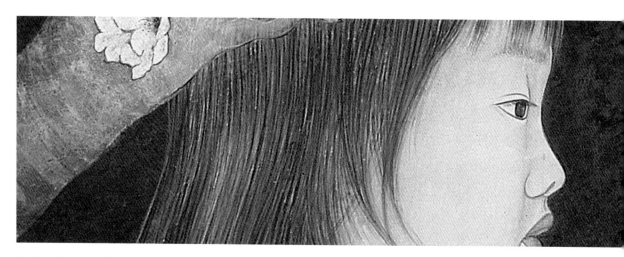

Modern Korean Literature

제7장 1970년대의 비평·희곡·수필

민족문학 개념의 정립을 위해

| 백낙청

백낙청은 민족문학론, 분단체제론, 근대극복론 등의 비평적 쟁점을 지속적으로 제기한 20세기 후반기의 대표적인 평론가이다. 이 가운데 1970년대에 그가 제기한 민족문학론은 한국문학사를 인식하는 중요한 시각이 되었다. 그는 이 글에서 그가 제기한 민족문학론의 개념과 내용에 대해 제시하고 있다.

백낙청(白樂晴, 1938년~현재)

평론가. 1965년 『신동아』에 「피상적 기록에 그친 6·25 수난」을 발표하면서 평론 활동을 시작하였다. 그는 해방 이후 한국의 민족문학론을 정립하고 이를 지속적으로 논리화하였다. 주요 평론으로는 「민족문학 개념의 정립을 위해」, 「인간해방과 민족문화운동」, 「민족문학의 민중성과 예술성」, 「오늘의 민족문학과 민족운동」, 「통일운동과 문학」, 「민족문학론과 리얼리즘론」 등이 있으며, 평론집으로 『민족문학과 세계문학 1』(1978), 『민족문학과 세계문학 2』(1985), 『인간해방의 논리를 찾아서』(1979), 『현대문학을 보는 시각』(1991), 『분단체제 변혁의 공부길』(1994) 등이 있다.

바야흐로: 이제 한창. 또는 이제 막.
붐(boom): 어떤 사회 현상이 갑자기 유행함.
자못: 생각보다 매우.
살벌(殺伐): 행동이나 분위기가 거칠고 무서움.
얼핏: 지나치면서 잠깐 나타나는 모양을 나타내는 말
본연(本然): 본래 생겨난 그대로의 상태

(1) 문학의 '국적(國籍)'이 뜻하는 것 : 민족문화와 민족문학에 관한 논의는 바야흐로 일대 붐을 이루고 있다. 한때는 누가 '민족문학'을 거론하기만 해도 자못 살벌한 분위기가 감돌고는 했는데 지금은 완연히 달라진 형세다. 막대한 국가 예산을 지급해 가며 사람들을 모아 민족문학 이야기를 하고 때로는 그 찬란한 개화를 내다보기도 한다.

민족문학의 개념이 결코 포기할 수 없는 것이라 믿는 필자로서는 우선 반갑고 안도의 한숨마저 나오려고 하지만, 이것이 과연 민족문학의 올바른 전개와 결실을 약속하는 현상일지 어떨지는 얼핏 확인하기 어렵다. 여하튼 이런 때일수록 민족문학이 무엇인가라는 물음을 다시 한번 제기해 볼 필요가 있음을 느낀다. 민족문학론이 공격과 경계의 대상이 되었을 때보다 그것이 일종의 유행이 되었을 때야말로 이에 대한 반론을 새삼스레 되씹어 보고 이러한 반대를 충분히 넘어설 만한 근거 위에 우리의 민족문학을 정립하며, 그런 근거를 결여한 민족문학론은 민족문학의 부정론 못지않게 경계해야겠다는 것이다. '민족문학' 개념의 타당성 문제는 흔히 '세계문학'과의 연관성 속에서 제기되고, 또 그렇게 하는 것이 매우 적절한 방법인 것 같다. 이런 경우 민족문학이라는 용어를 달갑지 않게 여기는 입장은 대충 다음과 같이 요약될 수 있겠다. 즉 '한국민족이 생산한 문학'이라는 의미로 민족문학을 말한다면 모르되, '한국문학' 혹은 한국의 '국민문학'과 구별되는 민족문학의 개념을 고집한다는 것은, 무엇보다도 '문학'으로서 훌륭하냐 그렇지 못하냐를 따져야 할 문학 본연의 자세에 어긋나는 것이며 우리 문학의 발전을 저해하고 한국문학이 세계문학에 떳떳이 참여할 기회를 놓치는 결과가 되기 쉽지 않겠냐는 것이다. 더구나 이러한 민족문화론의 근저에 있는 민족주의는 자칫하면 국수주의로 흘러 문학뿐 아닌 모든 분야에서 세계사의 발전에 역행하고 말 우려가 있다는 것이다.

이러한 우려는 충분히 검토되어 마땅하다고 생각된다. 사학계(史學界)에서도 이 문제는 한국사 내지 한국학 연구의 '특수성'과 '보편성'이라는 문제를 중심으로 논의가 제기되고 있는 것으로 알거니와, 최근의 민족문학론이 흔히 복고주의나 국수주의의 색채를 띠기도 한다는 점에서 이것은 문학에서도 그냥 지나쳐 버릴 수 없는 문제이다. 우리의 민족문학론이 우리 민족이 낳을 수 있는 최선의 문학을 낳고 그리하여 세계문학에 떳떳한 공헌을 하는 데 이바지하는 것이 아니라면 그것은 그냥 무해무익한 이야기 정도로 그치지 않고 민족의 고난과 전 인류의 불행을 적극적으로 조장하는 일이 될 것이기 때문이다.

사태의 이러한 심각성에 비추어 이야기를 '문학에 국경이 있느냐'는 상투적인 질문으로 끌고 가서 '국적을 가진 문학만이 국경을 넘을 수 있다'는 귀에 익은 경구로 답하고 마는 것은 결코 만족스러울 수 없다.

문학의 '국적'이란 구체적으로 어떤 것이며 '문학이 국경을 넘는다'는 것은 정확히 무엇을 의미하는가? 또 복수민족국가 또는 복수언어국가도 아닌 우리나라에서 우리 국민이 국어로 써낸 문학 전체를 가리키는 한국문학 내지 국민문학과 다른 의미에서 문학의 국적을 어떻게 가릴 수가 있는 것인가?

(2) 민족문학(民族文學)과 민족현실(民族現實) : 이러한 의문에 대한 답이 일종의 관념유희에 흐르지 않으려면 이 모든 의문에도 불구하고 민족문학의 개념을 고수할 것을 요청하는 어떤 구체적인 민족적 현실이 있어야 한다. 즉 민족문학의 주체가 되는 민족이 우선 있어야

분단체제론

백낙청은 민족문학론의 연장선상에서 1980년대 후반부터 분단이라는 현실이 낳은 한국사회의 문제점을 지속적으로 제기하기 시작하였다. 1992년에 그는 이러한 문제의식을 본격적으로 논리화하여 분단체제론을 제출하였다. 이는 세계체제와의 관련 속에서 한국의 분단현실을 인식하고 어떻게 현재의 분단체제를 극복하고 통일을 이룩할 것인가를 모색하는 실천적 논의이다.

근대극복론

백낙청이 1990년대 들어 활발하게 전개된 탈근대 논의를 비판하며 근대에 대한 극복의 방법을 모색한 논의이다. 그는 어떤 대상을 극복하고자 할 때, 기존의 논의가 함유하고 있는 의미 있는 부분을 간직하면서 넘어서야 한다는 입장을 보인다. 따라서 그는 근대를 극복하고자 하는 과제는 근대에 대한 적응과 극복을 동시적으로 수행해야 하는 것이라고 주장하였다.

근저(根底/根柢): 사물의 뿌리나 밑바탕이 되는 기초
사학계(史學界): 역사학 분야
공헌(貢獻): 어떤 일이 이루어지는 데 힘을 써서 도움.
조장(助長): 옳지 않은 일이 더 심해지도록 부추김.
경구(警句): 진리나 삶에 대한 느낌이나 사상을 간결하고 날카롭게 표현한 말
관념유희(觀念遊戲): 현실을 고려하지 아니하고 추상적이고 관념적인 이론에 빠져서 즐기는 일

하고 동시에 그 민족으로서 가능한 온갖 문학 활동 가운데서 특히 그 민족의 주체적 생존과 인간적 발전이 요구하는 문학을 '민족문학'이라는 이름으로 구별시킬 필요가 현실적으로 존재해야 하는 것이다. 다시 말해서 그것은 민족의 주체적 생존과 그 대다수 구성원의 복지가 심각한 위협에 직면해 있다는 위기의식의 소산이며 이러한 민족적 위기에 임하는 올바른 자세가 바로 국민문학 자체의 건강한 발전을 결정적으로 좌우하는 요인이 되었다는 판단에 입각한 것이다.

이렇게 이해되는 민족문학의 개념은 철저히 역사적인 성격을 띤다. 즉 어디까지나 그 개념에 내실(內實)을 부여하는 역사적 상황이 존재하는 한에서 의의 있는 개념이고, 상황이 변하는 경우 그것은 부정되거나 보다 차원 높은 개념 속에 흡수될 운명에 놓여 있는 것이다. 따라서 이러한 민족문학론은 민족이라는 것을 어떤 영구불변의 실체나 지고의 가치로 규정해 놓고 출발하는 국수주의적 문학론 내지 문화론과는 근본적으로 다르다. 현실적으로 그러니까 정치·경제·문화 각 부분의 실생활에서 '민족'이라는 단위로 묶여져 있는 인간들의 전부 또는 그 대다수의 진정으로 인간다운 삶을 위한 문학이 '민족문학'으로 파악되는 것이 가장 바람직한 때와 장소에 한해 제기될 뿐이며, 그 때와 장소의 선정은 어디까지나 '진정으로 인간다운 삶'에 대한 모든 인간의 염원을 공유하는 입장에서 이루어지는 것이기 때문이다.

‖ 작품의 이해와 감상

이 글은 백낙청이 1974년에 「민족문학개념의 신전개」라는 제목으로 발표한 후, 그의 첫 평론집인 『민족문학과 세계문학』(1978)에 재수록한 평론이다. 그는 이 글에서 민족문학에 대한 자신의 입장을 체계화하기 시작하였으며, 향후 지속적으로 제기한 민족문학론의

소산(所産): 어떤 행위나 상황 따위에 의한 결과로 나타나는 현상
내실(內實): 내적인 가치
영구불변(永久不變): 오래도록 변하지 아니함.
지고(至高): 더할 수 없이 높음.

출발선상에 있는 논의라 할 수 있다. 여기에서 그는 민족문학의 개념이 무엇이며, 민족문학에서 다루어야 할 내용이 어떠한 것인가를 분명하게 제시한다. 해방 이후 한국 비평사에 가장 큰 영향을 끼친 논의가 민족문학론이고, 이 논의를 가장 치열하게 논리화한 비평가가 백낙청이라는 점에서 이 글은 매우 의미 있는 평문으로 평가된다.

그는 이 글에서 민족문학은 우선 그 주체가 되는 민족이 있어야 한다고 전제한다. 그리고 그는 이 민족의 주체적 생존과 인간적 발전을 위한 문학을 '민족문학'이라고 정의한다. 하지만 이러한 민족문학의 개념은 고정불변의 것이 아니라 항상 역사적인 성격을 띤다고 보고, 민족문학이라는 개념에 내실(內實)을 부여하는 역사적 상황이 존재하는 한에서 의의를 갖는다고 보았다.

즉 백낙청은 민족이 심각한 위기에 처했을 때, 이러한 현실을 반영하면서 인간적인 삶을 모색하는 문학이 진정한 민족문학이라고 주장한다. 그는 민족문학을 한국이 일제의 침략으로 인해 민족의 생존을 위협받은 역사적 경험이 있었기에 생겨난 한국적 문학현실로 본다. 따라서 그는 문학을 철저히 역사적 산물이라고 보고, 민족문학이라는 인식을 통해 한국의 문학현실을 정확하게 인식할 수 있다고 주장한다. 특히 그는 민족문학을 세계문학에 대응하는 개념으로 보고, 민족적 현실을 내용으로 삼는 민족문학이야말로 한국문학이 세계문학에 참여할 수 있는 방법이라고 보았다.

1970년대에 주장한 백낙청의 민족문학론은 1980년대에 들어서 민중의 삶을 그린 민중문학으로 변모하며 이론적 변화를 거친다. 역사적 상황에 따라 이론적 변화는 있지만, 백낙청의 비평정신은 기본적으로 문학이 역사적 현실과 이데올로기를 초월한 영역에 놓여 있는 것이 아니라는 입장에 서 있다. 따라서 그의 비평들은 한국문학의 현실참여를 강조한 대표적인 예라 할 수 있다.

초월(超越): 어떠한 한계나 표준을 뛰어 넘음.

파수꾼

| 이강백

이강백은 알레고리(allegory)적 기법을 사용하여 권력의 위선과 억압 및 인간의 실존적 고뇌를 보여준 개성적인 희곡작가로 평가된다. 그가 주로 활용하는 우화적인 장치는 독재체제와 분단체제 등으로 대표되는 한국사회의 지배이데올로기를 상징적으로 드러내 보여준다. 이 작품은 제도화된 권력의 위선과 허구성을 상징적으로 보여주고 있다.

이강백(李康白, 1947년~현재)

극작가. 1971년 《동아일보》 신춘문예에 희곡 「다섯」이 당선되면서 작품 활동을 시작하였다. 그는 주로 우화와 비유가 많은 비사실주의 작품을 썼다. 대표작으로는 「파수꾼」, 「동지섣달 꽃 본 듯이」, 「느낌, 극락 같은」 등이 있으며, 희곡집으로는 『이강백희곡전집』이 있다.

‖ 줄거리

파수꾼들은 마을 밖 황야에 세워진 망루에서 이리 떼의 습격을 감시한다. 이리 떼가 나타나면 파수꾼은 양철북을 두드리고 이 소리를 들은 마을 사람들은 대피할 준비를 하는 생활이 반복된다. 새로 파수꾼이 된 소년 '다'는 어느 날 이리 떼가 단지 흰 구름일 뿐이라는 사실을 알게 되고 이를 촌장에게 알린다. 촌장은 이리 떼가 없음을 인정하면서도, 마을의 질서 유지와 단결을 위해 이리 떼에 대한 경계심이 필요하다는 논리로 소년을 설득한다. 촌장의 설득으로 소년은 이리 떼가 존재한다고 마을사람들에게 말한다.

고뇌(苦惱): 괴로워하고 걱정함.
파수꾼(把守-): 일정한 곳에서 경계를 하며 지키는 일을 하는 사람
망루(望樓): 주위의 상황을 살피기 위하여 높은 곳에 세워놓은 작은 집
촌장(村長): 한 마을의 일을 맡아보는 사람으로 가장 높은 위치에 있는 사람

다 촌장님은 이리가 무섭지 않으세요?

촌장 없는 걸 왜 무서워하겠니?

다 촌장님도 아시는군요?

촌장 난 알고 있지.

5 **다** 아셨으면서 왜 숨기셨죠? 모든 사람들에게, 저 덫을 보러간 파
수꾼에게, 왜 말하지 않는 거예요?

촌장 말해 주지 않는 것이 더 좋기 때문이다.

다 거짓말 마세요, 촌장님! 일생을 이 쓸쓸한 곳에서 보내는 것이
더 좋아요? 사람들도 그렇죠!「이리 떼가 몰려온다.」이 헛된
10 두려움에 시달리는데 그게 더 좋아요?

촌장 얘야, 이리 떼는 처음부터 없었다. 없는 걸 좀 두려워한다는 것
이 뭐가 그렇게 나쁘다는 거냐? 지금까지 단 한 사람도 이리에
게 물리지 않았단다. 마을은 늘 안전했어. 그리고 사람들은 이
리 떼에 대항하기 위해서 단결했다. 그들은 질서를 만든 거야.
15 질서, 그게 뭔지 넌 알기나 하니? 모를 거야, 너는. 그건 마을을
지켜주는 거란다. 물론 저 충직한 파수꾼에겐 미안해. 수천 개
의 쓸모없는 덫들을 보살피고 양철북을 요란하게 두들겼다.
허나 말이다, 그의 일생이 그저 헛된다고만 할 순 없어. 그는
모든 사람들을 위해 고귀하게 희생한 거야. 난 네가 이러한 것
20 들을 이해하여 주기 바란다. 만약 네가 새벽에 보았다는 구름
만을 고집한다면, 이런 것들은 모두 허사가 된다. 저 파수꾼은
늙도록 헛북이나 친 것이 되구, 마을의 질서는 무너져 버린다.
얘야, 넌 이렇게 모든 걸 헛되게 하고 싶진 않겠지?

다 왜 제가 헛된 짓을 해요? 제가 본 흰 구름은 아름답고 평화로웠
25 어요. 저는 그걸 보여 주려는 겁니다. 이제 곧 마을 사람들이
온다죠? 잘 됐어요. 저는 망루 위에 올라가서 외치겠어요.

촌장 뭐라구? (잠시 동안 침묵을 지킨 후에 웃으며) 사실 우습기도 해. 이리
떼? 그게 뭐냐? 있지도 않은 그걸 이 황야에 가득 길러 놓구, 마
을엔 가시 울타리를 둘렀다. 망루도 세웠구, 양철북도 두들기
30 구, 마을 사람들은 무서워서 떨기도 한다. 아하, 언제부터 내가

알레고리(allegory)

하나의 주제를 말하기 위하여 다른 주제
를 사용하여 그 유사성을 적절히 암시하
면서 주제를 나타내는 수사법을 말한다.
일종의 은유법과 유사한 표현 기교라고
할 수 있는데, 은유법이 하나의 단어나
하나의 문장과 같은 작은 단위에서 구사
되는 표현 기교인 반면, 알레고리는 이야
기 전체가 하나의 총체적인 은유법으로
되어 있다는 차이점이 있다.

덫: 짐승을 잡는 도구의 한 종류
대항(對抗): 맞서 싸움.
허사(虛事): 보람을 얻지 못하고 쓸데없
이 노력한 일
헛되다: 아무 보람이나 뜻이 없다.

이런 거짓놀이에 익숙해졌는지 모른다만, 나도 알고는 있지. 이 모든 것이 잘못되어 있다는 걸 말이다.

다 그럼 촌장님, 저와 같이 망루 위에 올라가요. 그리구 함께 외치세요.

촌장 그래, 외치마. ⁵

다 아, 이젠 됐어요!

촌장 (혼잣말처럼) …… 그러나 잘 될까? 흰 구름, 허공에 뜬 그것만 가지구 마을이 잘 유지될까? 오히려 이리 떼가 더 좋은 건 아닐지 몰라.

다 뭘 망설이시죠? ¹⁰

촌장 아냐, 아무것두…… 난 아직 안심이 안 돼서 그래. (온화한 얼굴에서 혀가 낼름 나왔다가 들어간다.) 지금 사람들은 도끼까지 들구 온다잖니? 망루를 부순 다음엔 속은 것에 더욱 화를 낼 거야! 아마 날 죽이려구 덤빌지도 몰라. 아니 꼭 그럴 거다. 그럼 뭐냐? 지금까진 이리에게 물려 죽은 사람은 단 한 명도 없었는데, 흰 ¹⁵ 구름의 첫날 살인이 벌어진다.

다 살인이라구요?

촌장 그래, 살인이지. (난폭하게) 생각해 보렴, 도끼에 찍힌 내 모습을. 피가 샘솟듯 흘러내릴 거다. 끔찍해. 얘, 너는 그런 꼴이 되길 바라고 있지? ²⁰

다 아니에요, 그건!

촌장 아니라구? 그렇지만 내가 변명할 시간이 어디 있니? 난 마을 사람들에게 왜 이리 떼를 만들었던가, 그걸 알려 줘야 해. 그럼 그들도 날 이해해 줄 거야.

다 네, 그렇게 말씀하세요. ²⁵

촌장 허나 내가 말할 틈이 없다. 사람들이 오면, 넌 흰 구름이라 외칠 거구, 사람들은 분노하여 도끼를 휘두를 테구, 그럼 나는, 나는…… (은밀한 목소리로) 얘, 네가 본 그 흰 구름 있잖니, 그건 내일이면 사라지고 없는 거냐?

다 아뇨. 그렇지만 난 오늘 외치구 싶어요. ³⁰

촌장 그것 봐. 넌 내 피를 보구 싶은 거야. 더구나 더 나쁜 건, 넌 흰 구름을 믿지도 않아. 내일이면 변할 것 같으니까, 오늘 꼭 외치려구 그러는 거지. 아하, 넌 네가 본 그 아름다운 걸 믿지도 않는구나!

다 (창백해지며) 그건, 그건 아니에요!

촌장 그래? 그럼 너는 내일까지 기다려야 해. (괴로워하는 파수꾼 **다**를 껴안으며) 오늘은 나에게 맡겨라. 그러면 나도 내일은 너를 따라 흰 구름이라 외칠 테니.

다 꼭 약속하시는 거죠?

촌장 물론 약속하지.

다 정말이죠, 정말?

촌장 그럼. 정말 약속한다니까.

파수꾼 **나**가 들어온다.

나 또, 헛치었습니다. 이리는 워낙 교활해서요, 친 것 같아도 가보면 달아나구 없어요.

촌장 다음에는 꼭 잡히겠지요.

나 미안합니다. 이번에 잡았더라면 그 껍질을 촌장님께 선사하구 싶었는데…….

촌장 받은 거나 다름없이 감사합니다.

나 (촌장에게 안겨 있는 **다**를 가리키며) 그 앤 지금 몹시 아픕니다.

촌장 네. 열이 있는 것 같군요.

다 간밤에 담요를 덮지 않아서 병이 났어요.

촌장 이만한 나이 때 누구나 한 번씩은 앓는 병이겠지요.

나 내 잘못이었어요. 담요를 꼭 덮어줘야 하는 건데. (**다**에게) 얘야, 난 널 좋아해. 아픈 것 빨리 좀 나아주렴.

다 (힘없이 웃으며) ……고마워요.

나 (관객석쪽으로 돌아서다가, 흠칫 놀라며) 웬 사람들이 이렇게 몰려오죠?

촌장 마을 사람들이지요.

나 마을 사람들요?

교활(狡猾): 자기의 이익을 위한 나쁜 꾀가 많음.
선사(膳賜): 존경, 친함, 애정의 뜻을 나타내기 위하여 남에게 선물을 줌.

촌장 (관객들을 향해) 어서 오십시오, 주민 여러분. 이 애가 그 말을 꺼낸 파수꾼입니다. 저기 빙긋 웃고 있는 식량 운반인, 이 애가 틀림없지요? 네, 그렇다고 확인했습니다. 이리 떼인지 아니면 흰구름인지, 직접 이 아이의 입을 통하여 들어봅시다.

파수꾼 **다**, 쓰러질 것 같은 걸음으로 망루를 향해 걸어간다. **나**가 근심스럽게 쫓아 간다.

나 애야, 괜찮겠니?

다 ……네.

나 아무래도 걱정이 되는구나. 넌 이리 떼란 말만 들어도 벌벌 떠는 겁쟁이인데. 망루 위에 올라가서 엎드리면 안돼. 이렇게 많은 사람들이 널 보러 오지 않았니? 얼마나 큰 영광이냐. 이 기회에 말이다, 넌 너 자신이 파수꾼이라는 걸 힘껏 자랑해야 한다. 알았지, 응?

촌장 그만 올라가게 하십시오.

파수꾼 **다**는 망루 위에 올라간다. 긴 침묵. 마침내 부르짖는다.

다 이리 떼다, 이리 떼! 이리 떼가 몰려온다!

파수꾼 **가**의 손이 번쩍 들려지며 그도 외친다. 파수꾼 **나**는 신이 **나**서 양철북을 두드린다. 북소리, 한동안 계속된다.

가 북소리 중지! 이리 떼는 물러갔다.

촌장 주민 여러분! 이것으로 진상은 밝혀졌습니다. 흰 구름은 없으며 이리 떼 뿐입니다. 이 망루는 영구히 유지되어야겠지요. 양철북도 계속 쳐야 할 것입니다. 여러분, 다음 이리의 습격 때까진 잠시 시간적 여유가 있습니다. 그 틈을 이용하여 돌아가십시오. 가시거든 마을 광장에 다시 모이시기 바랍니다. 수다쟁이 운반인의 처벌을 논의합시다. 그럼 어서 돌아가십시오. 이리 떼가 여러분을 물어뜯으러 옵니다.

망루 위에서 파수꾼 **다**가 내려온다.

Ⅱ작품의 이해와 감상

이 작품은 이강백이 1974년에 발표한 희곡으로, 박정희 군사정권이 체제유지를 위해 내세운 안보논리를 우화적인 기법으로 풍자한 현실비판적인 작품이다. 이솝(Aesop)의 유명한 우화인 「양치기 소년」을 변용한 이 작품은, 우화적인 장치를 활용하여 제도화된 권력이 갖는 위선과 폭압성을 보여준 이강백의 초기 대표작의 하나이다.

이 작품의 무대는 가상으로 설정된 한 마을과 마을 밖의 황야 그리고 황야에 세워져 이리 떼의 습격을 감시하는 망루이다. 이 마을에 실제로 이리 떼가 나타난 적은 없지만, 파수꾼은 언제나 망루에서 이리 떼의 습격을 감시한다. "이리 떼가 나타났다."라고 소리치는 파수꾼 '가'와 그때마다 양철북을 두드리는 늙은 파수꾼 '나'가 그들이다. 하지만 마을사람들을 지키려고 자원한 소년 파수꾼 '다'는 이리 떼는 없고 아름다운 흰 구름뿐이라는 진실을 알게 된다. 파수꾼 '다'는 이 진실을 마을사람들에게 알리려 하지만 마을의 질서 유지를 위해서는 가상의 적이 필요하다는 촌장의 설득으로, 결국 그도 양철북을 두드리게 된다는 이야기가 이 작품의 주된 줄거리이다. 여기서 이리 떼는 체제유지를 위한 도구로 활용되는 가상의 적이며 촌장은 위선적인 권력을 상징한다. 또한 파수꾼 '가'와 '나'는 체제유지에 무비판적으로 순응하는 인물이며 파수꾼 '다'는 진실을 알게 되었지만 결국 권력의 논리에 순응하는 나약한 지식인의 모습을 상징한다.

이 작품은 냉전이데올로기로 인해 분단체제가 고착되었던 1970년대의 한국적 상황을 시대배경으로 하고 있다. 당시 한국사회는 언론이 통제되고 진실이 은폐되면서 사람들은 폭압적인 권력에 의해 진실을 말할 수 없는 처지에 놓여 있었다. 이강백은 이러한 상황을 고도의 문학적 기법으로 풍자함으로써 현실을 비판적으로 인식하려는 작가정신을 잘 보여주었다.

「양치기 소년」
이솝(Aesop) 우화의 하나로, 양을 치는 소년이 심심해서 '늑대가 나타났다'고 거짓말을 하고 어른들은 소년의 거짓말에 속아 늑대를 막으러 오지만 허탕을 치고 돌아간다. 소년은 반복해서 거짓말을 하게 되고, 실제로 늑대가 나타났을 때는 어른들이 이를 믿지 않아 결국 마을의 모든 양이 늑대에 의해 죽게 된다는 이야기이다.

우화(寓話): 사람처럼 행동하고 말하는 동식물과 사물을 주인공으로 등장시켜, 그들의 행동을 통해 어떤 것을 비판하거나 교훈의 뜻을 나타내는 이야기
폭압성(暴壓性): 폭력으로 억압하는 성질을 띤 것
이솝(Aesop): 고대 그리스(Greece)의 우화 작가로, 그는 여러 지방을 돌아다니면서 사람들에게 많은 우화를 들려주었는데, 훗날 그 우화들을 글로 엮은 책이 『이솝 이야기』임.
황야(荒野): 버려진 채 사람의 손길이 닿지 않아 거칠게 된 들판
은폐(隱蔽): 덮어 감추거나 가려서 숨김.

인연

| 피천득

피천득은 평범하고 일상적인 소재를 섬세하고도 간결한 문체에 담아 아름답게 표현하는 서정적인 수필가로 평가된다. 이
작품은 한국인이 특히 사랑하는 그의 대표작으로, 한 여인과의 애틋한 이별과 만남을 통해 순수한 사랑의 감정을 담담하게
그려낸 수필이다.

피천득(皮千得, 1910년~2007년)

시인이자 수필가. 1930년 『신동아』에
「서정소곡」 등을 발표하며 작품 활동을
시작하였다. 대표작으로는 「소곡」, 「가
신 님」 등의 시가, 「은전 한 닢」, 「인연」
등의 수필이 있다. 시집으로는 『서정시
집』(1947), 『산호와 진주』(1969), 『생
명』(1993)이 있으며, 수필집으로는 『수
필』(1976), 『인연』(1996) 등이 있다.

출강(出講): 학교에 강의를 하러 감.
유숙(留宿): 다른 사람의 집에서 잠을 자
며 임시로 머무름.
서생(書生): 남의 집에서 일을 해주며 공
부하는 사람
일년초(一年草): 한 해 동안에 씨에서 싹
이 나고 자라 꽃을 피우고 열매를 맺은
후 시들어 죽는 식물
산보(散步): 바람을 쐬거나 기분을 전환
하기 위해 멀지 않은 곳을 걷는 일
안데르센(Andersen, Hans Christian, 1805
년~1875년): 덴마크(Denmark)의 동화
작가. 그의 동화는 서정적인 정서와 아
름다운 환상의 세계, 인본주의적 인간애
등이 특징임.

지난 사월 춘천에 가려고 하다가 못가고 말았다. 나는 성심여자대
학에 가보고 싶었다. 그 학교에 어느 가을 학기, 매주 한 번씩 출강한
일이 있다. 힘 드는 출강을 한 학기 하게 된 것은, 주 수녀님과 김 수
녀님이 내 집에 오신 것에 대한 예의도 있었지만 나에게는 사연이 있
었다.

수십 년 전에 내가 열일곱 되던 봄, 나는 처음 동경(東京)에 간 일이
있다. 어떤 분의 소개로 사회교육가 미우라(三浦) 선생 댁에 유숙을
하게 되었다. 시바쿠 시로가네(芝區白金)에 있는 그 집에는 주인 내외
와 어린 딸 세 식구가 살고 있었다. 하녀도 서생도 없었다. 눈이 예쁘
고 웃는 얼굴을 하는 아사코(朝子)는 처음부터 나를 오빠같이 따랐다.
아침에 낳았다고 아사코라는 이름을 지어주었다고 하였다. 그 집 뜰
에는 큰 나무들이 있었고, 일년초 꽃도 많았다. 내가 간 이튿날 아침,
아사코는 '스위트피'를 따다가 화병에 담아 내가 쓰게 된 책상 위에
놓아주었다. '스위트피'는 아사코같이 어리고 귀여운 꽃이라고 생각
하였다.

성심(聖心)여학원 소학교 일학년인 아사코는 어느 토요일 오후 나
와 같이 저희 학교까지 산보를 갔었다. 유치원부터 학부까지 있는
가톨릭 교육 기관으로 유명한 이 여학원은 시내에 있으면서 큰 목장
까지 가지고 있었다. 아사코는 자기 신발장을 열고 교실에서 신는
하얀 운동화를 보여 주었다.

내가 동경을 떠나던 날 아침, 아사코는 내 목을 안고 내 뺨에 입을
맞추고, 제가 쓰던 작은 손수건과 제가 끼던 작은 반지를 이별의 선

물로 주었다. 옆에서 보고 있던 선생 부인은 웃으면서 "한 십 년 지나면 좋은 상대가 될 거예요." 하였다. 나는 얼굴이 더워지는 것을 느꼈다. 나는 아사코에게 안데르센의 동화책을 주었다.

그 후 십 년이 지나고 삼사 년이 더 지났다. 그동안 나는 초등학교 일학년 같은 예쁜 여자 아이를 보면 아사코 생각을 하였다. 내가 두 번째 동경에 갔던 것도 사월이었다. 동경역 가까운 데 여관을 정하고 즉시 미우라 댁을 찾아갔다. 아사코는 어느덧 청순하고 세련되어 보이는 영양(令孃)이 되어 있었다. 그 집 마당에 피어 있는 목련꽃과도 같이. 그때 그는 성심여학원 영문과 삼학년이었다. 나는 좀 서먹서먹했으나, 아사코는 나와의 재회를 기뻐하는 것 같았다. 아버지 어머니가 가끔 내 말을 해서 나의 존재를 기억하고 있었나 보다.

그날도 토요일이었다. 저녁 먹기 전에 같이 산보를 나갔다. 그리고 계획하지 않은 발걸음은 성심여학원 쪽으로 옮겨져 갔다. 캠퍼스를 두루 거닐다가 돌아올 무렵, 나는 아사코 신발장은 어디 있느냐고 물어보았다. 그는 무슨 말인가 하고 나를 쳐다보다가, 교실에는 구두를 벗지 않고 그냥 들어간다고 하였다. 그리고는 갑자기 뛰어가서 그날 잊어버리고 교실에 두고 온 우산을 가지고 왔다. 지금도 나는 여자 우산을 볼 때면 연두색이 고왔던 그 우산을 연상한다. 「쉘부르의 우산」이라는 영화를 내가 그렇게 좋아한 것도 아사코의 우산 때문인가 한다. 아사코와 나는 밤늦게까지 문학 이야기를 하다가 가벼운 악수를 하고 헤어졌다. 새로 출판된 버지니아 울프의 소설 「세월」에 대해서도 이야기한 것 같다.

그 후 또 십여 년이 지났다. 그 동안 제 2차 세계대전이 있었고 우리나라가 해방이 되고 또 한국전쟁이 있었다. 나는 어쩌다 아사코 생각을 하곤 했다. 결혼은 하였을 것이요, 전쟁 통에 어찌 되나 않았나, 남편이 전사하지나 않았나 하고 별별 생각을 다 하였다. 1954년 처음 미국 가던 길에 나는 동경을 들러 미우라 댁을 찾아갔다. 뜻밖에 그 동네가 고스란히 그대로 남아있었다. 그리고 미우라 선생네는 아직도 그 집에서 살고 있었다. 선생 내외분은 흥분된 얼굴로 나를 맞이하였다. 그리고 한국이 독립이 돼서 무엇보다도 잘됐다고 치

「세월」

영국의 소설가이자 비평가인 버지니아 울프(Virginia Woolf, 1882년~1942년)의 작품이다. 이 작품에는 별다른 사건은 일어나지 않은 채, 3대에 걸친 삶과 세상의 변화가 담담하게 전개된다. 이처럼 자연스럽게 흘러가는 세월은, 「인연」에서 작가가 '아사코'와의 만남과 이별을 추억하는 방식과 매우 유사하다.

영양(令孃): 윗사람의 딸을 높여 이르는 말
「쉘부르의 우산(The Umbrellas of Cherbourg)」: 우산가게의 딸과 자동차 정비공의 애틋한 사랑을 그린 프랑스(France) 영화로, 1964년에 개봉됨.
전사(戰死): 전쟁터에서 싸우다가 죽음.
치하(致賀): 한 일에 대하여 고마움이나 칭찬의 뜻을 표시함.

하를 하였다. 아사코는 전쟁이 끝난 후 맥아더 사령부에서 번역 일
을 하고 있다가, 거기서 만난 일본인 2세와 결혼을 하고 따로 나서 산
다는 것이었다. 아사코가 전쟁 미망인이 되지 않은 것은 다행이었
다. 그러나 2세와 결혼하였다는 것이 마음에 걸렸다. 만나고 싶다고
그랬더니 어머니가 아사코의 집으로 안내해 주었다.

　뾰족 지붕에 뾰족 창문들이 있는 작은 집이었다. 20여 년 전 내가
아사코에게 준 동화책 겉장에 있는 집도 이런 집이었다. "아, 이쁜
집! 우리 이담에 이런 집에서 같이 살아요." 아사코의 어린 목소리가
지금도 들린다.

　십 년쯤 미리 전쟁이 나고 그만큼 일찍 한국이 독립되었더라면 아
사코의 말대로 우리는 같은 집에서 살 수 있게 되었을지도 모른다.
뾰족 지붕에 뾰족 창문들이 있는 집이 아니라도, 이런 부질없는 생각
이 스치고 지나갔다.

　그 집에 들어서자 마주친 것은 백합같이 시들어가는 아사코의 얼
굴이었다. 「세월」이란 소설 이야기를 한 지 십 년이 더 지났었다. 그
러나 그는 아직 싱싱하여야 할 젊은 나이다. 남편은 내가 상상한 것
과 같이 일본사람도 아니고, 미국사람도 아닌, 그리고 진주군(進駐軍)
장교라는 것을 뽐내는 것 같은 사나이였다. 아사코와 나는 절을 몇
번씩 하고 악수도 없이 헤어졌다.

　그리워하는데도 한 번 만나고는 못 만나게 되기도 하고, 일생을 못
잊으면서도 아니 만나고 살기도 한다. 아사코와 나는 세 번 만났다.
세 번째는 아니 만났어야 좋았을 것이다.

　오는 주말에는 춘천에 갔다 오려 한다. 소양강 가을 경치가 아름다
울 것이다.

맥아더(Douglas MacArthur, 1880년
~1964년): 미국 군인으로, 한국전쟁 때
국제 연합군의 최고 지휘자가 되어 남한
의 공산화를 막음.
사령부(司令部): 부대를 지휘하고 운영
하는 중심 조직이 있는 곳
진주군(進駐軍): 남의 나라 영토에 들어
와서 머무르고 있는 군대

▮ 작품의 이해와 감상

이 작품은 피천득이 1973년 발표한 경수필로, 일본 유학 시절에 만
난 하숙집의 딸 '아사코'와의 인연을 회상 형식으로 그려내고 있다.
피천득은 이 작품에서 젊은 날의 순수하고 애틋한 사랑의 감정을
'아사코'와의 세 번의 만남과 이별을 통해 담담하게 보여주고 있다.
일제강점기에서부터 해방으로 이어지는 20여 년의 세월을 배경으로
펼쳐지는 애틋한 사랑의 감정을 절제된 표현으로 그려냄으로써 인
연이라는 말이 갖는 운명적인 면을 잘 보여준다.

이 수필은 시간의 흐름에 따라 서사가 진행된다. '아사코'와 화자
사이에 일어난 세 번의 만남과 이별은 이십 여 년의 시간을 배경으
로 펼쳐진다. 하지만 이 작품에서 시간의 흐름은 '아사코'와의 사랑
과 반비례를 이룸으로써 아쉬움을 증폭시키는 기능을 한다. 즉 시간
이 흐를수록 작가에 대한 '아사코'의 사랑은 점차 약화되고 이를 인
식하는 작가의 안타까움은 더 커져간다. 이와 함께 이 작품의 완성
도를 높이고 있는 것은, 운동화와 우산, 버지니아 울프의 소설인 「세
월」과 같은 소재들이다. 이들은 모두 '아사코'에 대한 작가의 감정
을 비유적으로 드러내는 소재로 활용된다. 이처럼 작가가 자신의 감
정을 직접적으로 드러내지 않기 때문에 이 수필은 매우 높은 절제미
와 시적인 효과를 획득하고 있다. 자신의 감정을 절제하며 체험을
담담하게 들려주던 작가는 마지막으로 "그리워하는데도 한 번 만나
고는 못 만나게 되기도 하고, 일생을 못 잊으면서도 아니 만나고 살
기도 한다."고 고백한다. 이 진술은 인연의 운명성을 매우 인상 깊게
들려주고 있어 많은 이들이 기억하는 구절이다.

'인연'이라는 말은 만남을 소중하게 생각하는 한국인의 사유방식
을 가장 잘 표현하는 단어이다. 작가는 이를 제재로 사용함으로써
애절한 그리움과 이루지 못한 사랑에 대한 아쉬움을 담담하게 그려
내고 있다. 이 절제의 미학으로 인해 이 작품은 한국인의 심금을 울
려주는 대표적인 수필로 사랑받고 있다.

경수필(輕隨筆): 일상생활에서 일어나는
흔한 일들에 대한 감상이나 견해를 가볍
게 쓴 수필
반비례(反比例): 어떤 사물이나 사실과
반대로 견주어짐.
증폭(增幅): 사물의 범위가 늘어나 커짐.
절제(節制): 정도를 넘지 않도록 알맞게
조절하거나 제어함.
여운(餘韻): 아직 사라지지 않고 남아 있
는 느낌
심금(心琴): 외부의 자극에 따라 미묘하
게 움직이거나 감동하는 마음을 비유적
으로 이르는 말

Modern Korean Literature **III**

민중과 역사의 만남

| 1980년대의 한국문학

Modern Korean Literature

제8장 민중지향성과 해체정신

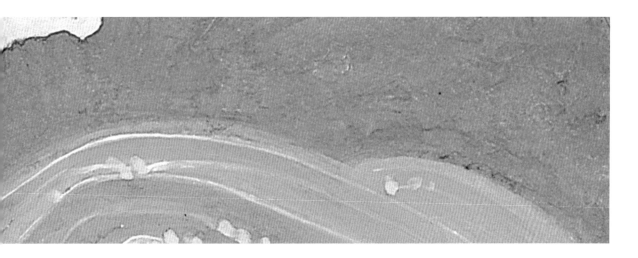

가난한 사랑노래 - 이웃의 한 젊은이를 위하여

| 신경림

신경림은 농민과 노동자로 대표되는 민중의 애환을 향토적인 언어와 민요적인 리듬에 담아 서정적으로 노래한 시인으로 평가된다. 이 시는 신경림의 대표작으로 가난으로 인해 고통 받는 도시 노동자의 현실과 그 속에서도 인간적인 삶을 간직 하고자 하는 소망을 노래하고 있다.

5

신경림(申庚林, 1936년~현재)

시인. 1955년 『문학예술』에 「갈대」 등 이 추천되어 작품 활동을 시작하였다. 그는 주로 농민과 노동자 등 가난하고 소 외된 이들의 삶을 노래하였다. 대표작 으로는 「농무(農舞)」, 「목계장터」, 「남 한강」, 「가난한 사랑노래」 등이 있으 며, 시집으로 『농무』(1973), 『남한강』 (1987), 『가난한 사랑노래』(1988), 『어 머니와 할머니의 실루엣』(1999), 『뿔』 (2002) 등이 있다.

가난하다고 해서 외로움을 모르겠는가

너와 헤어져 돌아오는

눈 쌓인 골목길에 새파랗게 달빛이 쏟아지는데.   10

가난하다고 해서 두려움이 없겠는가

두 점을 치는 소리

방범대원의 호각소리 메밀묵 사려 소리에

눈을 뜨면 멀리 육중한 기계 굴러가는 소리.   15

가난하다고 해서 그리움을 버렸겠는가

어머님 보고 싶소 수없이 뇌어보지만

집 뒤 감나무에 까치밥으로 하나 남았을

새빨간 감 바람소리도 그려보지만.   20

가난하다고 해서 사랑을 모르겠는가

내 볼에 와 닿던 네 입술의 뜨거움

사랑한다고 사랑한다고 속삭이던 네 숨결

돌아서는 내 등뒤에 터지는 네 울음.

가난하다고 해서 왜 모르겠는가   25

가난하기 때문에 이것들을

이 모든 것들을 버려야 한다는 것을.

애환(哀歡): 슬픔과 기쁨을 아울러 이르 는 말
호각(號角): 입으로 불어서 소리를 내는 작은 도구로, 어떤 의사를 전달하거나 지 시하기 위해 사용함.
육중하다(肉重ーー): 둔하고 무겁다.
뇌다: 조그만 소리로 거듭해서 말하다.

30

Ⅱ 작품의 이해와 감상

이 시는 신경림이 1988년에 발간한 『가난한 사랑노래』라는 시집에 수록한 18행의 자유시이다. 시인은 고향을 떠나 도시에서 노동자로 살아가는 청년을 시적 화자로 내세워, 가난 때문에 인간의 본원적인 감정까지 버리도록 만드는 현실을 비판하고 있다. 또한 동시에 시인은 이러한 현실에 굴복하지 않고 인간미를 간직하며 살아가고자 하는 삶의 의지를 노래한다.

이 시의 시대배경은 '방범대원의 호각소리'와 '육중한 기계 굴러가는 소리'에서 알 수 있듯이 도시화와 산업화가 급격하게 진행된 1970년대와 1980년대의 한국사회이다. 이러한 시대를 살아가는 시적 화자는 도시 변두리에서 생활하며 가난으로 인해 사랑하는 연인과 헤어져야 하는 아픔을 겪고 있다. 전체적인 시의 흐름은 '가난하다고 해서 ~ 모르겠는가'라는 문장이 다섯 번에 걸쳐 반복되면서 전개된다. 외형상으로는 하나의 연으로 되어 있지만 의미상으로는 '외로움, 두려움, 그리움, 사랑'이라는 감정마저 버려야 하는 고통스러운 현실이 각기 하나의 의미단락을 이루며 삶의 애환을 구체적으로 보여주고 있다. 하지만 이 시가 가난으로 인해 인간의 자연스러운 감정까지도 버려야 하는 비인간적인 현실에 대한 안타까움만을 보여주는 데 머무는 것은 아니다. 오히려 시인은 '가난하다고 해서 왜 모르겠는가'라는 설의법을 반복적으로 사용하며 이러한 현실의 모순을 강하게 비판한다. 특히 마지막 부분에서 '가난하기 때문에 이것들을/ 이 모든 것들을 버려야 한다는 것을'이라는 표현은 비인간적인 삶을 강요하는 현실에 대한 통렬한 비판이자, 현실에 굴복하지 않고 이를 극복하려는 강한 의지를 보여준다고 하겠다.

신경림의 시는 가난하고 소외된 이들이 처한 현실과 이들의 삶의 애환을 노래함으로써 민중지향적인 경향을 뚜렷하게 보여준다. 급격한 산업화와 도시화로 인한 폐해를 겪어야 했던 한국인에게 그의 이러한 민중시는 따뜻한 위로이자 힘이 되었다.

방범대원

사회의 질서를 유지하고 도둑질, 강도 등의 범죄가 발생하지 않도록 막는 일을 하는 대원을 말한다. 이들은 자신이 맡은 곳을 돌아다니며 사정을 살피는데, 불어서 소리를 내는 신호용 도구인 호각을 가지고 다니며 위험을 알렸다. 1980년대까지 이들은 범죄가 자주 일어나는 도시 빈민촌에서 밤에 주민의 안전을 지키는 일을 하였지만 1990년대 초반에 들어 주민들이 자율적으로 참여하는 자율방범대로 전환되면서 점차 그 숫자와 역할이 축소되었다.

변두리: 어떤 지역의 가장자리가 되는 곳
설의법(設疑法): 쉽게 판단할 수 있는 사실을 의문의 형식으로 표현하여 그 사실을 강조하는 표현법
통렬하다(痛烈――): 몹시 날카롭고 세차다.
민중시(民衆詩): 피지배층인 노동자와 농민 등의 삶과 입장을 담아내고 있는 시

사평역(沙平驛)에서

| 곽재구

곽재구는 민중들의 삶과 애환을 서정적으로 노래한 시인으로 평가된다. 이 시는 1980년대를 대표하는 서정시로 손꼽히는 작품으로, 고단한 삶의 여정을 연민의 눈길로 바라보며 삶의 고달픔을 노래하고 있다.

5

곽재구 (郭在九, 1954년~현재)

시인. 1981년 《중앙일보》 신춘문예에 「사평역에서」가 당선되면서 작품 활동을 시작하였다. 대표작으로는 「사평역에서」, 「구두 한 켤레의 시」 등이 있으며, 시집으로는 『사평역에서』(1983), 『전장포 아리랑』(1985), 『서울 세노야』(1990), 『참 맑은 물살』(1995), 『꽃보다 먼저 마음을 주었네』(1999) 등이 있다.

막차: 그날에 마지막으로 떠나거나 들어오는 차
대합실(待合室): 병원, 역, 공항 등에 손님이나 승객이 편하게 기다리도록 마련해 둔 곳
톱밥: 나무 따위를 톱이라는 도구로 자를 때 만들어지는 가루
그믐: 음력으로 그 달의 마지막 날로, 이 날엔 가장 작은 달이 뜸.
두름: 물고기를 한 줄에 10마리씩 두 줄로 엮어 20마리씩 세는 단위를 나타내는 말
굴비: 소금에 약간 절여서 통째로 말린 생선의 한 종류
광주리: 가늘게 쪼갠 대나무 등을 재료로 하여 바닥 부분을 둥글게 만든 그릇
설원(雪原): 눈으로 가득 덮인 땅
호명(呼名): 이름을 소리 내어 부름.

막차는 좀처럼 오지 않았다

대합실 밖에는 밤새 송이눈이 쌓이고

흰 보라 수수꽃 눈시린 유리창마다

10

톱밥 난로가 지펴지고 있었다

그믐처럼 몇은 졸고

몇은 감기에 쿨럭이고

그리웠던 순간들을 생각하며 나는

15

한 줌의 톱밥을 불빛 속에 던져주었다

내면 깊숙이 할말들은 가득해도

청색의 손바닥을 불빛 속에 적셔 두고

모두들 아무말도 하지 않았다

20

산다는 것이 술에 취한 듯

한 두름의 굴비 한 광주리의 사과를

만지작거리며 귀향하는 기분으로

침묵해야 한다는 것을

모두들 알고 있었다

25

30

오래 앓은 기침 소리와

쓴 약 같은 입술 담배 연기 속에서

싸륵싸륵 눈꽃은 쌓이고

그래 지금은 모두들

눈꽃의 화음에 귀를 적신다

자정 넘으면

낯설음도 뼈아픔도 다 설원인데

단풍잎 같은 몇 잎의 차창을 달고

밤 열차는 또 어디로 흘러가는지

그리웠던 순간을 호명하며 나는

한 줌의 눈물을 불빛 속에 던져주었다.

▮작품의 이해와 감상

사평역

이 시의 배경인 '사평역'은 실제로는 없는, 문학적인 상상력이 만들어낸 역이다. 하지만 이 시의 실제적인 배경이 된 역이 있다. 그곳은 전남 나주에 있는 작은 간이역인 '남평역'이다. 현재 이곳은 이 시의 배경이 된 곳으로 알려져 관광지가 되었다.

이 시는 곽재구가 1981년에 발표한 27행의 자유시로, 눈 내리는 겨울밤과 막차를 기다리는 간이역의 대합실을 시공간적 배경으로 하고 있다. 시적 화자는 대합실의 풍경을 절제된 시선으로 바라보면서, 오지 않는 막차를 기다리며 어디론가 떠나야 하는 고단한 삶을 따뜻하게 응시하고 있다. 이 시가 서정적인 정감을 불러일으키는 것은 세계를 바라보는 이러한 화자의 시선 때문이다.

시의 전반적인 풍경은 매우 적막한 분위기를 자아낸다. 막차를 기다리는 대합실의 풍경은 '오래 앓은 기침소리'와 '쓴 약 같은 입술 담배'가 불러일으키는 삶의 고단함으로 가득 차 있다. 그럼에도 불구하고 이러한 아픔들은 '눈꽃의 화음' 속으로 고요하게 녹아든다. 그 이유는 무엇일까?

이 시에서 실제로 일어난 일은 시적 화자가 '톱밥난로'에 톱밥을 던지는 행위뿐이며, 그 밖의 것들은 침묵하고 있는 풍경으로 묘사되고 있다. 이러한 풍경을 바라보며 삶의 의미를 생각하는 시적 화자는, '산다는 것이 술에 취한 듯/ 한 두름의 굴비 한 광주리의 사과를/ 만지작거리며 귀향하는 기분으로/ 침묵해야 한다는 것'을 알고 있으며 '자정 넘으면/ 낯설음도 뼈아픔도 다 설원'이라는 것을 알고 있다. '침묵'과 '설원'은 고통스러운 삶을 묵묵하게 견디며 살아가는 모습을 비유적으로 표현하면서 고단한 삶을 따뜻하게 감싸안는다. 이처럼 이 시는 대합실 안팎의 풍경 묘사와 삶에 대한 깨달음의 진술이 병치되면서, 마치 기차가 철로 위로 달려가듯 시상이 자연스럽게 전개된다.

이 시는 박정희 군부독재에 이어 집권한 신군부의 등장과 이에 대한 저항이 거세게 일어났던 1980년대 초반에 발표되었다. 이러한 강압적인 시대에 시인은 삶을 따뜻하게 응시하며 서정적인 언어로 삶의 고통을 감싸안으며 한국인에게 정서적 위로를 제공하였다. 한국인이 가장 좋아하는 시로 선정되기도 한 이 시가 수록된 곽재구의 첫

스테디셀러(steady seller): 오랜 기간에 걸쳐 꾸준히 잘 팔리는 책

시집 『사평역(沙平驛)에서』는, 오늘날까지 십만 부 이상이 팔리면서
스테디셀러(steady seller)가 되고 있다.

새들도 세상을 뜨는구나

| 황지우

황지우는 1980년대에 해체시라는 새로운 형식을 시도하여 한국시에 새로움을 더해준 시인으로 평가된다. 이 시는 첫 시집에 수록된 표제시로, 억압적인 현실에 대한 환멸과 좌절의 정서를 노래하고 있다.

5

황지우(黃芝雨, 1952년~현재)

시인. 1980년 《중앙일보》 신춘문예에 「연혁(沿革)」이 당선되면서 작품 활동을 시작하였다. 그는 전통적인 서정시의 내용과 형식에서 탈피하여 다양한 형식적 실험을 시도하였으며, 이러한 실험적인 기법을 통해 시대를 풍자하였다. 대표작으로는 「새들도 세상을 뜨는구나」, 「게눈 속의 연꽃」, 「너를 기다리는 동안」 등이 있으며, 시집으로는 『새들도 세상을 뜨는구나』(1983), 『겨울나무로부터 봄 나무에로』(1985), 『어느 날 나는 흐린 주점에 앉아있을 거다』(1998) 등이 있다.

표제시(標題詩): 시집의 제목과 같은 제목으로 이루어진 시
환멸(幻滅): 어떤 일이나 사람에 대해 가졌던 기대나 이상, 꿈 등이 깨어질 때 느끼는 실망감이나 허무감
경청(傾聽): 귀를 기울여 들음.
대열(隊列): 줄을 지어 늘어선 행렬
과도기(過渡期): 어떤 현상이 한 상태에서 다른 새로운 상태로 옮아가거나 바뀌어 가는 중간 시기

영화(映畵)가 시작하기 전에 우리는

일제히 일어나 애국가를 경청한다

삼천리 화려 강산의

10

을숙도에서 일정한 군(群)을 이루며

갈대 숲을 이륙하는 흰 새떼들이

자기들끼리 끼룩거리면서

자기들끼리 낄낄대면서

15

일렬 이렬 삼렬 횡대로 자기들의 세상을

이 세상에서 떼어 메고

이 세상 밖 어디론가 날아간다

우리들도 우리들끼리

20

낄낄대면서

깔쭉대면서

우리의 대열을 이루며

한 세상 떼어 메고

이 세상 밖 어디론가 날아갔으면

25

하는데 대한 사람 대한으로

길이 보전하세로

각기 자기 자리에 앉는다

주저앉는다

30

Ⅱ 작품의 이해와 감상

이 시는 황지우가 1983년에 발간한 시집인 『새들도 세상을 뜨는구나』에 수록된 20행의 자유시로, 국가가 개인의 삶을 통제하는 현실을 비판하며, 이러한 암울한 상황 속에서 살아가는 이들의 무력감과 좌절의식을 보여준 작품이다. 이 시는 군부독재 시절에 극장에서도 행해지던 국민의례를 시적 정황으로 삼고 있다. 당시 한국의 영화관에서는 영화가 상연되기 전에 관객들이 모두 자리에서 일어나 애국가를 틀어놓고 국민의례를 기행했다. 극장이라는 사적이며 예술적인 공간에까지 국가주의가 퍼져있던 당시의 암울한 시대상황은, 개인의 자유가 억압되고 획일적인 삶을 강요당했던 당시의 시대상황을 잘 보여준다.

이 시는 크게 세 부분으로 나누어져 있다. 극장에서 애국가가 시작되는 도입 부분(1행-2행), 애국가가 울려 퍼지며 화면 속에서 새들이 날아오르는 전개 부분(3행-10행), 마지막으로 애국가가 끝난 뒤 현실로 돌아오는 결말 부분(11행-20행)이 그것이다. 시적 화자는 강요된 의례에 맹목적으로 순응해야 하는 억압적인 상황에 처해 있다. 억압이 일상화되어 있는 상황에서 화자는 '이 세상 밖 어딘가로' 날아가는 새떼를 통해 이러한 현실에서 벗어나는 자유로운 삶을 꿈꾼다. 하지만 화자는 다시 제 자리에 주저앉고야 마는 무기력한 현실을 벗어나지 못한다.

시인은 국민의례라는 경건한 의식과 애국가의 가사를 풍자의 대상으로 삼는 발상의 참신함을 통해 체제 안에 길들여진 삶을 통렬하게 비판하고 있다. 황지우는 이러한 정치적인 상상력을 풍자적인 기법과 결합하며 암울한 군부독재체제를 해체하는 문학적 실천을 전개하였다. 따라서 그는 1980년대 한국시의 대표적인 아이콘(icon)으로 인식되고 있다.

해체주의(解體主義, deconstruction)
1980년대의 한국시에서는 새로운 형식 실험을 통해 현실에 대한 비판의식을 담은 해체시가 널리 창작되었다. 해체라는 말은 1960년대에 프랑스의 비평가 데리다(Jacques Derrida, 1930년~2004년)가 주창한 해체주의 비평이론에서 생겨난 말이다. 이 계열의 시는 전통적인 시에 대한 고정관념에서 벗어나 비속어와 일상어의 사용, 기발한 발상, 시의 형태파괴 등을 통해 정신의 자유로움을 보여 주고자 한다.

국민의례(國民儀禮): 공식적인 의식이나 행사에서 국민으로서 마땅히 갖추어야 할 격식으로, 국기에 대한 경례, 애국가 부르기, 묵념 등이 있음.
맹목적(盲目的): 조건이나 상황을 고려하거나 생각하여 옳고 그름을 따지지 않는 것
발상(發想): 어떤 새로운 생각을 해냄.

남해금산

| 이성복

이성복은 1980년대 초에 전통적인 한국시의 문법을 해체하며 고통스러운 세계를 강렬한 이미지로 그려내어 한국 시단에 신선한 충격을 던졌다. 이후 그의 시는 점차 사랑과 연민의 정서를 노래하는 경향을 보이는데, 이 시는 이러한 과도기에 있는 작품으로 이별을 통해 완성되는 진정한 사랑을 노래하고 있다.

이성복(李晟馥, 1952년~현재)

시인. 1977년 『문학과 지성』에 「정든 유곽(遊廓)에서」를 발표하면서 작품 활동을 시작하였다. 초기에는 강렬한 자의식을 보여주었으나 점차 형이상학적인 세계를 노래하는 경향을 보였다. 대표작으로는 「뒹구는 돌은 언제 잠깨는가」, 「남해금산」, 「숨길 수 없는 노래」, 「그 여름의 끝」 등이 있으며, 시집으로는 『뒹구는 돌은 언제 잠깨는가』(1980), 『남해금산』(1987), 『호랑가시나무의 기억』(1993) 등이 있다.

한 여자 돌 속에 묻혀 있었네

그 여자 사랑에 나도 돌 속에 들어갔네

어느 여름 비 많이 오고

그 여자 울면서 돌 속에서 떠나갔네

떠나가는 그 여자 해와 달이 끌어 주었네

남해 금산 푸른 하늘가에 나 혼자 있었네

남해 금산 푸른 바닷물 속에 나 혼자 잠기네

연탄(煉炭): 석탄가루를 버무려 만든 원통형의 고체 연료로, 불에 잘 타게 하기 위해 위 아래로 통하는 여러 구멍이 뚫려 있음.

∥ 작품의 이해와 감상

　　이 시는 1986년에 발간된 시집에 표제작으로 수록되었으며 7행으로 된 짧은 자유시이다. 간결한 문장과 정제된 시어를 사용한 형식적인 단아함과는 달리, 이 시는 내용적인 면에서 매우 몽환적이며 신화적인 분위기를 느끼게 한다. 그 이유는 시어 하나하나가 모두 높은 상징성을 갖고 있으며, 시의 서사 자체가 구체적인 의미를 파악할 수 없는 애매모호함을 보이기 때문이다. 그러나 이 시의 독특함은 바로 이러한 신화적인 공간과 사건에서 생겨난다.

　　이 시의 제목인 '남해금산'은 경상남도 남해에 있는 산인 '금산'을 가리킨다. 한국에서 네 번째로 큰 섬인 남해는 한려해상국립공원에 위치한 섬이며, 이곳에 있는 금산은 남쪽 바다에 접해 있는 아름다운 산으로 기암괴석이 많다. 남해금산을 시적 배경으로 하는 이 시에는 돌에 묻힌 여자가 등장한다. 여기에서 돌은 그녀에 대한 화자의 사랑 앞에 놓인 장애를 상징한다. 또 다른 현실적인 장벽인 '여름비'로 인해 결국 그녀는 화자를 떠난다. 이별은 그녀에게도 큰 슬픔이었던지 울면서 떠나간다. 떠나가는 그녀를 해와 달이 끌어 준 것은 이 시에 신화적인 분위기를 더해주는데, 아마도 화자의 지극한 사랑이 자연을 감동시킨 결과로 추측해 볼 수 있다. 결국 화자는 남해의 넓은 하늘과 바다에 홀로 남아 그녀에 대한 한없는 사랑을 지키고 있다. 이처럼 이 시의 서사구조는 한 여자와의 사랑과 이별이라 할 수 있다. 이 시는 지극한 사랑이 간직한 슬픔을 절제된 감정으로 노래하고 있다. 이 시가 매력적인 것은 정신이 점차 메말라가는 현대사회에서 신화적 언어로 지극한 사랑의 정서를 노래하고 있다는 점 때문이다.

한려해상국립공원(閑麗海上國立公園)

한국에서는 자연 경치가 뛰어난 지역 20곳을 국립공원으로 지정해 관리하고 있다. 대부분의 국립공원이 산인데 비해 바다와 관련된 국립공원은 4곳 밖에 없다. 한려해상국립공원은 전남과 경남 사이의 크고 작은 360여 개의 섬을 하나의 국립공원으로 지정한 곳으로 아름다운 경치를 자랑하는 한국의 대표적인 국립공원이다.

정제(精製): 물건을 정성 들여 정밀하게 만듦.
몽환적(夢幻的): 현실이 아닌 꿈이나 환상 따위가 갖는 분위기가 느껴지는 것
기암괴석(奇巖怪石): 신기하게 생긴 바위와 특이하게 생긴 돌

Modern Korean Literature

제9장 세태를 지나 시대를 넘어

1. 박완서, 「해산 바가지」
2. 임철우, 「직선과 독가스」

해산 바가지

| 박완서

박완서는 일상적인 삶을 섬세하고 현실적인 감각으로 소설화한 작가이다. 그녀는 자신이 겪은 비극적 체험으로부터 세태에 대한 통찰을 거쳐 인간의 내면에 자리 잡고 있는 양심과 위선에 이르기까지 다양한 주제를 소설화하였다. 1985년에 발표된 「해산 바가지」는, 며느리의 출산을 뒷바라지하는 시어머니의 모습을 통해 생명의 소중함과 생명을 존중하는 자세를 다루고 있다.

박완서(朴婉緖, 1931년~2011년)

소설가. 1970년 『여성동아』의 장편소설 공모에 「나목(裸木)」이 당선되면서 작품 활동을 시작하였다. 그녀는 분단문제부터 사회문제와 여성문제에 이르기까지 깊은 통찰력을 발휘하며 폭넓은 작품 세계를 펼쳤다. 대표작으로는 「부끄러움을 가르칩니다」, 「엄마의 말뚝」, 「그 해 겨울은 따뜻했네」, 「그 많던 싱아는 누가 다 먹었을까」 등이 있으며, 소설집으로는 『부끄러움을 가르칩니다』(1976), 『엄마의 말뚝』(1982), 『그해 겨울은 따뜻했네』(1983), 『그대 아직도 꿈꾸고 있는가』(1990), 『그 많던 싱아는 누가 다 먹었을까』(1992), 『박완서 단편소설 전집』(1999), 『그 남자네 집』(2004) 등이 있다.

해산(解産): 아이를 낳음.
해산(解産) 바가지: 아이를 낳은 산모에게 첫 음식을 만들어 남아주는 바가지
세태(世態): 사람들의 일상이나 문화에서 보이는 세상의 상태와 형편
위선(僞善): 겉으로만 착한 척 하는 것
치매(癡呆): 사회생활을 하기 위해 필요한 정신적인 능력이 상실된 상태를 말하며, 질병으로 분류됨.
요양원(療養院): 환자들이 병을 치료할 수 있도록 전문적인 시설을 갖추어 놓은 보건기관
동부인(同夫人): 아내와 함께 동행함.
완행열차(緩行列車): 빠르지 않은 속도로 달리며 각 역마다 서는 열차
암자(庵子): 큰 절에 딸린 작은 절

▌줄거리

'나'는 아기를 낳은 친구 며느리를 보러 병원에 간다. 거기서 '나'는 며느리가 딸을 낳은 문제로 친구와 며느리 사이가 불편하다는 것을 느낀다. 그러다 딸만 넷을 낳고 마지막에 아들을 얻은 자신의 과거를 회상하며 시어머니를 떠올린다.

'나'의 시어머니는 내가 딸을 출산할 때마다 싫은 모습을 보이지 않고 사랑으로 돌봐주셨다. 그런 시어머니가 치매에 걸리자 '나'는 주위 사람들의 시선 때문에 정성껏 돌보는 척하다가 결국 시어머니를 요양원에 보내기로 결정한다. 시어머니를 모실 요양원을 알아보러 시골에 내려가던 중, 어느 구멍가게 뒤뜰에 매달린 박을 보고 문득 '해산 바가지'를 떠올리게 된 '나'는 시어머니의 사랑과 정성을 깨닫고 그냥 집에서 모시기로 마음먹는다. 그 후 '나'는 진심으로 시어머니를 모셨고, 그렇게 시어머니는 3년을 더 사시다가 평화로운 얼굴로 죽음을 맞으셨다. 시이미니의 마지막 모습을 보며 '나'는 일종의 성취감을 느꼈다고 회고한다.

인용한 부분은 '나'가 가게 뒤뜰에 매달린 박을 보며 해산 바가지를 떠올리는 장면이다. 해산 바가지를 통해 '나'는 시어머니의 진심을 깨닫게 되고, 그 후 진심으로 시어머니를 모시는 내용의 결말이 이어진다.

"시설은 어때요? 살 만해요? 주위 환경은요?"

"그렇게 궁금하면 같이 가볼래? 우리가 무슨 일을 저지르려는지 당신도 어차피 알아야 할 테니까."

이렇게 해서 오래간만에 동부인해서 기차를 탔고, 완행열차나 서는 작은 역에서 내린 우리는 다시 버스를 타고 포장 안 된 시골길을 한 시간이나 달렸다. 기도원 대신 무슨 암자라는 이름이 붙은 그곳은 거기서도 한참을 더 가야 한다고 했다. 마침 가을이었다. 논에서는 벼가 누렇게 익어 가고 경운기가 겨우 다닐 정도의 소롯가엔 코스모스가 한창 보기 좋게 끝도 없이 피어 있었다. 우선 코스모스 길을 말없이 타박타박 걸었다. 남편이 웃도리를 벗어 들었다. 알맞은 기온인데도 그의 와이셔츠 등어리에 동그랗게 땀이 배어 있는 게 보였다. 나도 괜히 진땀이 났다. 조그만 마을이 나타났다. 마을 어귀엔 구멍가게도 있었다. 구멍가게 좌판엔 비닐통에 든 부연 막걸리와 라면이 진열돼 있을 뿐 주인은 보이지 않았다. 남편이 그 앞에서 걸음을 멈추었다. 그의 얼굴엔 막걸리가 먹고 싶다고 씌어 있었다. 나는 너그럽게 웃었지만 속으론 까닭 없이 낭패스러웠다. 남편이 좌판에 털썩 주저앉았다. 그리고 주인도 찾지 않고 막걸릿병 마개를 비틀었다. 등어리뿐 아니라 이마에도 번드르르 땀이 배어 있었다. 서늘한 미풍이 숲을 이루다시피 한 길가의 코스모스를 잠시도 가만 놔두지 않았다. 색색가지 꽃이 오색의 나비 떼처럼 하늘댔다. 쾌적한 날씨였다. 그런데도 우린 둘 다 달군 프라이팬에 들볶이고 있는 것처럼 안절부절을 못했다. 막걸리를 병째 마시는 그가 조금도 호방해 보이지 않고 조바심만이 더욱 드러나 보이는 걸 나는 쓰라린 마음으로 곁눈질했다.

"라면이라도 하나 끓여 달랠까요?"

"당신 시장하오?"

"아뇨, 당신 술안주 하게요."

"안주는 무슨……."

나는 주인을 찾아 가게터 뒤로 돌아갔다. 좀 떨어진 데 초가가 보였다. 초가지붕 위엔 방금 떠오른 보름달처럼 풍만하고 잘생긴 박이

경운기(耕耘機): 동력을 이용하여, 논밭의 땅을 갈아엎으며 흙덩이를 부수는 기계
소롯가(小路一): 매우 좁은 길의 가장자리
어귀: 드나드는 곳의 처음 부분
구멍가게: 작은 크기의 가게
좌판(坐板): 팔기 위한 물건을 벌여놓은 평평한 나무
낭패스럽다(狼狽一): 계획한 일이 실패하거나 잘못될 것 같은 상태에 있다.
미풍(微風): 약하게 부는 바람
호방하다(豪放一): 활달하게 행동하며 작은 일을 마음에 두지 않는 성격을 이르는 말
조바심: 불안하여 마음을 졸임.
초가(草家): 볏짚이나 갈대 따위로 지붕을 만든 작은 집을 말하며, 일반적으로 가난한 사람이 사는 집이라는 뜻으로 쓰임.

서너 덩이 의젓하게 자리 잡고 있었다.

"여보, 저 박 좀 봐요. 해산 바가지 했으면 좋겠네."

나는 생뚱한 소리로 환성을 질렀다.

"해산 바가지?"

남편이 멍청하게 물었다.

"그래요. 해산 바가지요."

실로 오래간만에 기쁨과 평화와 삶에 대한 믿음이 샘물처럼 괴어 오는 걸 느꼈다.

내가 첫애를 뱄을 때 시어머님은 해산달을 짚어 보고 섣달이고나, 좋을 때다, 곧 해가 길어지면서 기저귀가 잘 마를 테니, 하시더니 그해 가을 일부러 사람을 시켜 시골에 가서 해산 바가지를 구해 오게 했다.

"잘생기고, 여물게 굳고, 정한 데서 자란 햇바가지여야 하네. 첫손자 첫국밥 지을 미역 빨고 쌀 씻을 소중한 바가지니까."

이러면서 후한 값까지 미리 쳐주는 것이었다. 그럴 때의 그분은 너무 경건해 보여 나도 덩달아서 아기를 가졌다는 데 대한 경건한 기쁨을 느꼈었다. 이윽고 정말 잘 굳고 잘생기고 정갈한 두 짝의 바가지가 당도했고, 시어머니는 그걸 신령한 물건인 양 선반 위에 고이 모셔 놓았다. 또 손수 장에 나가 보얀 젖빛 사발도 한 쌍을 사다가 선반에 얹어 두었다. 그건 해산 사발이라고 했다.

나는 내가 낳은 첫아기가 딸이라는 걸 알자 속으로 약간 켕겼다. 외아들을 둔 시어머니가 흔히 그렇듯이 그분도 아들을 기다렸음 직하고 더구나 그분의 남다른 엄숙한 해산 준비는 대를 이를 손자를 위해서나 어울림 직했기 때문이다. 그러나 퇴원한 나를 맞아들이는 그분에게서 섭섭한 티 따위는 조금도 찾아볼 수 없었다. 그 잘생긴 해산 바가지로 미역 빨고 쌀 씻어 두 개의 해산 사발에 밥 따로 국 따로 퍼다가 내 머리맡에 놓더니 정성껏 산모의 건강과 아기의 명과 복을 비는 것이었다. 그런 그분의 모습이 어쩌나 진지하고 아름답던지, 비로소 내가 엄마 됐음에 황홀한 기쁨을 느낄 수가 있었고, 내 아기가 장차 무엇이 될지는 몰라도 착하게 자라리라는 확신 같은 게 생겼

생뚱하다: 하는 행동이나 말이 상황에 맞지 않고 엉뚱하다.
섣달: 음력으로 한 해의 마지막 달인 12월
기저귀: 어린아이의 똥오줌을 받아내기 위하여 다리 사이에 채우는 천이나 종이
정하다(淨--): 맑고 깨끗하다.
사발(沙鉢): 사기로 만든 국그릇이나 밥그릇. 위는 넓고 아래는 좁은 모양임.
켕기다: 잘못한 일이 있어서 겁이 나고 불안하다.
명(命): 목숨. '명을 빌다'는 오래 살기를 빈다는 의미임.

다. 대문에 인줄을 걸고 부정을 기(忌)하는 삼칠일 동안이 끝나자 해산 바가지는 정결하게 말려서 다시 선반 위로 올라갔다. 다음 해산 때 쓰기 위해서였다. 다음에도 또 딸이었지만 그 희색이 만면하고도 경건한 의식은 조금도 생략되거나 소홀해지지 않았다. 다음에도 딸이었고 그 다음에도 딸이었다. 네 번째 딸을 낳고는 병원에서 밤새도록 울었다. 의사나 간호원까지 나를 동정했고 나는 무엇보다도 시어머니의 그 경건한 의식을 받을 면목이 없어서 눈물이 났다. 그러나 그분은 여전히 희색이 만면했고 경건했다. 다음에 아들을 낳았을 때도 더도 아니고 덜도 아닌 똑같은 영접을 받았을 뿐이었다. 그분은 어디서 배운 바 없이, 또 스스로 노력한 바 없이도 저절로 인간의 생명을 어떻게 대접해야 하는지를 알고 있는 분이었다. 그분이 아직 살아 있지 않은가. 그분의 여생도 거기 합당한 대우를 받아 마땅했다. 나는 하마터면 큰일을 저지를 뻔했다. 그분의 망가진 정신, 노추한 육체만 보았지 한때 얼마나 아름다운 정신이 깃들었었나를 잊고 있었던 것이다. 비록 지금 빈 그릇이 되었다 해도 사이비 기도원 같은 데 맡겨 있지도 않은 마귀를 내쫓게 하는 수모와 학대를 당하게 할 수는 없는 일이었다.

　나는 남편이 막걸릿병을 다 비우기도 전에 길을 재촉해 오던 길을 되돌아섰다. 암자 쪽을 등진 남편은 더 이상 땀을 흘리지 않았다. 시어머님은 그 후에도 삼 년을 더 살고 돌아가셨지만 그 동안 힘이 덜 들었단 얘기는 아니다. 그분의 망령은 여전히 해괴하고 새록새록해서 감당하기 힘들었지만 나는 효부인 척 위선을 떨지 않음으로써 조금은 숨구멍을 만들 수가 있었다. 너무 속상할 때는 아이들이나 이웃 사람의 눈치 볼 것 없이 큰 소리로 분풀이도 했고 목욕시키거나 옷 갈아입힐 때는 아프지 않을 만큼 거칠게 다루기도 했다. 너무했다 뉘우쳐지면 즉각 애정표시에도 인색하지 않았다.

　위선을 떨지 않고 마음껏 못된 며느리 노릇을 할 수 있고부터 신경안정제가 필요 없게 됐다. 시어머니도 나를 잘 따랐다. 마치 갓난아기처럼 천진한 얼굴로 내 치마꼬리만 졸졸 따라다녔다. 외출했다 늦게 돌아오면 그분은 저녁도 안 들고 어린애처럼 칭얼대며 골목 밖에

인줄: 깨끗하지 못하거나 나쁜 것이 집에 들어오지 못하도록 문이나 귀중한 것에 매어 놓은 줄
기하다(忌——): 꺼리거나 피하다.
삼칠일(三七日): 한국의 전통사회에서 갓 태어난 아이를 나쁜 기운으로부터 막아야 한다고 믿었던 기간으로, 3일이 일곱 번 지나는 21일 동안을 말함.
희색(喜色): 기뻐하는 얼굴빛
만면(滿面): 얼굴에 가득하게 드러나 있음.
영접(迎接): 손님을 맞아서 대접하는 일
노추(老醜): 늙고 추함.
사이비(似而非): 겉으로는 비슷하나 속은 완전히 다른 것
마귀(魔鬼): 요사스럽고 못된 귀신을 통틀어 이르는 말
수모(受侮): 무시를 당하거나 부끄러운 일을 당함.
해괴(駭怪): 크게 놀랄 정도로 매우 괴이함.
효부(孝婦): 시부모를 잘 섬기는 며느리
신경안정제(神經安靜劑): 정신적 흥분을 가라앉히는 약

서 나를 기다리고 있곤 했다. 임종 때의 그분은 주름살까지 말끔히 가셔 평화롭고 순결하기가 마치 그분이 이 세상에 갓 태어날 때의 얼굴을 보는 것 같았다. 나는 마치 그분의 그런 고운 얼굴을 내가 만든 양 크나큰 성취감에 도취했었다.

임종(臨終): 죽음을 맞이함.

‖ 작품의 이해와 감상

박완서는 40살의 나이에 작가 활동을 시작한 늦깎이 작가였다. 하지만 100여 편이 넘는 중·단편과 장편뿐만 아니라 여러 권의 수필집을 남긴 한국의 대표적인 여성작가이다. 그녀는 소설을 통해 분단과 한국전쟁, 여성으로 이어지는 다양한 문제를 날카롭게 제기하면서도 많은 독자들에게 사랑을 받은, 이른바 문학성과 대중성을 고루 갖춘 작가였다.

이 소설은 주인공인 '나'와 '나'의 친구, 그리고 딸을 낳아 풀이 죽어 있는 친구의 며느리 사이에 벌어지는 갈등에서 시작한다. 작가는 손주로 아들을 바라는 '나'의 친구와 남녀 구별 없이 낳겠다는 친구의 며느리를 통해 세대 간의 가치관 차이를 보여준다. 그리고 남아선호사상과 남녀의 성차별이 존재하는 세태를 비판적으로 묘사한다. 그러나 여기서 드러나는 남아선호사상과 비윤리적 세태에 대한 비판은 소설의 표면적인 주제에 불과하다. 오히려 작가는 '나'의 시어머니에 대한 회상을 통해 생명의 고귀함을 일깨우고 생명 존중의 자세를 되새기고자 한다. 그러므로 소설에서 '해산 바가지'는 생명의 존엄을 깨닫게 해주고, 어머니로서의 윤리를 부각시키는 상징물인 셈이다.

한편 이 작품은 시어머니와 '나'를 기준으로 볼 때, 서로에 대한 이해와 포용이 순환하는 독특한 구조로 되어 있다. 시어머니는 남아선호사상 속에서도 남녀를 차별하지 않고 생명을 존중하는 모습을 보여주었는데, 그런 시어머니가 '나'를 이해했던 모습은 훗날 '나'가 늙은 시어머니를 진심으로 모시는 일로 이어지는 순환적 구조를 보여준다.

흔히 박완서의 문체를 '천의무봉(天衣無縫)'이라 말하기도 한다. 박완서의 소설이 작가 특유의 입담과 수다로 물 흐르듯 이야기가 이어진다는 의미로 붙여진 것인데, 이 작품에서도 활달한 언어와 속이 훤히 비치는 주인공의 내면 모습을 확인할 수 있다.

한국인의 생명존중사상

예로부터 한국인들은 새로운 생명이 태어나고 성장하는 과정에 특별한 의미를 부여하는 생명존중사상을 가지고 있었다. 이러한 사상은 아직 태어나지 않은 태아(胎兒)도 생명을 지닌 인간이라 생각하고 존중하는 문화에서 찾아볼 수 있다. 한국에서는 태아가 엄마의 뱃속에서 열 달 동안 자라는 기간도 한 살의 나이로 산정하고 있다. 또한 이러한 사상은 임신부의 태교(胎敎)에서도 찾아볼 수 있다. 태교란 뱃속의 태아를 위한 가르침을 말한다. 예나 지금이나 한국에는 건강하고 지혜로운 아이를 낳기 위해 태교에 힘쓰는 여성들이 많다.

늦깎이: 나이가 많이 들어서 어떤 일을 시작한 사람
남아선호사상(男兒選好思想): 여아의 출생보다 남아의 출생을 특별히 더 좋아하는 사고나 생각
순환적 구조(循環的 構造): 문학 작품에서 이야기의 끝이 다시 처음을 반복하거나 처음으로 이어지는 형식을 말함.

직선과 독가스 - 병원에서

| 임철우

임철우는 1980년대의 한국현실을 소설의 다양한 소재와 양식으로 수용한 작가이다. 그는 작품 활동을 시작한 이후 1980년의 광주민주화운동과 그로 인한 정신적 상처에 주목해 왔다. 특히 그는 이러한 역사적 수난으로 인한 정신적 응어리를 고도의 상징이나 알레고리를 활용해 형상화하였다. 1984년에 발표한 「직선과 독가스」 역시 외부적인 억압과 폭력으로부터 벗어나지 못한 채 현실에 적응하지 못하는 인물의 병적 심리를 그리고 있다.

임철우(林哲佑, 1954년~현재)

소설가. 1981년 《서울신문》 신춘문예에 「개 도둑」이 당선되면서 작품 활동을 시작하였다. 대표작으로는 「아버지의 땅」, 「붉은 방」, 「유년의 삽화」, 「그 섬에 가고 싶다」 등이 있으며, 소설집으로는 『달빛 밟기』(1987), 『직선과 독가스』(1989), 『등대』(2002) 등이 있다.

수난(受難): 견디기 힘든 어려운 일을 당함.
고도(高度): 수준이나 정도가 매우 높거나 뛰어남.
만평(漫評): 만화를 그려서 인물이나 사회를 풍자적으로 비평함.
환영(幻影): 눈앞에 없는 것이 있는 것처럼 보이는 것
정신분열(精神分裂): 사고의 장애나 감정, 의지, 충동 따위의 이상으로 인한 인격 분열의 증상

▍줄거리

주인공 '나'는 H지역 신문에 만화와 만평을 연재하고 있다. '나'는 자신이 하는 일에 자부심을 느끼며 자신의 일에 최선을 다하는 평범한 시민이다. 그러던 어느 날, '나'는 정치에 관한 만화를 그렸다가 신문사 국장에게 혼이 나고 기관원에게 끌려가 조사를 받게 된다. 조사를 받는 과정에서 '나'는 큰아버지 대한 새로운 사실을 듣게 되고 정신적 압박에 시달린다. 좌익 경력을 가진 큰아버지는 마을 사람들을 죽이고 산으로 도망해 버린 과거를 갖고 있었다.

조사에서 풀려난 후부터 '나'는 이상한 독가스 냄새가 난다는 환상에 빠진다. 그리고 날마다 알 수 없는 환영(幻影)에 시달리다 결국 정신분열 증세까지 보인다. 그때부터 손이 떨려 직선을 그릴 수 없게 되자 회사도 그만 두게 되는데, 독가스 냄새가 목을 조른다는 환상과 그로 인한 두려움이 심해지자 '나'는 이러한 증세를 호소하는 표지판을 들고 거리로 나선다. 그러자 정체 모를 기관원들이와서 어디론가 '나'를 끌고 간다.

인용한 부분은 환영과 환상에 시달리던 주인공 '나'가 마침내 거리로 나가는 과정과 어디론가 끌려가게 되는 과정을 서술한 소설의 마지막 부분이다. 소설은 이런 '나'의 정신적 압박의 근원을 묻는 질문으로 끝이 난다.

그해 봄날 이후로 사 년째가 되도록 영영 소식이 없는 아들이 다시 돌아오리라고는 거의 믿기 어려웠으니까요. 아주머니. 이젠 그만 진정하세요. 아드님은 곧 돌아올 겁니다. 그렇게 성실하고 효성스런 젊은이가 설마 어머니를 잊을 리가 있을라구요. 모르면 몰라도 성공해서 돌아와 어머니를 모시려고 어디선가 열심히 일하고 있을 겁니다. 아내와 내가 해남댁에게 해줄 수 있는 거짓말이라곤 고작 그뿐이었습니다. 한데, 그때마다 난 목구멍이 갑자기 따끔따끔해져 오면서 숨쉬기가 거북해지고 가슴이 답답해지곤 했어요. 그래요. 바로 그 독가스였습니다. 그놈은 언제나 흔적조차 없이 어딘가에 숨어 있다가도 음흉한 살인자처럼 느닷없이 뛰쳐나와 목을 컥컥 짓눌러 대곤 했으니까요.

이날도 마찬가지였어요. 아이고오, 아이고오, 하는 그 늙은 여자의 홍타령을 들으면서 나는 한참이나 온몸에 식은땀을 흥건히 적시며 누워 있었지요. 아내는 머리맡에 앉아서 실밥이 터져 나간 내 셔츠 겨드랑이를 꿰매고 있는 눈치였지요. 일요일이면 언제나 밀린 빨래를 하고 집안 구석구석 청소를 하는 것이 부지런한 그녀의 일이었습니다. 해산일이 두 달도 미처 안 남은 아내의 부풀어 오른 배, 그리고 그 위에서 움직이고 있는 바늘을 쥔 하얀 손가락들을 바라보며 누워 있다가, 나는 불현듯 아내가 한 땀 한 땀 밀어 넣고 있는 그 날카로운 바늘끝이 영락없이 아내의 부른 배를 노리며 푹푹푹 들어가 박히고 있는 듯한 착각에 몸서리를 치며 벌떡 일어나 버렸습니다. 아이고오, 아이고, 이 몹쓸 자석아이…… 벽 저쪽에선 다시 지겨운 넋두리와 홍타령이 들려 왔고 문득 콧구멍이 매캐해지기 시작했지요. 독가스였습니다. 독가스. 허둥대는 나를 붙잡고 아내는 버릇처럼 정신나간 사람 취급을 하려 들겠지요. 원, 세상에. 내 아내는 그렇게 둔한 여자랍니다. 그 지독하고 끔찍스런 냄새를 전혀 모르겠다지 뭡니까. 내 참, 기가 막혀서. 하지만 난 이날은 유난히도 독가스 냄새를 견딜 수가 없었어요. 구역질이 날 지경이었죠.

밖으로 이내 뛰쳐나가 무작정 거리를 쏘다니다가 아무 버스에나 올라탔지요. 휴일인데도 차 안은 붐볐습니다. 프로야구 결승전이 무

5·18광주민주화운동(五一八光州民主化運動)
1980년 5월 18일에 신군부 세력의 퇴진과 민주화를 요구하며 전라남도 광주에서 일어난 대규모 민주화운동을 말한다. 당시 한국에는 전두환(全斗煥, 1980년~1988년 재임, 11대~12대 대통령)과 노태우(盧泰愚, 1988~1993년 재임, 13대 대통령)를 중심으로 한 새로운 군부 세력이 권력을 잡게 되자, 이를 반대하는 시위가 계속되었다. 신군부 세력은 시민들의 저항이 계속되자, 민주화운동을 주도한 인물들을 감옥에 가두고 무력으로 시위를 진압하였다. 5·18광주민주화운동은 당시의 저항운동을 대표하는 대규모 민주화운동으로서, 1950년에 일어난 한국전쟁 이후 가장 많은 사상자를 낸 정치적 사건이었다.

홍타령: 안일하고 늑장을 부리는 모양을 비유적으로 이르는 말
불현듯: 어떤 행동을 갑작스럽게 하는 모양
자석: '자식'의 방언
영락없이(零落——): 조금도 틀리지 아니하고 꼭 들어맞게.
넋두리: 불만을 길게 늘어놓으며 하소연하는 말
매캐하다: 연기나 곰팡이 등의 냄새가 약간 맵게 느껴지고 싸하다.

등경기장에서 있다나요. 무심코 고개를 들어 보니, 거기 무수한 사람들의 손목이 하얀 고리형의 손잡이에 하나같이 나란히 꿰어져 있더군요. 그래요. 모두가 체포된 수인들이었어요. 차 안에 갇힌 우리 모두는 팔목에 하얀 수갑이 채워진 채 어딘지도 모를 곳으로 한마디의 항변도 몸부림도 없이 묵묵히 압송되어져 가고 있었다구요. 썩어 문드러진 뱃가죽을 허옇게 드러낸 채 시체처럼 허공에 매달려 있는 그 숱한 손들을 바라보고 있으려니 또 독가스가 목을 짓눌러 대는 느낌이었습니다. 차가 도청 앞에 이르렀을 때 허둥지둥 뛰어내리고 말았습니다.

휴일 하오의 거리는 한가로운 걸음의 행인들로 출렁이고 있었습니다. 하늘은 흐린 편이었지만 비가 올 듯한 날씨는 아니었지요. 전일빌딩 앞 횡단보도를 건너 수협 건물 쪽으로 갔습니다. 난 예의 그 계단에 서서 꽤 오랫동안 눈앞의 광장과 분수대를 우두커니 바라보았지요. 이날따라 광장 중앙의 분수대는 시원스레 물을 뿜어 올리고 있더군요. 질주하는 차량들의 소음에 섞여 쏴쏴 쏴쏴 하는 물줄기의 낙하음이 들렸습니다. 그것은 마치 지금 마악 임종하는 사람의 숨결처럼 나지막하면서도 집요하도록 끈질긴 소리였지요. 어찌 보면 지극히 평화스럽기만 한 광장의 풍경을 대하고 있으려니까 자꾸만 그 비 오는 날 밤, 바로 그 자리에서 보았던 소름끼치는 광경이 뇌리에서 지워지지가 않았습니다. 그것은 정말 환영이었을까. 억수같이 쏟아지는 비바람 속에서 얼결에 헛것을 보았던 것일까. 나는 북적이는 한길에 서서 여전히 어수선하고 흉흉한 꿈을 꾸고 있는 듯한 느낌이었습니다.

그 사이에도 차량의 행렬이 분주히 스쳐 지나가고 시가지의 이 골목 저 골목으로부터 행인들이 개미떼처럼 구물구물 기어나와 끊임없이 흐르고 있었습니다. 정류장에선 수용소 막사의 번호판만 같은 숫자표를 달고 자신들을 실어 갈 시내버스가 나타날 때마다 사람들은 그리로 우루루 몰려가곤 했습니다. 마치 등 뒤에서 누군가가 미친 듯 호루라기를 불어대기라도 하듯 저마다 어깨를 밀고 부딪히며 쫓기듯이 허겁지겁 차에 오르고 있는 시민들을 붙잡고 나는 이렇게

항변(抗辯): 못마땅한 생각이나 반대의 뜻을 주장함.
압송(押送): 죄인을 어느 한 곳에서 다른 곳으로 호송하는 일
하오(下午): 오후
예의(銳意): 어떤 일을 잘하려고 단단히 준비한 마음
뇌리(腦裏): 사람의 의식이나 기억, 생각 따위가 들어 있는 머릿속 영역
얼결: 뜻밖의 일을 갑자기 당하거나, 여러 가지 일이 너무 복잡하여 정신을 가다듬지 못하는 상태
흉흉하다(洶洶——): 분위기가 술렁술렁하여 매우 어수선하다.
시가지(市街地): 도시의 큰 길거리를 이루는 지역
수용소(收容所): 많은 사람을 집단적으로 한곳에 가두거나 모아 넣는 곳

묻고 싶었습니다. 그해 오월, 바로 저 광장을 돌아 길다랗게 열을 지어 사라져 버린 숱한 사람들의 행방을 행여 알고 있느냐고. 선연하도록 붉고 고운 꽃이파리를 입에 물고 그들은 대관절 어디로 가버린 것이냐고. 그리고 그 많은 사람들은 왜 아무도 돌아오지 않느냐고. 어째서 해남댁 늙은이의 외아들은 아직까지 소식조차 알 수 없는 거냐고……. 하지만 끝내 아무 말도 해보지 못하고 집으로 되돌아오고 말았습니다.

　그날부터 나는 꼬박 이틀을 물만 마시며 누워 있었습니다. 입을 잔뜩 벌리고 꼼짝없이 누워 있어도 호흡이 막혀 오고 목구멍에서 바람이 새는 듯한 이상한 소리가 났습니다. 어디서 어떻게 시작되었는지조차 알 수 없는 그 지독한 냄새는 쓰러져 누운 내 가슴 위에 올라타서 끊임없이 목을 조르고 또 졸랐지요. 눈알이 벌겋게 충혈되면서 이윽고는 목구멍 안까지 퉁퉁 부어올라 침을 삼키기마저 어려워지더군요. 아아, 기어이 난 이렇게 죽어 가는구나. 이렇게 죽고 마는구나. 그런 생각이 들자 나는 무지무지하게 분하고 억울하다는 느낌을 참을 수가 없더군요. 그래요. 난 그대로 죽을 수는 없었습니다. 절대로 이렇게 허망하게 눈을 감아서는 안된다는 생각이 들더군요. 나는 자리를 박차고 일어나 스케치북을 꺼냈지요. 실로 오랜만에 그려 보는 만화였습니다. 나는 거기에 그 비 오는 날 밤의 무서운 광경을, 피의 꽃잎을 온몸에 붉게 붙인 채 어디론가 끌려가고 있는 사람들의 행렬을 쓱쓱 그려 넣었습니다. 그리고 나서 판자와 못을 찾아내어 표지판을 하나 만들고 거기에 굵은 글씨로 이렇게 썼습니다.

　'저는 지금 정체를 알 수 없는 독가스와 독극물로 인해 날마다 죽어 가고 있습니다. 제발 저를 살려 주십시오. ―단식 사흘째.'

　만화엔 실로 꿰어서 목에 걸고, 손에는 표지판을 든 채 나는 거리로 나갔습니다. 그리고 행인들로 가장 붐비는 충장로 우체국 앞 계단에 올라서서 몇 시간이고 꼼짝없이 서 있었지요. 사람들이 모여들어 저마다 손가락질을 해대며 낄낄거렸습니다. 동전을 떨어뜨려 놓고 가는 사람, 껌을 던져 주는 사람, 음료수를 마시고 나서 빨대를 내던져 주는 사람, 더러는 말없이 내 손을 찾아 잡고 고개를 끄덕이며

선연하다(鮮然――): 실제로 보는 것같이 생생하다.
대관절(大關節): 다른 말 할 것 없이 요점만 말하여.
허망(虛妄): 어이없고 허무함.
단식(斷食): 음식을 먹지 않고 굶음.

악수를 해주고 지나가는 사람들도 있었지요. 그래도 나는 언제나 마네킹처럼 꼼짝하지 않고 서 있었습니다. 그 이튿날도 마찬가지로 우체국 앞에 나갔지요.

'……저를 살려 주세요. ――단식 나흘째.'

그 다음날도 역시 그리로 나갔습니다. 닷새째가 되는 그날까지도 난 전혀 아무것도 입에 대지 않은 채로였지요. 그런데 바로 그 마지막 날 오후에 혼자 표지판을 치켜들고 서 있으려니까 바로 그자들이 나를 데리러 왔던 것이었습니다…….

자아. 이것뿐입니다. 선생님이 내게 알아낼 수 있는 사실은 모두 이것밖에 없어요. 이젠 아무 얘기도 하고 싶지 않습니다. 아시겠어요? 더는 계속하지 않을 거라구요. 으흐흐흣. 하지만 말예요, 선생님. 꼭 한 가지만 알고 싶은 게 있기는 합니다. 저 말이죠. 나는 다시 만화를 그릴 수가 있을까요? 자를 대지 않고서도 그 빌어먹을 놈의 직선을 예전처럼 쓱쓱 그려 낼 수 있겠느냐구요. 그리고 무엇보다도 이 독가스, 지긋지긋하고 끔찍스러운 이 독가스 냄새는 대관절 어디서 이렇게 꽃가루같이 풀풀 날아오는 것일까요, 네. 다른 사람들은 모두 아무렇지도 않게 살아가고 있는데 어째서 하필 나 혼자만 이렇게 고통을 당해야 하는 것인지, 정말이지 난 모르겠다니까요. 선생님.

∥ 작품의 이해와 감상

임철우의 소설은 한국전쟁, 광주민주화운동 등 한국 현대사의 주요 사건과 관련된 것들이 많다. 이를 통해 작가는 남북 분단과 한국전쟁에서 비롯된 왜곡된 현실이 과거의 일로 끝나는 것이 아니라 현재까지도 이어지고 있음을 강조한다.

이 소설의 배경은 1980년에 격렬한 민주화운동이 일어났던 '광주'로 추측된다. 지역 신문의 만화가였던 주인공은 좌익 활동을 했던 큰아버지의 이력과 연좌제 때문에 조사를 받고 시달린다. 그러다가 회사까지 그만두게 되고, 그 뒤에도 환영과 환청으로 고통을 겪게 된다.

작가는 폭력과 협박 등 반인권적인 행태에 옴짝달싹 못하는 소시민 '나'를 통해 거대한 반공이데올로기와 국가적 폭력을 비판하고 있다. 주인공을 취조하는 '하얀 방', 주인공이 맡는 정체 모를 '독가스 냄새' 등이 이러한 주제의식을 뒷받침해 주고 있다.

취조를 마친 주인공은 정신분열이 심해지자 직선을 그리지 못한다. 이러한 증상은 만화가가 직업인 '나'에게 치명적인 것인데, 이는 억압적인 감시체계 때문에 자유의지를 상실했기 때문에 발생한 것이다. 결국 작가는 '나'의 정신적 분열과 소심한 대응방식을 통해 당대 소시민의 내면을 드러낸다. 나아가 국가 권력에 의해 비판 자체가 불가능했던 1980년대의 한국사회를 비판하고 있다. 이러한 비판의식은 이 소설의 형식에서도 알 수 있다. 이 소설은 정신병원에서 의사에게 이야기를 하는 형식으로 전개된다. '병동에서'라는 부제가 붙어 있는 이 작품을 통해 작가는, 당시의 한국사회 전체가 일종의 정신병동이라는 비판의식을 드러내고 있다. 작가는 폭압으로 인해 제대로 자신의 의사를 표현할 수 없었던 당대의 삶을 '직선'과 '독가스'라는 고도의 상징과 알레고리를 통해 풀어낸다. 이런 점에서 이 소설은 작가가 당대의 삶에 대한 정신적 빚과 정직하게 대면하고 있는 작품이라고 할 수 있다.

연좌제(緣坐制): 범죄자와 일정한 친족 관계가 있는 자에게 그 범죄의 책임을 함께 지우는 제도로, 한국에서는 1980년대 이후에 실질적으로 사라짐.
환청(幻聽): 실제로 나지 않는 소리가 마치 들리는 것처럼 느껴지는 현상
취조(取調): 범죄 사실을 밝히기 위하여 혐의자나 죄인을 조사함.

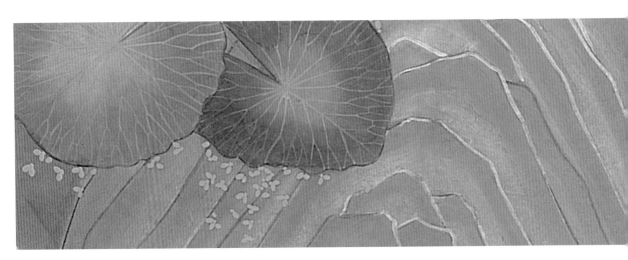

Modern Korean Literature

제 10장 역사를 가로지른 대하소설의 성취

1. 조정래, 「태백산맥」
2. 박경리, 「토지」

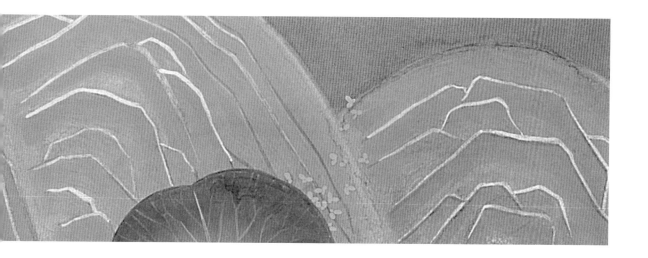

태백산맥

ㅣ 조정래

조정래는 역사적 비극으로 인해 수난 받는 이의 '한(恨)'을 다양하게 소설화하였다. 이 가운데 총 4부 10권으로 된 『태백산맥』은 분단문학 최대의 성과로 평가받는 대하소설이다. 이 소설은 해방 후부터 휴전협정 직후까지 5년여에 걸쳐 일어난 역사적 사실을 바탕으로 한국사회의 구조적 모순이 이데올로기에 의해 또다시 왜곡되는 과정을 그려내고 있다.

조정래(趙廷來, 1943년~현재)

소설가. 1970년 『현대문학』에 「누명(陋名)」과 「선생님 기행」이 추천되어 작품 활동을 시작하였다. 사회의식에 초점을 맞춘 초기의 작품세계에서 벗어나 점차 민족의식을 바탕으로 민족적 비극을 극복하는 길을 모색하는 것으로 나아갔다. 대표작으로는 「태백산맥(太白山脈)」, 「아리랑」, 「한강」 등이 있으며, 소설집으로는 『황토(黃土)』(1974), 『유형의 땅』(1981), 『조정래문학전집』(1999), 『태백산맥』(1986~1989), 『아리랑』(1990~1995) 등이 있다.

대하소설(大河小說): 한 인물의 생애나 가족, 집단의 역사 등을 시대의 흐름에 따라 포괄적으로 다루는 장편소설
휴전협정(休戰協定): 전쟁이나 무력 분쟁 중인 양측이 전투를 중지할 것을 내용으로 하는 공식적인 합의
구조적 모순(構造的 矛盾): 한 국가, 사회, 조직 등이 가지고 있는 문제점을 이르는 말
군경(軍警): 군대와 경찰을 아울러 이르는 말
봉기(蜂起): 많은 사람들이 벌떼처럼 때를 지어 세차게 일어남.
우익(右翼): 보수주의적이거나 온건한 개혁을 주장하는 정치적 입장
인천상륙작전(仁川上陸作戰): 1950년 9월 15일에 국제연합(UN)군이 인천에 상륙하여 한국전쟁의 전세를 뒤바꾼 군사 작전

▌줄거리

여순반란사건이 끝난 직후인 1948년 10월 24일 밤, 여순사건과 함께 벌교가 군경에게 진압되자 '염상진'을 비롯한 좌익 반란군은 진압 세력이 미치지 못하는 산속으로 들어간다. 주민의 대부분이 농민인 벌교에서는 토지의 무상분배가 좌절되자 분노한 농민들이 봉기를 일으킨다. 하지만 벌교에 있던 군경은 농민들을 무자비하게 진압한다. 한편 벌교 지역에서 좌익 반란군을 몰아낸 군경은 남은 좌익 세력과 이들을 도운 사람들을 찾아내 처벌한다. 이 과정에서 주민들은 좌익과 우익으로 나누어져 대립하고, 여기에 개인적인 원한까지 겹쳐 무고한 많은 사람들이 수난을 당한다. 벌교의 유지로서 주민들의 신망을 받던 '김범우'는 사람들의 희생을 줄이고자 노력하나 오히려 좌익으로 오해를 받아 구속되는 등 어려움을 겪는다.

한국전쟁이 일어나자 벌교는 다시 좌익인 '염상진' 일행이 장악한다. 그러나 이곳을 진압한 군경은 철수 직전에 무자비하게 좌익 인사들을 처형한다. 이를 본 '김범우'와 일부 지식인들은 좌익으로 전향해 인민군에서 일하게 된다. 인민군이 후퇴하자 '김범우'는 미군의 통역관 일을 맡게 된다. 하지만 미군의 비인간적이고 부도덕한 행위를 보면서 '김범우'는 한국전쟁이 미군과 한민족의 싸움이라고 생각하고, 미군 부대를 탈출해 다시 인민군에 입대하지만 전투에서 포로로 잡혀 수용소에 갇히게 된다. 한편 인천상륙작전으로 인민군이 북으로 후퇴하는 상황이 벌어지자, 벌교의 좌익 세력과 '염상진'은 소작인들과 함께 다시 산속으로 들어가 빨치산 투쟁을 전개한다

그러나 한국전쟁이 끝나갈 즈음 빨치산 부대는 위기를 맞게 된다. '염상진'은 더 이상 도망갈 곳이 없자 자결하고, '김범우'는 반공포로로 위장하여 석방된다. 한편 살아남은 '염상진'의 부하들은 '염상진'의 무덤 앞에서 새로운 투쟁에 대한 결의를 다진다.

인용한 (1)은 중간적 입장에 있는 '김범우'가 확고한 신념과 생명력의 소유자인 '염상진'을 생각하는 대목이고, (2)는 '염상진'의 무덤을 찾아온 '하대치'와 살아남은 빨치산 대원들이 결의를 다지는 대목이다.

제주 4·3사건(濟州四三事件)

1948년 4월 3일부터 1954년 9월 21일까지 제주도에서 일어난 민중항쟁으로, 해방 이후 남한을 통치한 미군정체제의 사회문제와 남한의 단독정부 수립에 반대하는 과정에서 일어났다. 미군정이 이 항쟁을 무력으로 진압하는 과정에서 많은 제주도 주민들이 억울하게 희생당하였다.

여순반란사건(麗順反亂事件)

'여수·순천사건' 혹은 '여순반란사건'이라고도 한다. 1948년 10월 19일에 제주 4·3사건을 진압하라는 정부의 명령을 거부하고 좌익계 군인들이 여수와 순천 지역에서 반란을 일으킨 사건이다. 남한 정부는 이 사건을 10여 일만에 진압하였는데, 이때 반란군 중에 일부는 지리산에 숨어서 저항하였다. 이들을 빨치산(partizan)이라고 불렀는데 이들과 진압군이 대결하는 과정에서 지리산 주변의 민간인들이 많은 피해를 입었다. 이 사건을 계기로 남한에서는 국가보안법이 제정되었고, 정치적 반대 세력에 대한 탄압이 제도화되었다.

소작인(小作人): 다른 사람의 땅을 돈을 내고 빌려 농사를 짓는 사람
빨치산 투쟁(partizan 鬪爭): 정규군이 아닌 개인이나 단체가 적의 뒤에서 통신이나 교통시설을 파괴하거나 무기나 물건 등을 강제로 빼앗고 사람을 해치는 등 자신들의 목적을 이루기 위해 저항하는 행위
반공포로(反共捕虜): 한국전쟁 당시 남한군에 잡힌 북한군 중 공산주의를 반대한 사람

설핏: 얕은 잠에 빠져든 모양을 이르는 말
가위: 무서운 내용의 꿈 또는 꿈에 나타나는 무서운 것
안간힘: 어떤 일을 이루기 위해서 몹시 애쓰는 힘
자명하다(自明ー ー): 설명하거나 증명하지 않아도 저절로 알 만큼 명백하다.
불면(不眠): 잠을 자지 못함.
박제(剝製): 동물의 가죽 안에 솜이나 대팻밥 등을 넣고 살아 있을 때와 같은 모양으로 만듦. 인간의 정신이 굳어버린 상태를 비유적으로 이르는 말
허수아비: 곡식을 해치는 새, 짐승 등을 쫓기 위해서 논밭에 세워 놓는 짚으로 만든 사람 모양의 인형. 자신의 의지나 의견, 관점이 없이 남이 시키는 대로 행동하는 수동적인 사람을 비유적으로 이르는 말
체세포(體細胞): 사람이나 동물의 몸을 구성하는 모든 세포
즉물적(卽物的): 관념이나 추상적 사고를 먼저 하지 않고 곧바로 실제의 사물에 관하여 생각하고 행동하는 것. 다른 사람과의 관계에서 물질적인 면을 중시하는 것
예시(豫示): 앞으로 벌어질 일이 미리 보이거나 알림.

(1) 김범우는 설핏 들었던 잠을 가위에 눌려 깬 다음 더는 잘 수가 없었다. 몸부림치듯 뒤척이다가 결국 일어나 앉고 말았다. 매일 밤 되풀이되는 고통이었다. 그는 두 무릎 사이에 머리를 박으며 머리칼을 쥐어뜯듯이 움켜잡았다.

「염상진······」

신음처럼 흘러나온 소리였다. 그의 기진맥진한 의식을 염상진은 줄기차게 따라붙으며 괴롭히고 있었다. 그날 이후 그의 의식은 예리한 칼질을 당한 것처럼 무수한 가닥으로 갈가리 찢겨졌고, 그 가닥이나마 간추리려고 안간힘하다 보면 어느새 염상진이 불쑥 나타나 마구 헝클어놓고 말았다. 승패가 자명한 그 싸움에 시달리며 시름시름 죽어가고 있는 자신을 보고 있었다. 불면의 밤, 일 초 일 초를 넘길 때마다 몸속의 피가 한 방울씩 말라드는 것 같은 고통에 그는 신음했다. 매일 밤을 그렇게 보내다 보면 언젠가는 하얗게 표백된 껍질만 남은 죽음을 만나게 될 것만 같았다. 희게 박제된 허수아비꼴의 죽음이 두려운 게 아니라 그 과정을 견뎌내기가 두려웠던 것이다. 그렇게 죽는 것보다 차라리 염상진이 휘두르는 몽둥이에 얻어맞아 팔이고 다리고 뚝뚝 부러지고 피 철철 흘리며 단숨에 죽고 싶었다. 그러면 염상진의 체세포 하나하나, 아니 뼛속 깊이깊이까지 사무친 원한과 증오도 어느 정도는 풀릴 것 같았다. 그러나, 염상진이란 사나이는 그렇게 감정적이고 단순하고 즉물적이지 않았다.

김범우는 머리칼을 움켜잡았던 손을 풀었다. 그리고 느리게 손을 뻗쳐 담배를 집어 불을 붙였다. 심호흡을 하듯 담배연기를 깊게 빨아들였다. 두 번, 세 번, 그의 혼란한 의식이 안개에 젖듯 여릿여릿 혼미하게 흔들렸다. 잠시 불투명하게 바뀌는 가벼운 최면상태의 아늑함에 젖어 손가락 사이에 끼워진 담배를 멍하니 바라보았다. 어둠 속이어서 그런지 담배 끝에 매달린 불꽃의 색깔이 갓 피어난 아침꽃의 색깔처럼 싱싱하고 선명했다. 그는 무슨 예시나처럼 그 두 가지 색깔이 지니는 공통점을 문득 깨달았다. 그건 생명감이었다. 불꽃, 타오르는 불꽃이 지니는 생명감, 그는 서둘러 담배를 입에 물고 깊게 빨아들였다. 그러나 그는 연기를 삼키지 않았고, 두 눈동자는 빠알강

5

10

15

20

25

30

게 타드는 담뱃불에 고정되어 있었다. 그 투명한 밝음과 싱싱한 색깔로 타는 불꽃에서 그는 염상진을 보고 있었다.

불꽃을 물고 타는 한 개비의 담배, 어쩌면 그건 바로 염상진인지도 모른다. 불꽃이 타오르는 정열로, 불꽃이 타오르는 생명력으로 자신이 신념하는 세계를 위해 타오르는 사나이. 그러나, 불꽃이 다 타고 나면 무엇이 남는가. 그건 회색빛 재일 뿐이다. 그것만큼 완전한 허무가 또 어디 있을까. 그것은 불꽃의 현란한 생명력 때문에 더 완전한 허무가 되는 것이다. 염상진은 이 사실을 알고 있을까. 아니, 이런 발상부터가 뿌리박힌 부르주아 근성이라고 일축해 버릴지 모른다. 과연 인생이라는 건 무언가. 그 유한할 수밖에 없는 삶, 어쩌면 담배 한 개비의 길이밖에 안될지 모르는 과정을 살아내는 최선의 방법은 무엇인가. 염상진이 태우는 불꽃, 그건 사회주의 혁명 완수일 것이었다.

「염상진……」

김범우는 또 신음하듯 염상진의 이름을 뇌며 새 담배에 불을 붙였다. 어디선지 가을벌레 우는 소리가 가늘면서도 예리한 음향으로 울리고 있었다. 그 음향에는 가을의 우수와 적막이 실려 있었다. 그 소리가 유난히 가슴 깊이 감겨오고, 슬픈 허망감이 뭉클 솟는 걸 느끼며 김범우는 쓸쓸히 웃었다. 집을 도망쳐 나와 이렇게 살아 있음의 의미가 무엇인지 그는 끝없이 서글프기만 했다.

(2) 이틀 뒤에 염상진의 상여가 나타났다. 그는 율어로 가는 길목 어느 산자락에 묻혔다. 목 아래로는 짚둥으로 몸체와 두 팔다리를 만들어 붙인 그의 관 위에 서민영과 김범우가 흙 세 삽씩을 뿌렸다.

장례가 끝나고 며칠이 지나갔다. 어둠이 장막을 친 깊은 밤, 무덤을 스치고 지나가는 바람결에 인기척이 실리고 있었다. 어둠에 묻혀 잘 드러나지 않는 무덤가에 그림자들이 나타났다. 그림자들은 무덤을 에워쌌다. 그림자는 모두 여섯이었다. 철이 늦어 어둠 속에서는 벌레소리 한 가닥 울리지 않았다. 찬바람에 낙엽들 구르는 메마른

부르주아(bourgeois): 중세 유럽에서 상공업을 담당했던 중산 계급의 시민을 이르던 말로 자본주의 사회에서 생산 수단인 자본을 소유하고 노동자를 고용하여 기업을 경영하는 사람을 일컫는 말

근성(根性): 사람이 태어날 때부터 지니고 있는 성질

뇌다: 조그만 소리로 반복적으로 되풀이하며 말함.

우수(憂愁): 근심과 걱정을 아울러 이르는 말

상여(喪輿): 사람의 시체를 싣고 묘지까지 나르는 도구

짚둥: 벼의 낟알을 털어낸 줄기를 모아서 한 덩어리로 묶은 짚단을 한 데 모아 만든 것

철: 일 년을 봄, 여름, 가을, 겨울로 구분했을 때의 한 시기

소리만 스산하게 들리고 있었다. 그림자 하나가 무덤 앞에 무릎을 꿇었다.

대장님, 지가 왔구만이라. 하대치여라. 대장님, 대장님이 먼첨 가서 뿔고, 지가 살아남어 이리 될 줄 몰랐구만이라. 지가 대장님 앞에 면목이 읎구만요. 그려도 대장님이사 다 아시제라. 지가 요리 살아 있는 것이 그간에 총알 피해댕김서 드럽게 살아남은 것이 아니란 거 말이제라. 대장님, 편안허니 먼첨 가시씨요. 지도 대장님헌테 배운 대로 당당허니 싸우다가 대장님 따라 깨끔허게 갈 것잉께요. 대장님, 근디 지가 남치기 역사투쟁얼 허고 죽기 전에 똑 한 가지 허고 잡은 일이 있구만이라. 지 맘대로 혀뿔기 전에 대장님헌테 먼첨 말씸디릴라고라. 고것이 먼고 하니, 지가 할아부지헌테 받은 이름얼 지 손자 눔헌테 넴게줄라고라. 요 말을 죽기 전에 아들헌테 전허고 죽을랑마요. 대장님, 우리 넌 아직 심이 남어 있구만요. 끝꺼정 용맹시럽게 싸울 팅께 걱정 마시씨요.

그림자들은 소리 없이 움직이며 차례로 무덤 앞에 무릎을 꿇었다.

대원들이 대장 염상진을 만나고 있는 동안 하대치는 두 손에 힘주어 총을 잡고 어둠 속을 응시하고 서 있었다. 짙고 짙은 어둠은 끝없이 펼쳐져 있었다. 어둠 속에 보이는 것이라고는 아무것도 없었다. 어둠이 짙은 만큼 적막이 깊을 뿐이었다. 그러나 산줄기만은 어둠 속에서 그 윤곽을 어렴풋하게 드러내고 있었다. 그 어렴풋한 윤곽 속에서도 산줄기는 장중한 무게와 굳센 힘을 간직하고 있었다. 그는 그 억센 산줄기의 봉우리 봉우리에서 봉화들이 타오르는 것을 보고 있었다. 그 봉화들은 너울너울 불길을 일으켜 어둠을 사르며 줄기줄기 뻗어나간 산줄기들을 따라 끝없이 피어나고 있었다. 그리고, 그 수많은 불꽃들과 함께 함성이 울려오고 있었다.

그는 헛것을 보고 있는 것이 아니었다. 헛소리를 듣고 있는 것도 아니었다. 산봉우리 봉우리마다 봉횃불이 타올라 산줄기를 따라 불꽃행렬을 이루었던 때가 분명 있었다. 그리고 그 봉횃불들의 기세를 따라 다같이 함성을 지르며 투쟁의 대열을 지었던 때도 분명 있었다. 그의 가슴에서는 지금도 변함없이 그 불길이 타오르고, 그 함성

스산하다: 쓸쓸하고 으스스하다.
남치기: '나머지'라는 뜻의 방언
역사투쟁(歷史鬪爭): 계급투쟁이라도 함. 공산주의자들은 역사를 자본을 가진 유산계급과 자본을 가지지 못한 무산계급 간의 계급투쟁의 역사로 봄.
심: '힘'이라는 뜻을 가진 방언
장중(莊重): 장엄하고 무게가 있음.
봉화(烽火): 통신수단이 발달하지 않았던 시기에 적의 침입과 같은 긴급한 상황을 알리기 위한 신호로 올리는 연기나 불을 뜻함.
사르다: 불에 태워 없앰.

이 울려 퍼지고 있었다.

　그는 가슴을 펴며 숨을 들이켰다. 그와 함께 밤하늘이 그의 시야를 채웠다. 그는 문득 숨을 멈추었다. 그는 눈앞이 환하게 열리는 것을 느꼈다. 그가 본 것은 넓게 펼쳐진 광대한 어둠이 아니었다. 그가 본 것은 어둠 속에서 수없이 빛나고 있는 별들이었다. 그는 멀고 깊은 어둠 저편에서 명멸하고 있는 무수하게 많은 별들을 우러러보았다. 가을 별들이라서 그 초롱초롱함과 맑은 반짝거림이 유난스러웠다. 그 살아서 숨쉬고 있는 별들이 가슴을 뭉클하게 했다. 그 별들이 모두 대원들의 얼굴로 보였던 것이다. 먼저 떠나간 대원들은 죽은 것이 아니었다. 그들은 모두 혁명의 별이 되어 어둠 속에서 저리도 또렷또렷한 모습으로 빛나고 있었던 것이다. 그는 봉화가 타오르고, 함성이 울리고 있는 가슴에다 그 별들을 옮겨 심고 있었다.

　끝 간 데 없이 펼쳐진 어둠 속에 적막은 깊고, 무수한 별들의 반짝거리는 소리인 듯 바람소리가 멀리 스쳐 흐르고 있었다. 그림자들은 무덤가를 벗어나기 시작했다. 그리고 광막한 어둠 속으로 사라져가고 있었다.

명멸(明滅): 불빛이 켜졌다 꺼졌다함. 또는 먼 곳에 있는 것이 보였다 안 보였다 함.
광막(廣漠): 아득하게 넓음.

∥작품의 이해와 감상

「태백산맥」은 분단과 한국전쟁으로 이어지는 한국 현대사를 소설로 탐구해 온 조정래의 대표작이자, 1980년대의 한국 장편소설이 이루어낸 문학적 성취를 보여주는 작품이다. 1980년대에 접어들면서 한국 사회에는 서서히 민주화가 이루어지고 반공이데올로기(ideology)가 약화되어 갔다. 그러자 이전 시기에는 다루기 어려웠던 노동문제, 분단 문제, 비극적인 역사적 사건 등을 다루는 다수의 창작물이 발표되었다. 이러한 시대적 변화 속에서 작가는 충실한 자료조사와 역사적 비극으로 인해 상처받은 이들에 대한 애정으로 이 작품을 집필하게 된다.

이 소설의 주된 갈등은 분단 후 남한사회에서 일어난 좌우 세력의 대립이다. 이 시기에 좌우의 이념적 갈등과 노선 선택은 개인적 차원에 속하는 것이면서 동시에 그것을 넘어서는 문제였다. 계급 갈등과 분단 상황이 중첩되면서 한국사회에는 새로운 역사를 열어나가고자 하는 시대적 염원이 복합적으로 표출되고 있었다. 이 작품의 중심 서사도 좌우의 이념 갈등이다. '염상진'을 중심으로 한 좌익 세력과 토착지주 및 자본가를 중심으로 한 우익 세력 사이의 갈등이 한국전쟁이라는 혼돈의 역사 속에서 펼쳐진다. 그들 사이의 갈등에 놓인 민중들과 지식인들은 저마다의 길을 택해 나아가지 않을 수 없었는데, 이 같은 노선 선택의 양상이 좌우의 갈등과 함께 이 작품을 채우는 중요한 내용 가운데 하나이다.

이 작품은 저마다 순수한 뜻을 세우고 그것을 실현하고자 치열한 삶을 살았던 중심인물 대부분이 자신의 뜻을 실현하지 못하는 것으로 끝을 맺는다. 이로써 작가는 이 시기 역사 전개의 비극성을 증언하고 동시에 그들이 해결하고자 했던 과제들이 이후의 역사적 과제로 남겨졌음을 강조한다.

이 소설의 문학사적 의의는 일차적으로 한국사회에서 오랫동안 금기시되었던 빨치산과 이데올로기 문제를 본격적으로 다루었다는 점에서 찾을 수 있다. 하지만 이 작품의 진정한 의의는 해방공간에

노선(路線): 개인이나 조직 등이 지향하는 목적이나 목표를 실현하기 위해 가진 견해의 방향이나 행동방침
토착지주(土着地主): 오랫동안 한 지역에 살면서 토지를 소유하고 부와 권력을 행사하는 계층

서 한국전쟁으로 이어지는 혼란의 시기를 배경으로 계급적 모순이
어떻게 남북분단의 원인이 되었는가를 보여줌으로써 소설을 통한
역사적 증언을 시도하고 있다는 사실에서 찾을 수 있을 것이다.

토지

| 박경리

박경리는 등단 초기부터 사회의식이 강한 문제작을 발표했으며, 점차 인간의 열정과 운명, 역사와 삶에 대한 성찰로 소설의 주제를 확대해 나갔다. 「토지」는 26년에 걸쳐 원고지 4만 장에 기록한 한국문학 최대의 대하소설로, 한민족의 민족서사시로 불릴 만큼 방대한 양과 높은 문학성을 갖춘 작품이다. 여기에는 구한말부터 근현대사로 이어지는 한국사의 변화를 배경으로 이 시기를 살다간 수많은 인물이 등장하며 한국적인 미와 정서가 짙게 깔려 있다.

박경리(朴景利, 1926년~2008년)

소설가. 1955년 『현대문학』에 「계산(計算)」을 발표하면서 작품 활동을 시작하였다. 그녀는 사회와 역사에 대한 소설적 통찰을 통해 사회의식과 역사의식이 강한 작품을 주로 발표하였다. 대표작으로는 「불신시대(不信時代)」, 「김약국의 딸들」, 「토지(土地)」 등이 있으며, 소설집으로는 『김약국의 딸들』(1962), 『시장(市場)과 전장(戰場)』(1964), 『토지』(1969~1994) 등이 있다.

문제작(問題作): 화제나 주목을 불러일으킬 만한 작품
민족서사시(民族敍事詩): 국가나 민족의 이야기를 역사적 흐름에 따라 사실적으로 묘사한 시
구한말(舊韓末): 조선의 제26대 왕인 고종이 1897년에 조선의 국호를 대한제국으로 바꾸고 근대국가 건설을 목적으로 개혁을 추진하였으나 1910년 일제에 국권을 빼앗기면서 멸망함. 이 시기를 구한말 또는 대한제국기라고 함.
참판(參判): 조선시대의 높은 관직 가운데 하나
간도(間島): 만주 동남부 지역을 두루 이르는 말
집념(執念): 한 가지 일에 매달려 마음을 쏟음. 또는 그 마음이나 생각

‖ 줄거리

구한말, 대대로 지주 집안인 최참판 댁과 마을 소작인들이 함께 살고 있는 평사리에서 ‘최치수’가 살해된다. 최참판 댁을 지켜나갈 인물이었던 ‘최치수’는, 어머니 윤씨와 외동딸인 ‘서희’를 남기고 죽는다. 그 사이 최참판 댁의 재산을 노리고 음모를 꾸미는 이들이 많아 마을은 매우 혼란스러워졌다. ‘최치수’가 죽자 그의 먼 친척인 ‘조준구’가 최참판 집안의 재산을 노리고 어린 ‘서희’와 자신의 아들을 결혼시키려는 음모를 꾸민다.

결국 ‘조준구’에게 모든 재산을 빼앗긴 ‘서희’는 가문을 되찾으려는 집념 하나로 간도로 이주한다. ‘서희’는 그곳에서 큰 재산을 모으는데, 이 과정에서 많은 도움을 준 ‘길상’과 결혼한다. 귀향 후 ‘서희’는 ‘조준구’에게 빼앗겼던 재산과 토지를 되찾는다. 하지만 남편 ‘길상’은 독립운동을 하다 일제에 붙잡혀 감옥에 갇힌다. ‘서희’의 아들인 ‘윤국’ 역시 3·1운동이 일어나자 시위에 참가하였다가 정학 처분을 받는다. 그 뒤 감옥에서 풀려난 ‘길상’은 다시 사상범으로 투옥된다. ‘서희’는 가족을 데리고 ‘길상’이 있는 서울로 올라 갈 것을 결심하는데, 그즈음 일본의 패망 소식을 듣는다.

인용한 부분은 ‘조군구’의 계략으로 최참판 집안이 나날이 몰락해갈 무렵, ‘서희’를 돌봐주던 ‘수동 아제’가 죽자, 분을 이기지 못한 ‘서희’가 복수를 결심하는 장면으로, ‘서희’의 당찬 성격이 잘 드러나 있다.

밖에는 달려 나왔으나 길상이 보이지 않았다. 봉순이 이리저리 살피는데 행랑 쪽 모퉁이를 막 돌아가는 뒷모습이 눈에 띈다.

"길상아! 와 그러노?"

불길한 생각이 든다.

"머꼬?"

뒤따라 나온 김서방댁이 목을 뽑으며 묻는다.

"모르겄소."

봉순이 행랑 쪽을 향해 급히 걸어가고 김서방댁도 엉기정엉기정 따라간다. 수동이 거처방 앞에 짚세기가 벗어 던져진 채 울음소리가 새어나왔다.

"와 그카노!"

고함치는 봉순의 얼굴이 질린다.

"으흐흐흣…… 으흐흐흐흣."

김서방댁이 툇마루에 손을 짚고 방안을 들여다본다.

"갔구마는."

"머라 카요?"

"죽었다 말이다."

"수, 수동이아제가요?"

봉순이 땅바닥에 주저앉는다.

"쯔쯔쯔…… 아무도 종신을 못했는가배. 오래 시라았더마는 그예 가부맀구나."

치맛자락을 걷어서 김서방댁은 콧물을 닦는다. 행랑뜰에 하인들 몇이 모여들었다. 선뜻 방안으로 들어서려 하지 않는다. 기별을 받고 뒤늦게 온 복이가 방안으로 들어간다. 그는 먼저 수동이 손목을 잡고 팔을 배꼽께로 올려놓는다. 시체에서 배어난 송진 같은 진땀이 손바닥에 찍 하니 들어붙고 얼음 같은 냉기가 복이 등뼈를 타고 내려간다. 나머지 한 팔도 끌어다가 나란히 올려놓고 다음 두 다리를 쭉쭉 훑어 내려가며 바로 뻗게 한 뒤, 끝은 천장을 보게 발바닥을 반듯이 세운다. 죽음의 경직이 오기 전에, 염을 하기 전에 우선 그렇게 해야 했던 것이다. 수동이는 눈을 뜬 채 숨이 끊어져 있었다. 살아있는

정학(停學): 학교의 규칙을 어긴 학생의 등교를 정지하는 일

처분(處分): 특정한 사건에 대하여 관련 법규를 적용하여 처리하는 행위 또는 그런 지시나 결정

사상범(思想犯): 현존 사회체제에 반대하는 사상을 가지고 그 체제의 변혁을 꾀하는 행위를 하려다 붙잡힌 사람. 또는 그 범죄

투옥(投獄): 감옥에 가둠.

패망(敗亡): 전쟁에 져서 망함.

아제: '아저씨'라는 뜻의 방언

분(憤): 억울하여 화가 난 마음

행랑(行廊): 대문 곁에 있는 방으로 주로 하인이 거처함.

짚세기: 볏짚으로 삼아 만든 신발. 짚신

종신(終身): 부모가 돌아가실 때 그 자리에 같이 있음.

기별(寄別): 다른 장소에 있는 사람에게 어떤 사실이나 소식을 전함. 또는 그것을 적은 종이

송진(松津): 소나무나 잣나무에서 분비되는 끈적끈적한 액체

염(殮): 죽은 사람의 몸을 씻긴 뒤 수의(壽衣)로 갈아입히고 베나 이불 등으로 싸는 일

사람 같다.

"눈감고 가소."

손바닥으로 쓸어서 눈을 감겨준다. 길상은 엎어진 채 울고 있었다.

"머하고들 있노? 옷부터 한 가지 내놔야제."

행랑뜰에 김서방댁 목청이 울려퍼진다.

"연이 니는 색히 뒷부석에 가서 사자밥부터 안치라. 한두 분 당하는 일도 아니겄고 전후 할일이사 뻔한 것 아니가. 길상이는 머하고 있노? 운다고 죽은 사램이 살아오나."

수동의 무명적삼 하나가 육신에 빠져나온 넋을 실은 듯 행랑 지붕 위로 날라 올라간다. 형식뿐인 향목물[香木水]이 든 바가지가 방안으로 들어갔다. 시체 여기저기 향목들을 찍어 바르는 것으로서 목욕을 끝내고 옷을 갈아입히고 그러고 나서 염이 시작된다. 우우오! 우우오! 하며 팽나무에 앉은 까마귀를 개똥이 쫓고 있다.

수동의 죽음은 사랑에 있는 조준구에게로 알려졌다. 손님과 담소하고 있던 준구는 혀를 차면서 알아 할 일이지 무슨 큰일이 났다고 와서 이러느냐, 하며 꾸지람이었고 안방의 홍씨는

"속이 후련하구나. 삼 년 묵은 체증이 내려가는 것 같다. 그 육실할 놈이 그예 죽기는 죽었구먼."

희희낙락이었다. 별당의 서희는 아무 말이 없다. 붉은 법단에 흰 무명 안을 받쳐서 염낭을 깁고 있었다.

"수동이아제 그르크름 주야로 애기씨 걱정만 하더니."

행주치마로 얼굴을 가리고 훌쩍거리며 봉순이는 푸념이었다.

"신령님도 무심하시요. 애기씨를 우찌 하고 수동이아제까지 데리고 갑니까, 으흐흐……"

잠자코 있던 서희는 짜증을 낸다.

"울지 마라. 시끄러워!"

"애기씨 으흐흐……"

"시끄럽다 안 하느냐? 하인 하나 죽었기로."

하다가 벌컥 역정을 낸다.

" 그 동안 연달아 사람이 죽어 나갔어! 새삼스런 일도 아니지 않느

뒷부석: '부엌'이라는 뜻의 방언

사자밥(使者—): 초상집에서 죽은 사람의 영혼을 데리러 오는 저승사자에게 대접하기 위한 밥

향목물(香木—): 향기가 강하여 절이나 제사에서 향으로 사용되는 나무인 향목의 가지를 넣은 물

담소(談笑): 웃고 즐기면서 이야기함. 또는 그런 이야기

육실하다(戮屍——): 이미 죽은 사람의 목을 다시 베는 형벌인 육시(戮屍)를 할 만하다는 뜻으로, 나쁜 일을 당해 마땅하다며 상대방을 저주하여 욕을 하는 말

희희낙락(喜喜樂樂): 매우 기뻐하고 즐거워함.

법단(法緞): 비단의 하나로, 무늬가 촘촘하고 두꺼우며 감촉이매우 부드러움.

염낭(—囊): 허리에 차는 작은 주머니의 한 종류

행주치마: 부엌일을 할 때 옷을 더럽히지 아니하려고 허리에 두르는 작은 앞치마

역정(逆情): 몹시 언짢거나 못마땅하여서 내는 성질

냐? 이 집에 귀신이 들어 그렇다고들 하더구나!"

"으흐흐……"

"정말 그렇다면 나는 귀신하고 싸울 테야! 신령님네 살려주시오, 살려주시오 골백번 그래봐야 아무도 살려주진 않던걸. 구구하고 치사스러워."

놀라며 봉순이 쳐다본다.

"모조리, 다아 잡아가라지. 하지만 나는 안 될걸. 우리집은 망하지 않아. 여긴 최씨, 최참판 댁이야! 홍가 것도 조가 것도 아냐! 아니란 말이야! 만의 일이라도 그리 된다면 봉순아? 땅이든 집이든 다 물속에 처넣어버릴 테야. 알겠니? 난 그렇게 할 수 있어. 내 원한으로 불 살라서 죽여버릴 테야. 난 그렇게 할 수 있어. 찢어죽이고 말려죽일 테야. 내가 받은 수모를 하난들 잊을 줄 아느냐?"

어떻게 땅과 집을 물속에 처넣을 것인가. 치켜 올라간 눈썹, 뱅글뱅글 돌아가는 입매, 가위 작은 야차(夜叉)를 방불케 한다. 그는 원한에 사무쳐 있었을 뿐 수동이 죽음에 대해서는 조금도 슬퍼하는 기색이 없다. 봉순이는 마음속으로 야속하다고 생각한다. 서희는 버티고 앉아서 그에 염낭을 기워 뒤집었다.

지어내온 사자밥 세 그릇, 숟가락 세 개, 간장 소금이 든 항아리가 각각 하나씩 행랑뜰에 놓여 있었다. 그리고 깨어진 호박도 한 곁에 놓여 있었다. 그것들은 망자를 저승에 인도해갈 사자한테 베푸는 제물이다. 연이네가 팔짱을 끼고 서서 김서방댁과 얘기를 하고 있었다.

"그새 뜰안 출입도 하고 그러길래 더 살아나부다 했지."

"나는 죽을 날이 멀지 않았고나 하고 짐작은 했구마. 벌써 목이 쉰 것부터가 심상찮았고 얼굴도 부숭부숭 부어서, 아픈 사람이란 살이 빠져야 회춘하기가 쉬운 기지. 더군다나 오래 아픈 사람이 붓기 시작하믄 그렇지. 열이믄 열 사람 사는 것 못 봤구마."

"하기사 우리 먼족 일가 한 사람도 진짝겉이 붓더마는 못 살데."

"잔뱅치리 소자 없더라고 길상이도 지쳤는가 임종도 못 봤이니."

"무신 팔자가 좋아서, 임종하믄 우떻고 안 하믄 우떻고? 죽으믄 그만이지 어느 자식이 있는 것도 아니겠고."

신령(神靈): 신비하고 초자연적인 기운을 가진 신적 존재

골백번(—百番): '백번'을 강조하거나 속되게 이르는 말로, '여러 번'을 의미함.

구구하다(區區——): 일일이 언급하기가 구차스러움.

가위(可謂): 한마디로 말하자면.

야차(夜叉): 사람을 괴롭히거나 해치는 사나운 귀신

회춘(回春): 봄이 다시 돌아온다는 뜻으로, 병에서 회복되어 건강을 되찾거나 다시 젊어지는 것을 비유적으로 이르는 표현

방불 하다.하다(彷彿——): 거의 비슷하거나 같다고 느끼게

소자(小子): 1~9세의 나이의 남자아이를 이르는 말. 또는 부모나 스승에게 자신을 낮추어 부르는 말

임종(臨終): 부모가 돌아가실 때 그 자리에 같이 있음.

사방이 어둑어둑해왔다. 등불을 들고 행랑 문 앞까지 나온 길상은
문기둥에 등을 걸어놓고 마을을 내려다본다. 검은 안개 같은 어둠이
덮여지고 있는 마을은 조용하고 변함이 없이 거기 있었다. 어디서
나는가, 방울 소리, 아 돌아오는구나 하며 길상은 또 운다. 이틀 전에 5
진주로 떠났던 지서방이 나귀 등에 물자를 싣고 돌아오는 말방울 소
리였던 것이다.

‖ 작품의 이해와 감상

대하소설인 「토지」가 처음 쓰인 시기는 1960년대로, 이 시기는 한국사회에 4·19혁명이 일어나고 산업화가 시작된 때이다. 이러한 시대적 변화를 바라보던 한국의 지성인들 가운데 동서양의 충돌, 전통과 현대의 공존 및 변화를 포괄적으로 사유한 작가가 바로 박경리이다. 그리고 그녀에 의해 25년 동안 집필되어 완간된 소설이 「토지」이다.

이 소설은 구한말과 일제강점기, 최참판 집안을 중심으로 펼쳐지는 가족사이자 민족사를 다루고 있다. 「토지」에는 최참판 집안의 윤씨 부인, 별당 아씨, 서희로 이어지는 삼대에 걸친 가족사 외에도 구한말, 일제강점기, 3·1운동과 독립투쟁, 그리고 해방에 이르기까지 한국근대사에 대한 작가의 역사의식이 방대하게 펼쳐진다. 공간적으로는 경남 하동군 평사리, 한반도 전역과 일본, 만주 등 동아시아 전역을 소설의 무대로 삼고 있다. 특히 이 작품은 전근대적인 삶의 질서가 무너지고 새롭게 근대화를 이룩해 가는 과정에서 한국인이 겪어야 했던 경험을 총체적으로 그리고 있다. 이 작품은 다양한 신분과 계층에 속한 한국인의 삶을 사실적으로 그려냄으로써, 고난의 역사를 극복해 나가는 강인한 의지를 잘 보여주고 있어 한국 독자들의 꾸준한 사랑을 받고 있다.

이 작품의 의의는 이러한 서사 이외에도, 풍부한 토속어를 활용한 한국어의 보고(寶庫)라는 점에서도 찾을 수 있다. 또한 「토지」는 600여 명이 넘는 인물이 등장함에 따라 개성 있는 인물의 성격을 다양하게 묘사한 '한국인의 인물 사전'이라 할 수 있다. 무엇보다 이 작품은 작가가 강조한 '생명사상'을 잘 담아내고 있다. '생명사상'이란 생명을 가지고 태어난 모든 것에 대한 관심과 사랑을 의미한다. 소설의 제목이 '토지'인 것도 '생명사상'과 관련이 있다. 여기에서 토지는 단지 재산으로서의 땅이 아니다. 땅을 되찾은 '서희'가 결국에는 모두에게 땅을 나눠주는데, '서희'의 이 행동은 토지가 그 자체로 가치를 지닌 만물의 근원이며, 생명의 대지라는 생명사상을 실천한 것으로 볼 수 있다. 이러한 생명에 대한 연민과 인간의 존엄을 한민족의 구체적 생활사 속에서 그려낸 작품이 바로 「토지」인 것이다.

소설가 박경리의 삶

한국의 대표적인 여류작가인 박경리는 험난한 일생을 살았다. 그녀는 한국전쟁 중에 남편과 아들을 잃고, 홀로 딸을 키우며 살았다. 또한 그녀는 대하소설 「토지」를 집필하는 동안 유방암에 걸리는 시련을 이겨냈으며, 건강이 회복된 이후에도 사위이자 반체제 저항시인인 김지하(金芝河)가 투옥되면서 여러 가지 어려움을 겪었다. 이러한 불행에도 굴하지 않고 그녀는 대하소설 「토지」 16권을 집필하여 한국문학사에 큰 업적을 남겼다. 그녀가 살았던 강원도 원주와 고향인 경상남도 통영에는 '박경리문학공원'과 '박경리문학관'이 세워져 박경리의 문학적 업적을 기리고 있다. 한편 2011년에는 '박경리문학상'이 제정되어, 세계문학 발전에 업적을 남긴 작가에게 매년 이 상을 수여하고 있다.

지성인(知性人): 높은 지식과 지능을 갖춘 사람
별당(別堂): 전통 한옥에서 본채의 곁이나 뒤에 따로 조그맣게 지은 집
보고(寶庫): 귀중한 물건을 보관해 두는 창고로, 귀중한 것이 많이 나거나 간직되어 있는 곳을 비유적으로 이르는 말로 쓰임.

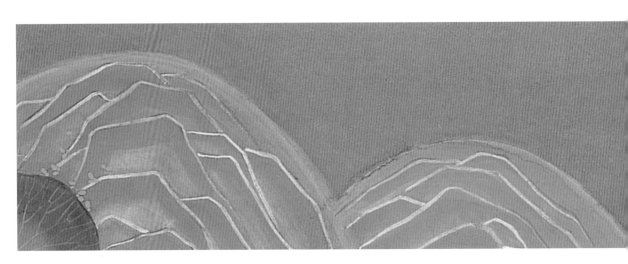

Modern Korean Literature

제11장 1980년대의 비평·희곡·수필

1. 유종호, 「거짓 화해의 세계」
2. 오태석, 「부자유친」
3. 김현, 「두꺼운 삶과 얇은 삶」

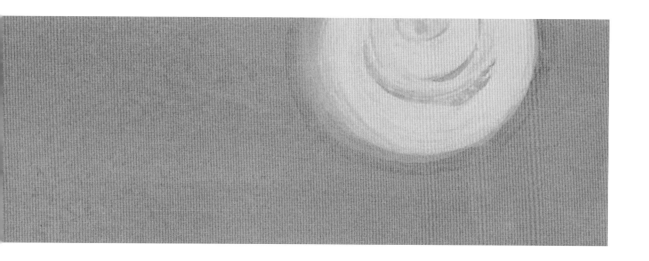

거짓 화해의 세계

| 유종호

유종호는 이어령과 더불어 전후세대 평론가를 대표하는 인물이다. 그의 비평 세계는 서양문학의 합리적 미의식을 수용하고 명징한 비평 문제를 확립한 것이 특징이다. 이 글에서는 1980년대 이후 본격화된 한국 대중문화의 본질과 한계를 서양의 문화이론과 대비해가며 비판하고 있다.

유종호(柳宗鎬, 1935년~현재)

평론가. 1957년 『문학예술』에 「언어의 유곡(幽谷)」이 추천되어 평론 활동을 시작하였다. 대표작으로는 「토착어(土着語)의 인간상(人間像)」, 「불모(不毛)의 도식(圖式)」, 「한국의 페시미즘(pessimism)」, 「전통의 확립을 위하여」 등이 있으며, 평론집으로는 『비순수의 선언』(1962), 『문학과 현실』(1975), 『동시대의 시와 진실』(1982) 등이 있다.

합리적 미의식(合理的 美意識): 미의식이란 아름다움에 대하여 느끼고 이해하고 판단하는 인식 작용을 말하며, 합리적 미의식이란 논리적이고 이치에 맞는 미의식을 뜻함.
명징(明徵): 분명하고 뚜렷함.
미학관(美學觀): 사물의 현상을 미학적 입장에서 보고 인식하고 평가하는 견해와 관점
상투성(常套性): 늘 해서 습관이 되다시피 한 성질
감상주의(感傷主義): 슬픔, 동정, 연민 따위의 감상을 지나치게 작품에 드러내려는 경향
보수주의(保守主義): 급격한 변화를 반대하고 전통의 옹호와 현상을 유지하려는 경향이나 태도
소산(所産): 어떤 행동이나 상황에 의한 결과로 나타나는 현상

(1) 대중예술은 상층계급에 속하고 정신적으로 거기에 의존하고 있는 직업적 생산자들의 제품이다. 대중 스스로가 향수를 위해 만들어 냈다기보다는 대중을 고객으로 의식하고 생산한 상품이라는 성격이 강하다. 그러한 의미에서 자연스럽게 대중으로부터 생겨난 것이라는 있을 수 있는 함축을 제거하기 위해서 씌어진 문화산업이라는 말의 타당성은 커진다. 오늘날 대중문화나 대중예술이 향수자들의 진정하고 절실한 요구의 소산이 아니라 환기되고 조작된 요구의 소산이라는 성격을 부정할 수 없기 때문이다. 아울러 산업이라는 말이 시사하는 제품들의 '규격화', '사이비 개성의 구현'도 그 중요한 성격을 이루고 있기 때문이다.

문화산업을 필두로 해서 구미 제국에서의 대중문화 비판은 시민 사회를 이은 대중사회에 대한 비판의 일환으로 전개된 것이다. 대중 사회란 말은 부정확하고 다의적으로 사용되어 왔기 때문에 정의 자체가 논쟁적인 해석을 내포하고 있다. 그러나 공동체의 이념이 사라지고 정치적 경제적 권력자에게서 오는 압도적인 압력으로부터 개인을 보호해 주는 중간적 매개 집단이 없는 상황으로 파악한다는 점에서 대체적인 합의가 보인다. 대중사회 비판의 일환으로서의 대중 문화 비판은 '대중의 반역'에서 위협을 느끼고 대중 취향의 열악성과 상스러움을 개탄하는 보수주의적 엘리트주의자에 한정되어 있는 것은 아니다. 통렬하고 설득력 있는 비판은 근자의 역사 진행을 안타까워하는 진보적 민주주의 신봉자들에게서 나왔다고 할 수 있다.

우리 사회에서의 대중문화 비판은 즉각적으로 구미에서의 그것

을 연상하게 되고 역사적 맥락과 발전 단계를 달리하는 사회의 관행을 이식하는 것이 아니냐는 회의를 낳을 수도 있다. 그러나 중요한 것은 우리 사회의 대중문화도 문화산업적 특성을 고루 갖추기 시작하고 있다는 점이다. 우리 사회의 현 단계를 어떻게 규정할 수 있든지 간에 대중문화의 구체는 그 병리적 증상에 있어 저쪽과의 현저한 유사성을 보여주고 있는 것이다. 이것은 아마도 산업의 신속한 이식 내지는 복제 가능성으로 설명할 수 있을 것이다. 우리 사회가 대포를 만들어내는 데는 서구인들이 그것을 제조한 후 3백 년의 시간이 필요했지만, TV 수상기 제작은 겨우 한 세대에도 미치지 못하는 세월로 충분하였다. 기술공학의 보급은 서로 다른 문화적 맥락과 발전 단계를 가진 사회 사이의 유사적 징후를 현저히 증대시킨다. 한편 기술 공학에 기초한 인간 환경의 변화가 의식의 변화에 끼치는 막강한 영향력도 우리는 무시할 수가 없다. 가령 농촌공동체에서 유구한 전통적 사실이 되어 왔던 이웃사촌이라는 현상은 도회의 아파트 단지에서 그그께의 눈처럼 완전히 또 급속히 사라져 버린 것이다.

(2) 대중문학에 대한 비판은 그 거점으로서 불가피하게 문학예술의 소망스러운 존재 방식에 대한 성찰을 요청한다. 이때 예술의 본질에 대한 정태적인 논의는 비역사적이기 때문에 오도적으로 드러날 수밖에 없다. 시대에 따라서 또 특정 상황에 따라서 예술이 있어 온 방식이나 그것이 맡아 온 역할과 기능은 달라졌다고 볼 수 있다. 2만 년 전 구석기시대의 동굴벽화가 사냥과 연관된 주술의 일환이었다고 해서 모든 그림이 비슷한 구실을 했다고 주장할 수는 없다. 예술과 의식(儀式)의 분리에 따라서 그림은 점점 전시와 관람의 대상이 됨으로써 성격상의 변화를 겪었다. 지난 세기에서의 사진의 등장은 그림에서 정보 전달 기능을 빼앗아 감으로써 그림의 존재 방식에 새로운 변화의 흔적을 첨가하였다. 예술의 성질은 이렇게 다른 것과의 관계를 통해서 질적 변용을 경험한다.

그러나 우리는 고정적이 아니지만 진정한 예술이 흔히 갖추고 있

구미 제국(歐美 諸國): 미국과 유럽의 여러 나라를 아울러 부르는 말
시민사회(市民社會): 신분적 구속에 지배되지 않으며, 자유롭고 평등한 개인으로 이루어진 사회
개탄(慨歎): 화가 나거나 못마땅하게 여겨 한탄함.
엘리트주의자(elite主義者): 엘리트는 사회에서 뛰어난 능력이 있다고 인정한 소수의 사람이나 지도적 위치에 있는 사람을 말하며, 이러한 엘리트가 사회나 국가를 지배하고 이끌어야 한다고 믿는 태도나 입장의 사람
통렬하다(痛烈--): 몹시 날카롭고 기세가 강하다.
근자(近者): 최근 얼마 안되는 동안
신봉자(信奉者): 사상, 학설, 교리 따위를 옳다고 믿어 받드는 사람
이식(移植): 원래 있던 것을 대신해 새로운 것을 옮겨 옴.
병리적(病理的): 병적 증상을 띠는 것
수상기(受像機): 영상전파를 받아서 화면으로 내보내도록 하는 장치
도회(都會): 도시가 발달하고 사람이 많이 사는 지역
그그께: 지난해의 바로 전 해
정태적(靜態的): 움직이지 아니하고 가만히 있는 상태
오도적(悟道的): 스스로 깨닫는 것
주술(呪術): 불행이나 재해를 막으려고 주문을 외거나 술법을 부리는 일
의식(儀式): 행사를 치르는 일정한 행위. 또는 정해진 방식에 따라 치르는 행사

는 성질이나 경향의 일단을 지적할 수는 있다. 가령 우리는 존 듀이가 『경험으로서의 예술』 마지막 장에 적고 있는 '불만의 최초의 술렁임과 보다 나은 미래에 대한 최초의 암시가 발견되는 것은 언제나 예술 속에서다'란 말을 상기하게 된다. 상상력이 제공하는 비전만이 현실적인 것의 구조 속에 얽혀 있는 가능성을 이끌어내며 상상력의 풍토 내의 변화는 삶의 세목에 영향을 주는 변화의 선구라는 뜻이다. 듀이와 지적 배경을 달리하는 한 비판 이론의 철학자가 '예술은 그것이 자율적인 것이 된 이후 종교로부터 증발해 버린 유토피아를 보존해 왔다'고 말하고 있는 것도 같은 뜻이라 할 수 있다. 두 사람이 모두 미래의 행복에 대한 인간의 합법적인 관심의 표현이 곧 예술이라는 사실을 지적하고 있다. 아울러 진정한 예술은 풍요한 상징적 내용을 통해서 그러한 관심과 동경을 표명하고 있다고 덧붙일 수 있다. 이러한 기준에서 볼 때 대중 전달 매체를 통해서 전파되고 소비되는 문화의 실제는 진정한 예술의 희화(戲畵)로 떨어져 있다고 할 수밖에 없다. 엇비슷한 규격화, 상투형에 대한 권태 없는 의존, 몇몇 공식의 상습적인 응용, 삶의 진실로부터의 터무니없는 유리, 삶에 있어서의 비정을 벌충하려는 듯한 기세의 감상(感像)주의, 해묵은 것에 대한 병적 집착을 보여 주는 보수주의 등은 대중문화의 두드러진 편향이다.

존 듀이(John Dewey, 1859년~1952년): 미국의 철학자이자 교육학자
세목(細目): 잘게 나눈 하나하나의 항목
선구(先驅): 앞선 일이나 사상
희화(戲畵): 의미 없이 장난으로 그린 그림이라는 뜻으로, 장난스럽고 우스꽝스러운 모양을 비유적으로 이르는 말
권태(倦怠): 어떤 일이나 상태에 시들해져서 생기는 게으름이나 싫증
유리(遊離): 따로 떨어짐.
비정(非情): 사람으로서의 따뜻한 정이나 인간미가 없음.
벌충: 손해나 부족한 것을 보태어 채움.
해묵다: 어떤 일이나 감정이 해결되지 못한 상태에서 여러 해를 넘기거나 많은 시간이 지나다.
편향(偏向): 한쪽으로 치우침.

‖ 작품의 이해와 감상

유종호는 한국의 토착(土着)적 미학관과 서양의 합리주의 미학관을 창조적으로 결합하여 개성적인 비평 세계를 펼쳐 보였다. 전자가 토착어에 대한 애정과 관심에서 비롯한 것이라면, 후자는 이전 세대의 '순수문학'에 저항하며 제기한 사회적 실천의 비평정신과 교양의 강조에서 비롯한 것이다.

이 글은 1984년에 『문예중앙』에 발표되었으며, 1995년에 발간한 그의 평론집 『사회역사적 상상력』에 재수록되었다. 여기서 필자는 대중예술이 대중 스스로 만들어 즐기는 것이 아니라 상품으로 생산된 문화산업의 산물이라는 점을 강조한다. 그렇기 때문에 대중예술이 규격화되고 개성이 없다는 것은 한계가 아니라 본질이라고 말한다. 또한 대중이라는 말과 대중문화에 대한 개념이 여러 가지 의미로 사용되고 있지만, 중요한 것은 한국사회에서 대중문화 및 문화산업의 특성이 널리 나타나기 시작했다는 점을 문제적으로 인식하는 것이라고 본다.

이 글은 대중문화에 대한 비판을 위해 예술의 존재방식과 진정한 문화예술의 의미를 짚어보고 있다. 필자는 매체가 바뀜에 따라 예술의 성격이 변화해 왔음을 인정한다. 동시에 이러한 변화에도 불구하고 상상력이 제공하는 의미와 가치는 변하지 않고 이어져 왔음을 주목한다. 따라서 필자는 진정한 예술은 풍부한 상상력을 통해 인간의 관심과 동경을 분명하게 밝히는 것이라고 주장한다. 이러한 기준에서 볼 때, 오늘날 대중 매체를 통해 소비되는 문화의 실체는 진정한 예술과 동떨어지고 있다는 것이 그의 판단이다. 1980년대는 한국의 대중문화산업이 빠르게 성장한 시기이다. 이 시기의 문화산업을 비판적으로 바라보며 예술작품의 규격화와 상투성, 삶의 진실을 외면하는 거짓 화해의 감상주의, 과거에 집착하는 보수주의가 한국 대중문화에 두드러진 현상임을 필자는 날카롭게 비판하고 있다.

한국의 문화산업(文化産業)

문화 생산물이나 서비스(service)를 상업적이고 경제적인 이윤추구를 위해 산업화하는 것을 말한다. 이 산업은 원작을 그대로 모방하는 복제성이 매우 강하고 시장이 세계적이라는 특징을 갖고 있다. 최근에는 문화산업이 미디어(media)의 발전과 기술력의 향상에 힘입어 경제성장을 이끄는 중요한 산업이 되고 있다. 그러나 문화를 높은 정신의 산물로 보는 전통적 시각에 따르면, 흥미 위주의 문화산업은 가볍고 진지하지 못한 것으로 인식되기도 한다.

부자유친

| 오태석

오태석은 10권의 공연대본이 전집으로 묶일 만큼 많은 작품을 쓴 극작가이다. 그의 작품 세계는 현대인의 내면세계를 다룬 부조리극에서부터 한국의 전통과 역사를 현대적으로 재해석한 작품에 이르기까지 다양하다. 「부자유친」은 영조와 사도 세자 간의 갈등을 그린 작품으로, 세조와 사육신의 갈등을 다룬 「태(胎)」와 함께 한국적 소재를 잘 살려 극화한 작품이다.

오태석(吳泰錫, 1940년~현재)

극작가. 1967년 《조선일보》 신춘문예에 「웨딩드레스」가 당선되면서 작품 활동을 시작하였다. 그의 작품세계는 매우 다양하고 현란한 실험성을 보여주고 있으나 전통의 재발견과 현대적 수용을 통한 한국적 연극의 창조라는 일관된 경향을 보이고 있다. 대표작으로는 「태(胎)」, 「춘풍(春風)의 처」, 「자전거」 등이 있으며, 희곡집으로는 『초분』(1979), 『불효자는 웁니다』(1994), 『심청이는 왜 두 번 인당수에 몸을 던졌는가』(1994) 등이 있다.

‖ 줄거리

이 극은 『한중록』의 원작자인 혜경궁 홍씨의 말을 통해 영조가 15세의 소녀를 아내로 삼는 데에서부터 시작한다. 이때 세자는 아버지 영조의 부름을 받고 할 수 없이 의관을 갖추어 입으려고 하나 잘 입지 못한다. 때마침 영조가 들어와 세자가 상중에 계집을 끼고 지낸다는 소문을 확인하는데, 세자는 이를 부인한다. 결국 영조는 세자에게 자결할 것을 명한다. 사도세자의 어머니와 신하들의 계속되는 만류에도 불구하고 아버지 영조가 사관(史官)마저 칼로 처단하기에 이르자, 아들 사도세자는 뒤주에 들어가 죽음을 맞이한다.

부조리극(不條理劇): 이치에 맞지 않는 극이라는 의미로, 전통적인 기법과는 달리 인간 실존의 환상과 몽상적 세계를 묘사하는 극

영조(英祖, 1694년~1776년): 조선 21대 왕으로, 1724년부터 1776년까지 재위함.

사육신(死六臣): 조선 7대 왕인 세조 때 6대 왕인 단종을 다시 왕의 자리에 오르도록 일을 꾸미다 죽은 여섯 명의 충신

의관(衣冠): 남자의 옷옷과 갓이라는 뜻으로, 남자가 정식으로 갖추어 입는 옷차림을 이르는 말

세자(世子): 왕의 자리를 이을 왕의 아들

만류(挽留): 붙들고 못 하게 말림.

사관(史官): 역사의 기록을 맡은 관리

뒤주: 쌀 따위의 곡식을 담아 두는 통

세자가 흠칫 상체를 세운다. 뒤주를 본다. 영조와 구선복을 본다. 생모의 모습을 본다. 가면을 쓰고 그림자처럼 서있다. 한켠에 홍씨가 뒤주 속을 들여다본다. 까치 소리가 들린다.

세자 아버님 아버님, 잘못하였으니 이제는 하라시는대로 하고 글도 읽고 말씀도 다 들을 것이니 이리 마오소서.

영조 네가 못하겠다면 저것들을 시키랴.

세자 (잠시) 살아 무엇하리.(홍씨에게 말하듯 중얼거린다.) 아마도 무사치 못할 듯하니 어찌할꼬. 왜 이럴까. 세손을 귀여워 하시니 세손이 있는 이상 날 없이한들 관계할까. 세손이 내 아들인데 부자가 화복(禍福)이 같지 않으니 어찌하겠소. 두고 보소. 자네하고 자식들은 예사롭고 나만 병이 이리하여 어디 살게 두겠는가. 아무래도 이상하니 무슨 일이 있어도 놀라지 말고 마음을 단단히 먹으라.

영조 너 별군직은 동궁의 내관 박필수 기생 별감 장인 무녀— 저 몹쓸 것하고 가까이 지낸 액속들을 모두 끌어내다가 처단하라.

구선복이 물러나고 세자가 체념한 듯 뒤주 앞에 선다.

세자 나를 도우라.(별군직 무사가 딛고 오르게 엎드린다. 홍씨를 본다.) 자네는 잘살게 하겠네.(빤히 바라보면서 무슨 말을 하는 듯 입만 달싹거리다가 뒤주 속으로 사라진다.)

영조 못을 치거라.

별군직 무사들이 달공질하듯 발소리를 내며 처형 당한 액속들의 시체로 뒤주를 덮는다. 시체 덮이는 중에 홍씨의 소리 들린다.

홍씨 영조 28년 윤오월 이십일 갑시(申時)쯤 폭우가 내리고 뇌성도 하니 평시 뇌성을 두려워하시던 일이 생각나 어찌 되신고 하는 생각 차마 형용할 수 없더라. 내가 따라 죽어서 이 모두 모르는 것이 옳되 세손으로 차마 결단치 못하였더라. 만난 바의 기궁 흉측함을 서러워할 뿐이더라.

    잠시

영조 며칠 지난 줄 알겠느냐.(뒤주 속에서 손이 나와 이레를 가리킨다.) 이레. 더 견디거라. 네놈이 견디마고 했으니 견뎌봐. 견뎌

생모(生母): 낳아 준 어머니
세손(世孫): 다음 왕이 될 왕자의 첫째 아들
관계하다(關係−): 어떤 일에 관심을 갖거나 주의를 기울이다.
예사롭다(例事−): 흔하게 있을 만하다.
화복(禍福): 나쁜 운과 좋은 운을 아울러 이르는 말
별군직(別軍職): 조선 시대에 왕을 보호하고 죄인을 잡아내는 일을 책임 맡은 직책
동궁(東宮): 다음 왕이 될 왕자인 세자 혹은 세자가 머무는 궁
내관(內官): 조선시대에 왕이나 세자의 옆에서 여러 가지 심부름을 하는 사람의 직책
기생(妓生): 조선시대까지 잔치나 술자리에서 노래나 춤 등으로 즐거움을 더하는 일을 직업으로 한 여자
별감(別監): 조선시대에 궁의 여러 행사에 관한 일을 하는 사람
장인(匠人): 손으로 물건을 만드는 일을 하는 사람
무녀(巫女): 굿을 하거나 점을 보는 여자 무당
액속(掖屬): 궁에서 힘든 일을 맡아 하던 사람을 통틀어 이르는 말
윤오월(閏五月): 윤달인 5월. 윤달은 달력의 계절과 실제 계절과의 차이를 조절하기 위하여, 1년 중의 달수가 어느 해보다 많은 달을 말함.
갑시(甲時): 오전 네 시 반에서 다섯 시 반까지를 이르는 말
평시(平時): 항상. 또는 특별한 일이 없는 보통 때
뇌성(雷聲): 천둥이 칠 때 나는 소리
형용(形容): 말이나 글, 몸짓으로 사람이나 사물의 모양, 상태를 표현함.
기궁(飢窮): 굶주리어 몹시 고생을 함.
이레: 숫자 7을 나타냄.

내거라. 벼락을 맞기 전에야 천둥이 까짓것 무어란 말이냐. 귀를 막고 눈을 질끈 감거라. 아니 소리를 쳐라. 천둥보다 더 크게 버럭 소릴 질러. 나를 따라해라. 내 모양으로 질러 이놈. 네가 효복과 저장을 만들어 토굴 속에 넣어두었다고 하더라. 까닭이 무엇이냐.

뒤주 속에서 변기로 넣어준 놋대야 치는 소리가 들린다.

세자 우레다 우레.

영조 이놈아 볕이 이다지 쟁쟁한데 우레가 어딨어 이놈아. 네가 또 누구의 구원을 받으려고 나간다 하느냐. 내가 죽으면 삼백년 종사가 망할 것이냐 ―.

세자 네가 죽으면 종사는 보전될 것이다 이놈아. 종사는 보존 돼.

세자의 대꾸를 들은 영조가 황망히 칼을 뽑아 뒤주 속을 찔러댄다. 분을 이기지 못한 영조가 별군직한테 명한다.

영조 뗏장을 덮어라. (별군직에 의해 뒤주가 시체로 덮힌다. 볕이 따갑다. 영조는 뒤주 위로 올라가 간간히 솟아오르는 세자의 손짓을 쫓아 칼을 쑤셔 박는다.) 내가 죽으면 삼백년 종사가 망할 것이냐 네가 죽으면 종사는 보전될 것이다 이놈.

효복(孝服): 가족이나 친척이 죽었을 때 예를 갖추어 입은 옷
저장(苴杖): 예전에 상(喪)을 치르는 사람이 짚었던 검은색의 대나무 지팡이
놋대야: 씻을 때 사용하는 쇠로 만든 넓은 그릇
우레: 천둥
쟁쟁하다(錚錚――): 매우 또렷하고 맑다.
종사(宗社): 나라를 이르는 말
황망(慌忙): 마음이 매우 급하여 당황한 상태
뗏장: 죽은 사람의 무덤에 씌워 심는 풀

‖ 작품의 이해와 감상

이 작품은 조선의 제21대 왕인 영조와 그의 아들 사도세자에 관한 이야기를 다룬 작품으로, 1987년에 처음으로 공연되었다. '부자유친 (父子有親)'이라는 제목은 부모와 자식 간에는 친함이 있어야 한다는 뜻을 담고 있는데, 여기서는 아버지가 자식을 죽이는 상황이 연출된 다는 점에서 일종의 반어적 표현이라 할 수 있다. 이 극의 구성은 혜경궁 홍씨가 지은 『한중록』의 형식에서 많은 부분을 빌려왔다. 하지만 이 작품은 역사적 사실보다 부자(父子) 간의 애증을 주로 다루고 있다. 그런 점에서 인간의 근원적인 심리와 갈등에 주목한 작품이라 할 수 있다. 즉 사도세자의 비극을 단순히 재현하는 것이 아니라, 영조의 아들에 대한 인간적인 애증과 사도세자의 의대증(衣帶症)을 통해 이들의 내면적 무의식을 그려내고 있다.

사도세자는 옷에 대한 강박적 집착을 갖고 있다. 옷과 혁대에 집착하는 이른바 '의대증(衣帶症)'에 걸린 것이다. 사도세자는 자신의 아버지인 영조를 만나기 위해 궁에 들어갈 때조차 새옷을 갈아입지 않으려 한다. 이러한 사도세자의 행동은 옷으로 상징되는 왕권에 대한 두려움 때문으로 해석된다. 즉 옷은 고귀한 신분을 상징하며, 곧 왕위에 오를 사도세자에게는 왕위(王位)를 나타낸다고 할 수 있다. 그러나 당시는 서로 다른 정치적 입장을 가진 집단 간의 당파 싸움이 극심했다. 따라서 자신을 세자 자리에서 끌어내리려는 대신들의 위협 앞에서 옷으로 상징되는 왕위는 늘 공포의 대상일 수밖에 없다. 또한 이 작품은 「카라마조프가의 형제들」처럼 부자간의 갈등을 다루고 있는 작품인데, 이러한 보편적인 문제를 한국의 역사적 소재를 통해 극화하고 있다는 점에서 흥미롭다. 이 작품의 또 다른 특징은 과거와 현대를 넘나드는 극적 구성에서 찾을 수 있다. 작가는 역사를 과거로만 보지 않고 현실의 문제로 파악하면서, 인간의 무의식을 포착하는 데 뛰어난 성과를 거두고 있다.

사도세자(思悼世子, 1735년~1762년)

조선시대 제21대 왕인 영조(英祖, 1725년~1776년 재위)는 나이 42세에 후궁과의 사이에서 왕자를 얻었다. 이 왕자가 사도세자이다. 영조는 사도세자를 어릴 적부터 정치에 참여시킬 정도로 신뢰하며 귀하게 키웠다. 그러나 사도세자는 당시 정권을 잡고자 한 세력들의 정치적 모략에 의해 세자의 자리에서 물러나게 되고, 결국 나무 궤짝에 갇혀 굶어 죽게 된다. 영조는 자식을 죽인 것을 후회하며 사도세자를 복위시키지만, 이후에도 사도세자는 끊임없는 정치적 논쟁의 대상이 되었다. 당시 사도세자의 부인이었던 혜경궁 홍씨(惠慶宮 洪氏, 1735년~1815년)는 사도세자의 비극적 죽음과 이를 둘러싼 역사적 사실을 담담하게 기록한 『한중록(閑中錄)』을 남겼다.

「카라마조프가의 형제들(The Brothers Kramazov)」: 러시아 작가 도스토예프스키(Dostoevsky)가 1880년에 쓴 그의 마지막 소설. 아버지와 아들들 간의 갈등을 인간 내면의 본성의 문제로 다룬 작품으로 평가됨.

두꺼운 삶과 얇은 삶

| 김현

김현은 작품의 이미지와 상상력의 가치에 주목하며 활동했던 평론가이다. 백낙청, 염무웅, 김치수 등과 함께 1960년대의 비평계를 이끈 4·19세대 비평가 중 한 명이다. 그는 외국의 주요 문학이론과 작품을 활발하게 소개했을 뿐만 아니라, 한국 문학사와 비평문학에 있어서 내용 및 형식의 토대를 마련하는 데 크게 기여하였다. 「두꺼운 삶과 얇은 삶」은 아파트와 땅 집이라는 삶의 양식을 비교하면서 현대인의 삶과 가치관을 비판적으로 성찰하고 있는 수필이다.

김현(金炫, 1942년~1990년)

평론가이자 불문학자. 1962년 『자유문학』에 「나르시스의 시론(詩論)」을 발표함으로써 평론 활동을 시작하였다. 그는 작품이 환기하는 이미지와 상상력의 역동성에 주목하였으며 작가의 개성을 밀도 있게 읽어낸 비평가로 평가된다. 대표 평론집으로 『존재와 언어』(1967), 『젊은 시인들의 상상세계』(1984), 『분석과 해석』(1988), 『말들의 풍경』(1990) 등이 있다.

땅집: 땅 위에 지은 집으로 일반주택을 이르는 말
생텍쥐페리(Antoine de Saint-Exupéry, 1900~1944년): 프랑스의 작가
「어린 왕자(Le Petit Prince)」(1943): 생텍쥐페리가 쓴 어른을 위한 동화. 비행기 고장으로 사막에 착륙한 주인공이 어느 별에서 온 어린 왕자와 만나면서 일어나는 이야기를 통해 인간이 고독을 극복하는 과정을 상징적으로 표현함.
골동품(骨董品): 오래되고 예술적 가치가 높아 수집이나 감상의 대상이 되는 물건
역동성(力動性): 힘차고 활발하게 움직이는 성질
첨예(尖銳): 날카롭고 뾰족하다는 말로, 가장 잘 드러남을 비유적으로 이르는 말
교섭(交涉): 어떤 일을 이루기 위하여 서로 의논하고 절충함.

땅집이 아름다운 것은 그것이 많은 것을 숨기고 있기 때문이다. 어린 왕자에 대한 아름다운 산문을 남긴 생텍쥐페리는 사막이 아름다운 것은 어디엔가 우물이 있기 때문이라고 말한 적이 있다. 과연 그렇다. 땅집이 아름다운 것은 곳곳에 우물과 같은 비밀스러운 것들이 있기 때문이다. 아파트에는 그 비밀이 있을 수가 없다. 오 분 안에 찾아낼 수 없는 것은 아파트에 없다. 거기에는 모든 것이 노출되어 있다. 스물두 평 또는 서른두 평의 평면 위에 무엇을 숨길 수가 있을 것인가. 쓰임새 있는 것만이 아파트에서는 존중을 받는다. 아파트에 쓰임새 없는 것으로서 존재하는 것은 값비싼 골동품뿐이다. 그 골동품들 또한 아파트에서는 얼마나 얇게 보이는지. 그것은 얼마짜리로서 존재하는 것이지 그것의 두께로 존재하지 않는다. 두께 없는 사물과 인간. 아파트에서 우리는 모든 것을 그대로 드러내고 산다. 그러나 감출 것이 없을 때에 드러낸다는 것이 무슨 의미를 가질 수 있을까? 드러낼 수 있다는 것은 감출 수도 있다는 말에 다름아니다. 사람은 자기가 드러내는 것보다 훨씬 많은 것을 숨겨야 살 수 있다. 그 숨김이 불가능해질 때에 사람은 사회가 요구하는 것만을 살 수밖에 없게 된다. 무의식은 숨김이라는 생생한 역동성을 잊고 표면과 동일시되어 메말라버린다. 표면의 인공적인 삶만이 가장 중요한 것으로 여겨지게 되는 것이다. 그 가장 첨예한 상징적인 사실이 아파트에서는 채소를 손수 가꿔 먹을 수 없는 것이다. 아파트에서는 자연과의 직접 교섭이 거의 완전히 단절된다. 아파트에 자연이 있다면 그것은 인위적인 자연이다. 아파트 안에서 키워지는 꽃이나 나무들은 자

연의 그것이 아니라, 깊이 없는 사물들에 다름아니다. 자연의 상실은 아파트에서의 삶을 더욱 엷게 만든다. 그 삶을 약간이나마 두껍게 해주는 것이 음악일 것이라고 생각되지만—또는 나 같은 사람에겐 시나 소설이다—그것들만으로 충분하지는 않다. 그런데도 나는 아파트에서 살 수밖에 없다. 나의 적은 월급으로는 가정부를 두어야 버텨낼 수 있는 땅집에서 건더내기가 힘들기 때문이다. 나는 아파트에서 살면서 내 아이들에게 가장 부끄러움을 느낀다. 그 아이들은 비록 아파트에서 태어나지는 않았으나, 삶에서 가장 중요하다고 하는 아이 시절을 아파트 단지 안에서 보냈다. 그리고 아직도 보내고 있다. 그들이 보고 느끼는 것은 아파트의 회색 시멘트와 잔가지가 잘 정돈된 가로수들뿐이다. 그들에겐 자연이 없다.

내가 태어나서 자란 곳은 남도의 조그만한 섬이다. 그곳은 예술가들이 많이 태어나서 이제는 꽤 이름이 알려진 곳이다. 아무튼 그 조그마한 섬에서, 나는 산에 올라가 산나무 열매를 따 먹거나, 떼지어 몰려다니며 밭에서 자라는 온갖 것들을 몰래 맛보거나—목화꽃을 따 먹을 때에, 무나 감자를 몰래 캐 먹을 때에, 옥수수를 불에 구워먹을 때에 우리는 얼마나 즐거웠던가. 어른들에게 들킬지도 모른다는 무서움까지도 우리에게는 즐거움이었다—선창에 나가 서너 시간씩 바다를 바라보고 앉아 있으면서 어린 시절을 보냈다. 지금도 내 어린 시절을 회상할 때면, 옻나무나 발목까지 빠지던 펄의 감촉이 맨 처음 되살아나오고, 가도가도 끝이 없던 여름날의 황톳길의 더위와 모깃불의 매캐한 냄새가 나를 가득 채운다. 나는 내 아이들에게 그 자연을 살게 할 수가 없는 것이다. 그 대신 내가 소풍날에야 한두 개 얻어먹었던 삶은 달걀이나, 내가 고등학교 때에야 맛본 짜장면 따위를 시켜주며, 그들의 관심을 「원더우면」이나 「육백만 불의 사나이」로 돌려놓고 있다. 나의 바다와 산은 「원더우면」이나 「육백만 불의 사나이」의 달리기와 높이 뛰어오르기 또는 높은 데서 뛰어내리기로 바뀌어져 있다. 좋은 자연을 보고 숨쉬는 대신에 이제는 하도 먹어 맛도 없는 달걀이나 짜장면을 먹고 자라는 내 불쌍한 아이들! 계속 자라면서 그들이 배우는 것은 선생님께 잘 보이기, 과외 공부하기,

선창(船艙): 물가에 배를 대고 짐을 싣거나 부리게 만든 시설
펄: 바닷가의 부드럽고 물기가 많은 개흙이 깔린 벌판
매캐하다: 연기 등의 냄새가 약간 매워 자극적이다.
「원더우면(Wonder Woman)」: 미국의 드라마로, 뛰어난 외모를 지닌 미국의 여성 영웅이 주인공으로 등장함.
「육백만 불의 사나이(The Six Million Dollar Man)」: 미국의 드라마로, 과학기술의 힘을 빌어 뛰어난 능력을 가지게 된 남자 주인공이 등장함.
과외(課外): 학교의 정해진 수업 외에 개별적으로 돈을 들여 하는 수업

회색 시멘트에 길들기, 오엑스식의 문제 알아맞히기, 그리고 재치있게 말하기 따위이다. 한마디로 감춰지지 않는 것 배우기이다. 아니 이렇게 쓰는 것만으로 충분하지는 않다. 나도 내 아이들처럼 아파트의 삶에 완전히 길들여져 있다. 그래서 내 주위의 모든 것을 엷게 본다. 거기에서 벗어나기란 얼마나 힘이 드는가. 그것은 거기에서 벗어나야 된다는 당위만으로 벗어날 수 있는 게 아니다. 아파트에서 벗어나야, 아니 땅집으로 가야 사물과 인간의 두께를 발견할 수 있다는 생각 자체가, 이미 내가 아파트에서의 삶에 깊이 물들어 있음을 보여준다.

아니 그러면 다락방이나 지하실이나 부엌이 없는 곳에서 산 사람에겐 깊이가 없단 말인가? 바다와 산만을 보고 자라나야 삶의 깊이를 깨달을 수 있단 말인가? 또 아이들은 언제나 신비 덩어리가 아닌가? 아이들에게는 조약돌 하나로도 우주보다도 넓은 세계를 꿈꿀 수 있는 능력이 있는 것이 아닌가? 이 모든 것을 깊이 있게 생각해야 아파트에서의 나의 삶에 대한 충분한 비판이 이루어질 수 있을 것인데, 그 비판을 하는 것이 나에게는 너무나 어렵다. 그 생각에 깊이 잠기면 잠길수록 나는 어느 틈엔가 남도의 한 조그마한 섬의 밭에, 바다에 내려가 있기 때문이다. 그래야 한 젊은 시인의 표현을 빌면 물소리가 물소리로 들리는 것이다. 그 말을 뒤집으면 내가 두껍지 않을 때에 나는 엷게 판단한다는 것이 될지 모르겠다. 아파트에 살면서 아파트를 비난하는 체하는 자기 모순. 나에게 칼이 있다면 그것으로 너를 치리라. 바로 나를!

오엑스식(OX式): 문제를 읽고 맞으면
'O', 틀리면 'X'를 표시하여 답하는 방식
당위(當爲): 마땅히 해야 하는 것
다락방: 물건을 보관하기 위해 주로 부엌
위에 만든 작은 공간을 방으로 꾸민 곳

‖ 작품의 이해와 감상

  김현의 수필에는, 그가 비평에서 보여준 섬세한 언어감각과 함께
세상에 대한 폭넓은 사유와 세상살이에 대한 성찰이 담겨있다. 1986
년에 발표된 이 수필에서 필자는 아파트(apartment)와 땅집을 단순한
주거공간으로만 보는 것이 아니라 삶의 양식을 나타낸다고 보고, 두
대상의 차이점과 그 의미를 서술한다. 그는 아파트에서의 삶은 인위
적이고 표면적인 것만을 중시하는 '얇은 삶'이라고 말한다. 반면에
땅집에서의 삶은 '두꺼운 삶', 즉 자연적이고 정신적인 가치가 존중
되는 삶의 양식을 의미한다고 보고 있다. 특히 필자는 자연과 교감하
는 즐거움을 감각적으로 묘사하면서 땅집에서 사는 풍요로움을 강조
한다.

  1970년대 한국에서는 아파트(apartment)를 건설하는 일이 유행하면
서 중산층에게도 아파트가 보급되기 시작하였다. 이때부터 편의시
설을 갖춘 대규모 아파트 단지가 전국적으로 생겨나기 시작했는데,
1980년대 후반에 이르면 도시에서는 아파트에서 살아가는 생활양식
이 일반적인 형태로 자리 잡게 된다. 글쓴이는 이러한 아파트의 등
장과 그로 인한 삶의 양식 변화에 주목하고, 집에 대한 한국인들의
속물적 인식을 날카롭게 비판한다.

  특히 이 글은 후반부에서 자신의 삶에 대한 성찰을 보여주는데, 이
런 점에서 수필의 묘미가 잘 드러난다. 필자의 비판의식은 깊이 없
는 삶을 살아가는 현대인을 비판하는 데 그치지 않는다. 여기서 더
나아가 자신도 얇은 삶에 물들어 가고 있음을 반성하고 있다. 이러
한 자기반성이 없었다면 이 글은 딱딱한 문명비판의 일부가 되었을
것이다. 하지만 필자는 "이렇게 쓰는 것만으로는 충분하지 않다."라
며 자기모순을 고백함으로써, 자기반성을 이끌어내고 있다.

한국의 아파트(apartment)

오늘날 한국인들은 전체 인구의 절반 이상이 아파트에 살고 있다. 1960년대부터 진행된 도시화와 핵가족화로 인해 새로운 주거 양식이 필요하게 되면서 한국에는 아파트가 급속하게 확산되었다. 1990년대부터는 아파트의 형태가 점차 다양화되어 초고층 아파트나 주상복합 아파트, 외관의 모양이 독특한 아파트가 인기를 모으고 있다. 한편 교육환경, 교통 등의 생활 여건이 좋은 지역에 위치한 아파트는 상대적으로 더 높은 가격으로 거래된다. 이러한 아파트는 한국인들에게 재테크(財tech)를 위한 좋은 수단으로 인식되고 있다.

속물적(俗物的) : 교양이 없거나 식견이 좁고 세속적인 일에만 신경을 쓰는 것

Modern Korean Literature **IV**

탈이념의 현실과
내면의 언어

ㅣ 1990년대의 한국문학

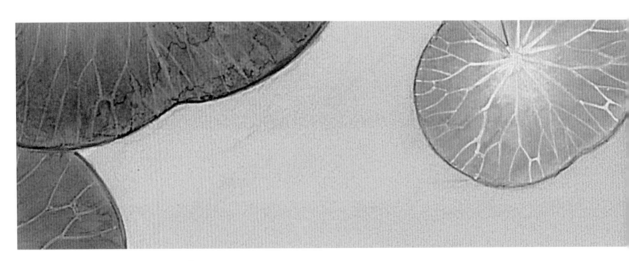

Modern Korean Literature

제12장 내면성의 탐구와 상상의 유연성

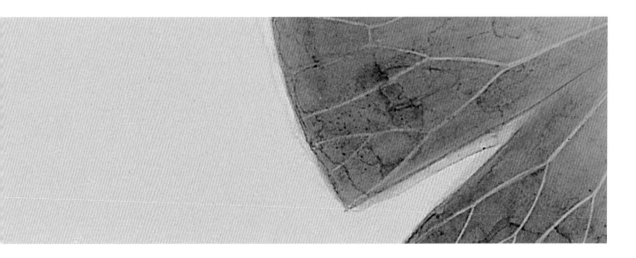

연탄 한 장

| 안도현

안도현은 사소하고 일상적인 소재를 통해 삶의 의미를 성찰하는 데 뛰어난 역량을 보이는 시인이다. 그의 시는 1980년에 주로 사회와 역사에 대한 관심을, 1990년대 이후에는 자연과의 교감과 삶의 의미를 따뜻한 시선으로 포착해내고 있다. 이 시는 연탄의 자기희생적인 모습을 통해 이기적으로 살아가는 자신의 삶에 대한 반성을 보여주고 있다.

안도현 (安度眩, 1961년~현재)

시인. 1981년 《대구매일신문》 신춘문예에 「낙동강」이 당선되면서 작품 활동을 시작하였다. 대표작으로는 「서울로 가는 전봉준」, 「모닥불」, 「연탄 한 장」 등이 있으며, 시집으로는 『서울로 가는 전봉준』(1985), 『모닥불』(1989), 『그대에게 가고 싶다』(1991), 『그리운 여우』(1997), 『바닷가 우체국』(1999), 『아무것도 아닌 것에 대하여』(2001) 등이 있다.

연탄(煉炭): 석탄가루로 버무려 만든 원통형의 고체 연료로, 불에 잘 타게 하기 위해 위아래로 통하는 여러 구멍이 뚫려 있음.
사소하다(些少ーー): 적거나 작아서 보잘 것 없거나 중요하지 않다.
방구들: 불의 열기가 방 밑을 통과하여 방을 따뜻하게 하는 난방 장치
선득선득하다: 갑자기 찬 기운을 받아 서늘한 느낌이 계속 있다.
조선팔도(朝鮮八道): 조선시대에 나라의 행정 구역을 크게 여덟 개로 나눈 것을 이르는 말로, 한반도 전체를 뜻하는 말
하염없다: 끝맺은 데가 없이 아득하다.
재: 불에 타고 남는 가루 모양의 물질

또 다른 말도 많고 많지만
삶이란
나 아닌 그 누구에게
기꺼이 연탄 한 장 되는 것

방구들 선득선득해지는 날부터 이듬해 봄까지
조선팔도 거리에서 제일 아름다운 것은
연탄차가 부릉부릉
힘쓰며 언덕길 오르는 거라네
해야 할 일이 무엇인가를 알고 있다는 듯이
연탄은, 일단 제 몸에 불이 옮겨 붙었다 하면
하염없이 뜨거워지는 것
매일 따스한 밥과 국물 퍼먹으면서도 몰랐네
온 몸으로 사랑하고 나면
한 덩이 재로 쓸쓸하게 남는 게 두려워
여태껏 나는 그 누구에게 연탄 한 장도 되지 못하였네

생각하면
삶이란
나를 산산이 으깨는 일

눈 내려 세상이 미끄러운 어느 이른 아침에
나 아닌 그 누가 마음 놓고 걸어갈
그 길을 만들 줄도 몰랐었네, 나는.

‖ 작품의 이해와 감상

이 시는 안도현이 1994년에 발간한 시집 『외롭고 높고 쓸쓸한』에 수록한 4연 21행의 자유시이다. 시적 화자는 연탄이라는 지극히 일상적인 소재를 통해 이기적으로 살아가는 자신의 삶을 반성하며, 남을 위해 희생하고 헌신하는 이타적인 삶을 살아가는 것이 가치 있는 삶이라는 사실을 일깨우고 있다. 즉 이 시는 헌신적이고 희생적인 삶의 위대함을 예찬하는 교훈적인 내용을 담아내고 있다.

이 시의 제재는 연탄이다. 연탄은 1950년대부터 한국에서 난방 연료로 사용되었고 산업화시대를 거치면서 한국인의 생활필수품이 되었다. 1990년대에 접어들면서 도시가스가 많이 보급되면서 현재는 많이 사용되지 않지만, 한국인에게 연탄은 추운 겨울을 견디게 해주는 따뜻한 온기의 상징이다. 화자는 일상적으로 사용되는 연탄의 속성을 포착하고 여기에 올바른 삶의 의미를 부여한다. 우선 연탄은 불이 옮겨 붙으면 온몸을 태우며 뜨거워지는데, 이것은 다른 사람을 위해 자신을 헌신하는 모습이라 할 수 있다. 또한 다 타고 남은 재는 빙판길에 뿌려져 사람들이 미끄러지지 않고 걸어 다닐 수 있도록 하는데, 이는 타인을 위해 자기를 희생하는 삶의 태도라 할 수 있다. 그러므로 화자는 삶을 '나 아닌 그 누군가에게/ 기꺼이 연탄 한 장 되는 것'이라고 정의한다. 즉 화자는 진정한 삶이란 헌신적인 자세로 자기를 희생하며 타인을 위해 살아가는 일임을 스스로에게 일깨우고 있다. 여기에는 이기적으로 살아가는 자신에 대한 반성이 전제되고 있다. 형식적으로 볼 때, 이 시는 삶에 대한 정의를 아포리즘(Aphorism)의 형식으로 제시하며 교훈적인 메시지를 다소 단호한 어조로 드러낸다. 하지만 동시에 '네'라는 종결어미를 반복적으로 사용하며 자연스러운 운율을 만들어내고 있다. 이 시는 연탄이라는 일상적인 소재를 통해 과거에 대한 추억을 불러일으키며 삶의 의미를 쉬운 비유로 노래하고 있어, 한국인들에게 대중적 사랑을 받고 있다.

아포리즘(Aphorism)

깊은 체험적 진리를 간결하고 압축된 형식으로 나타낸 짧은 글을 말한다. 여기에는 인생에 대한 교훈이나 경계할 내용을 담은 격언(格言)이나 잠언(箴言), 삶에 본보기가 될 만한 귀중한 내용을 담고 있는 금언(金言), 진리나 삶에 대한 느낌이나 사상을 간결하고 날카롭게 표현한 경구(警句) 따위가 두루 포함된다.

이타적(利他的): 남을 위하거나 이롭게 하는 것
포착(捕捉): 중요한 특성이나 본질을 찾아냄.
빙판(氷板): 물이나 눈 따위가 얼어서 미끄럽게 된 바닥

내가 사랑하는 사람

| 정호승

정호승은 가난하고 소외된 이들에 대한 사랑과 연민의 정서를 주로 노래한 시인이다. 초기에는 민중들의 고통스러운 삶에 대한 관심을, 이후에는 점차 인간의 실존적인 외로움을 시적 주제로 다루고 있다. 이 시는 그의 대표작으로, 타인의 고통과 슬픔을 다독여주는 사람의 아름다움을 노래하고 있다.

5

정호승 (鄭浩承, 1950년~현재)

시인. 1972년 《한국일보》 신춘문예에 「슬픔이 기쁨에게」가 당선되면서 작품 활동을 시작하였다. 대표작으로는 「서울의 예수」, 「내가 사랑하는 사람」 등이 있으며, 시집으로는 『슬픔이 기쁨에게』(1973), 『사랑하다가 죽어버려라』(1997), 『외로우니까 사람이다』(1998) 등이 있다.

나는 그늘이 없는 사람을 사랑하지 않는다

나는 그늘을 사랑하지 않는 사람을 사랑하지 않는다

10

나는 한 그루 나무의 그늘이 된 사람을 사랑한다

햇빛도 그늘이 있어야 맑고 눈이 부시다

나무 그늘에 앉아

나뭇잎 사이로 반짝이는 햇살을 바라보면

세상은 그 얼마나 아름다운가

15

나는 눈물이 없는 사람을 사랑하지 않는다

나는 눈물을 사랑하지 않는 사람을 사랑하지 않는다

나는 한 방울 눈물이 된 사람을 사랑한다

20

기쁨도 눈물이 없으면 기쁨이 아니다

사랑도 눈물 없는 사랑이 어디 있는가

나무 그늘에 앉아

다른 사람의 눈물을 닦아주는 사람의 모습은

그 얼마나 고요한 아름다움인가

25

다독이다: 남의 약한 점을 따뜻하게 달래다.

30

‖ 작품의 이해와 감상

　이 시는 정호승이 1998년에 발간한 시집 『외로우니까 사람이다』
에 수록한 2연 15행의 자유시로, 자신이 사랑하는 사람을 제재로 타
인의 고통과 슬픔을 감싸 안을 줄 아는 삶의 태도를 예찬하고 있다.
이러한 삶의 태도는 '그늘'과 '눈물'이라는 상징을 통해 형상화된다.
　우선 표현상으로 볼 때, 이 시는 1연과 2연이 대칭구조를 이루며
동일한 단어와 어구가 반복적으로 사용된다. 또한 이 시는 '없는 ~
않는다', '않는 ~ 않는다'처럼 하나의 문장에서 부정어휘를 거듭 사
용하는 이중부정을 통해 긍정의 의미를 강조한다. 하지만 각 연의
마지막은 설의법을 구사하여 독자의 정서에 호소하는 방식을 취하
고 있다. 이처럼 이 시는 두 연의 대칭 구조와 긴장과 이완의 어조를
통해 간명하게 시적 메시지를 전달하고 있다. 이러한 형식적 특징을
바탕으로 이 시가 지향하는 바를 살펴보자.
　1연에서 시적 화자는 먼저 자신은 '그늘이 있는 사람'을 사랑한다
고 고백한다. 여기서 '그늘'은 우리가 살아가면서 겪게 되는 슬픔이
나 고통을 뜻하며, 그러므로 '그늘이 있는 사람'은 슬픔과 고통을 겪
은 사람을 말한다. 하지만 화자는 여기에 머무르지 않고 곧바로 '그
늘을 사랑하는 사람', '그늘이 된 사람을 사랑한다'고 덧붙인다. 이
는 화자가 사랑하는 사람이 타인의 고통과 슬픔을 이해하고 감싸줄
수 있는 사람으로 점차 그 의미를 심화해 나가는 과정으로 볼 수 있
다. 이러한 구조는 2연에서 '눈물이 있는 사람', '눈물을 사랑하는 사
람', '눈물이 된 사람'으로 의미가 변화하는 과정과 대칭을 이룬다.
따라서 이 시의 화자가 추구하는 삶의 태도는 자신이 고통과 슬픔을
겪었기에 타인의 고통과 슬픔을 진심으로 이해하고 포용하는 삶이
라 할 수 있다. 이러한 삶의 태도는 이타적인 삶을 강조하는 보편적
윤리의식과 공동체적 삶을 강조하는 한국적 가치의식을 담고 있어,
한국인들에게 폭넓은 사랑을 받고 있다.

정호승의 시, 「수선화에게」

　울지 마라
　외로우니까 사람이다
　살아간다는 것은 외로움을 견디는 일이다
　공연히 오지 않는 전화를 기다리지 마라
　눈이 오면 눈길을 걸어가고
　비가 오면 빗길을 걸어가라
　갈대숲에서 가슴검은 도요새도 너를
보고 있다
　가끔은 하느님도 외로워서 눈물을 흘
리신다
　새들이 나뭇가지에 앉아 있는 것도 외
로움 때문이고
　네가 물가에 앉아 있는 것도 외로움 때
문이다
　산 그림자도 외로워서 하루에 한 번씩
마을로 내려온다
　종소리도 외로워서 울려퍼진다

이중부정(二重否定): 어떤 명제의 부정
을 다시 한 번 부정하는 일
간명하다(簡明――): 간단하고 분명하다.
포용(包容): 너그럽게 감싸 주거나 받아
들임.
인격체(人格體): 사람의 품성이 있는 주체
소원하다(疏遠――): 지내는 사이가 거리
가 있어 서먹서먹하다.

그 복숭아나무 곁으로

| 나희덕

나희덕은 1990년대 이후 생명과 세계에 대한 모성적 사랑을 서정적으로 그려낸 대표적인 여성시인이다. 이 시는 그의 대표작으로 타인에 대한 진정한 이해의 과정을 보여주고 있다.

5

나희덕(羅喜德, 1966년~현재)

시인. 1989년 《중앙일보》 신춘문예에 「뿌리에게」가 당선되면서 작품 활동을 시작했다. 대표작으로는 「뿌리에게」, 「귀뚜라미」, 「마른 물고기처럼」 등이 있으며, 시집으로는 『뿌리에게』(1991), 『그 말이 잎을 물들였다』(1994), 『어두워진다는 것』(2001), 『사라진 손바닥』(2004), 『야생사과』(2009) 등이 있다.

너무도 여러 겹의 마음을 가진

그 복숭아나무 곁으로

나는 왠지 가까이 가고 싶지 않았습니다

흰꽃과 분홍꽃을 나란히 피우고 서 있는 그 나무는 아마

사람이 앉지 못할 그늘을 가졌을 거라고

멀리로 멀리로만 지나쳤을 뿐입니다

흰꽃과 분홍꽃 사이에 수천의 빛깔이 있다는 것을

나는 그 나무를 보고 멀리서 알았습니다

눈부셔 눈부셔 알았습니다

피우고 싶은 꽃빛이 너무 많은 그 나무는

그래서 외로웠을 것이지만 외로운 줄도 몰랐을 것입니다

그 여러겹의 마음을 읽는데 참 오래 걸렸습니다

흩어진 꽃잎들 어디 먼 데 닿았을 무렵

조금은 심심한 얼굴을 하고 있는 그 복숭아나무 그늘에서

가만히 들었습니다 저녁이 오는 소리를

10

15

20

25

30

‖ 작품의 이해와 감상

이 시는 나희덕이 1999년에 발표한 2연 15행의 자유시로, 복숭아
나무를 인격체로 대상화하여 타인에 대한 오해와 편견에서 벗어나
타인을 진정으로 이해하게 되는 정신적인 성숙 과정을 노래하고 있
다. 특히 이 시는 경어체를 사용하며 여성적인 어조를 보이고 있는
데, 이러한 어조는 화자의 자기 성찰적인 태도와 조화를 이룬다.

흔히 복사나무라고도 불리는 복숭아나무는 이 시에서 타인을 상
징하면서 또한 동시에 쉽게 규정할 수 없는 타인의 내면을 상징한
다. 이 나무가 시의 소재로 포착된 것은 아마도 화려한 꽃빛 때문일
것이다. 동양에서 이상향으로 불리는 무릉도원(武陵桃源)에도 복숭화
꽃이 만발하게 피어있다고 전해진다. 이처럼 복숭아꽃은 화려한 꽃
빛으로 인해 비현실적이며 몽환적인 느낌을 자아낸다. 화자는 이러
한 복숭아나무를 처음에는 '흰꽃'과 '분홍꽃'을 동시에 피우는 이
중적인 존재로 인식하고 가까이 하지 않으려 한다. 하지만 '흰꽃'과
'분홍꽃' 사이에 '수천의 빛깔'이 있다는 사실을 알고 그 여러 겹의
마음을 이해하기에 이른다. 외면적으로 볼 때는 화려하고 아름다운
꽃빛을 지녔지만, 그런 그에게도 외로움이 있음을 깨닫게 되는 인식
의 전환은 시적 자아의 정신적인 성숙으로 볼 수 있다. 이는 대상과
소원하게 지내는 모습(1행~6행), 대상에 대한 이해(7행~12행), 대상과의
일체화(13행~15행)로 전개되는데, 불화 → 이해 → 조화로 이어지는 정
신적인 변화 과정을 보여준다고 하겠다. 시의 마지막 부분에서 화자
가 가만히 듣고 있는 '저녁이 오는 소리'는 모든 갈등이 사라지고 타
인의 외로움을 어루만질 수 있는 화해의 시간이 오고 있음을 암시한
다고 하겠다.

무릉도원(武陵桃源)

중국의 시인인 도연명(陶淵明, 365년~
427년)이 쓴 『도화원기(桃花源記)』라는
책에는 복숭아꽃이 아름답게 피어있는
이상적인 마을이 그려져 있다. 이곳은
동양에서 하나의 이상향으로 여겨지는
데, 흔히 무릉도원이라 불린다.

어루만지다: 가볍게 쓰다듬어 만지다.

먼 생 – 시간은 존재가 신(神)과 갖는 관계인가

| 김경주

2000년대에 접어들면서 한국의 젊은 시인을 대표하는 김경주는 참신한 발상과 내면적인 시어 구사를 통해 세계를 낯설게 그려내는 개성적인 시인으로 주목받고 있다. 이 시는 헌옷 수거함에 내다버린 옷과 이불을 소재로 찰나적인 삶과 반복되는 생의 풍경을 노래하고 있다.

5

김경주(1976년~현재)

시인. 2003년 《대한매일》 신춘문예에 「꽃 피는 공중전화」가 당선되면서 작품 활동을 시작하였다. 시집으로는 『나는 이 세상에 없는 계절이다』(2006), 『기담』(2008), 『시차의 눈을 달랜다』(2009) 등이 있다.

골목 끝 노란색 헌옷 수거함에

오래 입던 옷이며 이불들을

구겨 넣고 돌아온다   10

곱게 접거나 개어 넣고 오지 못한 것이

걸린지라 돌아보니

언젠가 간장을 쏟았던 팔 한쪽이

녹은 창문처럼 밖으로 흘러내리고 있다   15

어둠이 이 골목의 내외(內外)에도 쌓이면

어떤 그림자는 저 속을 뒤지며

타인의 온기를 이해하려 들 텐데

내가 타인의 눈에서 잠시 빌렸던 내부나

주머니처럼 자꾸 뒤집어보곤 하였던   20

시간 따위도 모두 내 것이 아니라는 생각

감추고 돌아와야 할 옷 몇 벌, 이불 몇 벌,

이 생을 지나는 동안

잠시 내 몸의 열을 입히는 것이다   25

수거함(收去函): 옷이나 물건 따위를 거두어 갈 수 있도록 놓아두는 통

찰나(刹那): 어떤 일이나 현상이 이루어지는 바로 그때

실밥: 옷이나 이불 등에서 실로 꿰맨 부분 중에 밖으로 드러난 실의 부스러기

미색(微色): 엷은 빛

윤리(倫理): 사람으로서 당연히 행하거나 지켜야 할 도리나 규범

30

바지 주머니에 두 손을 넣고

종일 벽으로 돌아누워 있을 때에도

창문이 나를 한 장의 열로 깊게 덮고

살이 닿았던 자리마다 실밥들이 뜨고 부풀었다

내가 내려놓고 간 미색의 옷가지들,

내가 모르는 공간이 나에게

빌려주었던 시간으로 들어와

다른 생을 윤리하고 있다

저녁의 타자들이 먼 생으로 붐비기 시작한다

‖ 작품의 이해와 감상

타자(他者)의 철학(哲學)

일반적으로 타자란 자기 외의 다른 사람 혹은 다른 것을 가리키는데, 이는 현대 철학에서 중요한 개념이다. 철학에서 타자는 자아 혹은 주체에 대응하는 개념으로, 타인과 신(神)을 포함한 대상화된 모든 것을 의미한다. 이것이 중요한 이유는 인간은 타자를 통해 신의 계시를 볼 수 있고, 진정한 자아를 실현할 수 있다고 보기 때문이다. 즉, 타자는 나와 다르고 낯선 존재이기 때문에 나에게 신의 계시를 전해주며 무한한 의미를 던지는 존재이다. 이러한 입장에서 인간은 타자와의 관계를 통해 자아를 실현하는 존재라 볼 수 있다.

이 시는 김경주가 2006년에 발간한 첫 시집『나는 이 세상에 없는 계절이다』에 수록한 2연 25행의 자유시이다. 시적 화자는 헌옷 수거함에 버리고 온 옷과 이불을 통해, 내 것이라고 생각했던 것들이 시간이 흘러감에 따라 타인(타자)의 것이 되고, 타인(타자)의 것이 내 것이 되는 삶의 순환을 관념적인 언어로 노래하고 있다. 특히 이 시는 명징한 사유보다는 다소 모호한 이미지로 시상이 전개되면서 관념적이고 철학적인 성격을 보인다.

이 시는 크게 세 부분으로 나누어진다. 화자가 헌옷 수거함에 옷가지와 이불을 버리고 돌아오는 과정(1행~7행), 삶의 순간성에 대한 깨달음과 화자의 삶에 개입하던 타인의 삶에 대한 자각(8행~19행), 낯선 시공간을 통해 느끼게 되는 삶에 대한 새로운 이해(20행~24행)가 그것이다.

물론 이러한 시상의 전개를 따라가더라도 이 시의 주제가 명확하게 포착되는 것은 아니다. 하지만 이 시의 부제로 제시된 '시간은 존재가 신(神)과 갖는 관계인가'라는 프랑스의 철학자 에마뉘엘 레비나스((Emmanuel Levinas, 1906년~ 1995년)의 말은 이 시의 주제를 추측하는 데 작은 실마리를 제공해 준다. 이 말로 볼 때, 시인은 1990년대에 접어들면서 유행한 '타자의 철학'에 일정한 영향을 받은 것으로 짐작해 볼 수 있다. 실제로 이 시의 화자는 버린 옷가지와 이불을 통해 우리의 삶이란 '타인의 온기'를 서로가 나누는 행위임을 깨닫는다.

하지만 이러한 깨달음에는 우리의 인생이 잠시 지나가는 찰나에 지나지 않는다는 허무의식이 드리워져 있다. '내가 타인의 눈에서 잠시 빌렸던 내부나/ 주머니처럼 자꾸 뒤집어보곤 하였던/ 시간 따위도 모두 내 것이 아니라는 생각'은 바로 이러한 찰나의 허무의식을 보여주는 대목이다. 하지만 시인은 이러한 허무의식에만 머물지 않는다. 시인은 다시 '내가 내려놓고 간 미색의 옷가지들,/ 내가 모르는 공간이 나에게/ 빌려주었던 시간으로 들어와/ 다른 생을 윤리하고 있'음을 깨닫는다. 이처럼 시인은 친숙한 것들과 결별하면서

느끼게 되는 낯선 시공간성과 이 시공간이 만들어내는 삶에 대한 통
찰을 통해 타자들과 함께 살아가는 삶의 윤리를 낮은 목소리로 노래
한다.

　김경주의 시세계는 이전 시기의 한국시와는 다른 어조와 세계인
식을 보이고 있어 새로운 감수성을 보여준 것으로 평가받는다. 그는
평론가들에 의해 2000년대에 한국 시단에서 가장 주목할 만한 시인
으로 선정되기도 하였다.

Modern Korean Literature

제13장 여성 정체성과 내면의 재발견

1. 오정희, 「옛우물」
2. 신경숙, 「감자 먹는 사람들」

옛우물

| 오정희

오정희는 등단 초기부터 지속적으로 존재의 본질을 탐색해 온 여성작가이다. 그녀의 소설에 등장하는 대부분의 주인공들은 일상에 가려진 진정한 삶의 의미를 찾기 위해 끊임없이 모색한다. 「옛우물」은 중년을 맞이한 여성이 삶과 죽음을 포함한 인생 전반의 의미에 대해 통찰함으로써 자신의 정체성을 찾아나가는 과정을 섬세하게 그린 작품이다.

오정희(吳貞姬, 1947년~현재)

소설가. 1968년 《중앙일보》 신춘문예에 「완구점 여인」이 당선되면서 작품 활동을 시작하였다. 대표작으로는 「불의 강」, 「중국인 거리」, 「유년의 뜰」, 「옛우물」 등이 있으며, 소설집으로는 『유년의 뜰』(1981), 『바람의 넋』(1986), 『옛우물』(1994), 『가을 여자』(2009) 등이 있다.

‖ 줄거리

주인공 '나'는 작은 지방 도시에 사는 평범한 중년의 주부로, 봉급 생활자인 남편과 남편을 닮은 아들과 함께 살고 있다. 하지만 '나'는 과거에 사랑했으나 이미 죽은 '그'라는 남자를 잊지 못해 '그'의 전화번호를 습관적으로 눌러보곤 한다.

'나'는 예전에 살았던 작은 아파트로 가서 혼자만의 시간을 보내기를 좋아한다. 야산을 넘어 그곳으로 가다보면 둥치 굵은 나무가 있는 숲과 산비탈의 끝에 오래된 기와집인 연당집이 있다. 바보가 살고 있는 연당집은 예전에는 번창한 집이었으나 이제는 낡아서 곧 허물어질 집이다. 하지만 '나'는 연당집을 통해 유년의 공간인 옛우물과 그곳을 둘러싼 이야기를 기억해 낸다. 증조할머니는 옛우물에 금빛 잉어가 산다고 말해 주었고 '나'는 이 말을 믿는다. 옛우물에 사는 금빛 잉어에 관해 '나'는 친구들에게 말해 주지만, '정옥'을 제외한 '나'의 친구들은 이 말을 믿지 않았다. 하지만 '정옥'은 밤에 홀로 우물에 물을 길러 갔다가 우물에 빠져 죽고 우물은 메워진다.

연당집이 헐리던 날, '나'는 작은 아파트에서 잠시 낮잠이 들었다 깨어나서는 '그'와의 마지막 만남을 떠올린다. 그리고 '나'는 어둠이 깃드는 숲으로 가서 나무 위로 기어오른다. 숲 속 오동의 보랏빛 꽃이 어둠 속에서 피어나고 '나'는 증조할머니가 해준 말을 정확히 기억해 낸다.

인용한 (1)은 '나'가 거울을 보면서 자신의 삶과 정체성에 대해 여러 생각을 떠올리는 부분이고, (2)는 연당집이 헐리고 '그'에게 습관처럼 전화를 건 주인공이 야산의 숲으로 가서 삶의 기운을 회복하는 장면이다.

등단(登壇): 어떤 사회적 분야, 특히 문학을 전문으로 하는 사람들의 활동 무대나 분야인 문단(文壇)에 처음으로 등장하는 것을 이르는 말

모색(摸索): 일이나 사건 따위를 해결할 수 있는 방법을 찾음.

우물: 물을 얻기 위해 땅을 파서 지하수를 괴게 한 곳

야산(野山): 논 가까이의 나지막한 산

(1) 샤워 꼭지 밑에서 쏟아지는 더운 물줄기에 몸을 맡기고 섰다가 섬뜩 놀랐다. 거울 속의 내가 없다. 수증기 탓에 거울이 흐려졌기 때문이라고 알면서도 반드시 있으리라는 것이 없다는 것은 두렵다.

　나는 샤워기의 물을 잠그고도 한참을 그대로 거울을 보며 서 있었다. 차츰 수증기가 걷히고 맑아지는 거울 면에 아주 먼 곳으로부터 다가오듯 천천히 얼굴 윤곽이 살아났다. 잘못 당겨진 천처럼 좌우 대칭이 깨진 얼굴. 그가 죽은 뒤 내게 미미하게 나타난 변화.

　마른 빨래를 개키면서 건성 눈길을 주었던 신문의 부고란에서 그의 이름을 보았을 때, 괄호 속에 박힌 직장과 전화번호를 재차 확인한 후 내가 제일 먼저 한 일은 거울을 본 것이었다. 왜 그랬는지 어떤 심리가 나를 거울 앞으로 이끌었는지 나 자신도 알 수 없었다. 거의 무의식적으로 다가간 거울에 조각조각 균열된 얼굴이 비쳤다. 갑자기 눈에 띄는 주름살도, 처음의 놀람처럼 거울이 깨진 것도 아니었다. 오랜 세월 길들여진 관습과 관행이 한순간에 깨진 얼굴이었다. 아, 내 안의 비명이 새어 나오기도 전에 깨진 얼굴은 스러지고 익히 알고 있는 얼굴이 나타났다. 자신의 것이면서도 거울이나 사진이라는 방법을 통하지 않고는 알 수 없는. 거울 앞을 떠난 나는 빨래를 마저 개키고 낮에 절여 둔 배추를 버무려 김치를 담갔다. 하던 일을 계속하는 것말고 달리 내가 무엇을 할 수 있었을까. 아들의 도시락 반찬을 만들고 남편과 티브이를 보며 농담을 나누고 방충망의 허술한 틈새로 비비적대며 들어와 절박하고 불안한 날갯짓으로 등 주위를 맴도는 나방을 내보내었다.

　그의 죽음은 내게 전혀 비개인적인 방법으로 그렇게 심상히 통보되었다.

　존재하던 한 사람이, 그가, 이 세상에서 영영 사라졌다는 기미는 어디에도 없는, 여느 날과 다름없이 예사롭고 평온한 저녁시간은 느릿느릿 흘러갔다.

　그가 죽고 내 안의 무엇인가가 죽었다. 그것이 무엇인지 나는 알지 못한다. 아마 알고자 하는 소망조차 없는 건지도 모른다. 내게는 문득 걸음을 멈추고 상점의 진열장에, 슈퍼마켓의 거울에, 물 위에 비

개키다: 옷이나 이부자리 등을 접어서 단정하게 포개다.
부고란(訃告欄): 신문이나 잡지 등에서 주로 유명한 사람의 죽음을 알리는 글을 싣는 공간
방충망(防蟲網): 모기나 해로운 벌레들이 방안으로 날아들지 못하도록 창문 같은 곳에 치는 촘촘한 그물
심상히(尋常—): 대수롭지 않고 예사롭게.

치는 내 얼굴을 물끄러미 바라보는 습관이 생겼다. 저녁쌀을 씻다가 문득 눈을 들어 어두워지는 숲이나 낙조를 바라보는, 물에 떨어진 한 방울 피의 사소한 풀림처럼 습관 속에 은은히 녹아 있는 그의 존재와 부재. 원근법이 모범적으로 구사된 그림의, 점점 멀어져 가는 풍경의 끝, 시야 밖으로 사라진 까마득한 소실점으로 그는 존재한다. 지금의 나는 지나간 나날들이 그러했던 것처럼 가끔 행복하고 가끔 불행감을 느낀다. 나는 그렇게 늙어 갈 것이다. 다른 사람들과 다르지 않은, 공평하게 공인된 늙음의 모습으로.

목욕을 마치고 집에 돌아와 거실 긴 의자에 누워 깊이 잠이 들었다. 꿈속에서 나는 조그만 계집애로 옛우물가에 서서 울고 있었다. 두레박을 빠뜨린 것이다. 까치발을 하고 가슴팍까지 닿는 우물턱에 매달려 내려다보지만 까마득히 깊은 우물 속에서는 아무것도 보이지 않았다. 빠뜨린 두레박도, 아무도 없는 밤이면 슬며시 떠오르기도 한다는 금빛 잉어도 보이지 않았다. 잠을 깨어서도 꿈속에서의 막막하기만 하던 기분은 사라지지 않았다. 이즈음 나는 가끔 옛우물의 꿈을 꾼다. 내용은 언제나 비슷했다. 두레박을 빠뜨려 울고 있거나 어릴 때 죽은 동무 정옥이와 함께 가없이 둥그렇고 적막하게 가라앉은 우물 속을 들여다보는 것, 우물 치는 광경 따위였다.

내게 오래된 옛우물과 그 속에 사는 금빛 잉어에 대해 말해 준 사람은 증조할머니였을 것이다.

어릴 때 살던 동네 가운데에 큰 우물이 있었다. 물맛이 달아 단샘, 커다랗다고 해서 한우물이라고도 했지만 사람들은 옛부터의 습관대로 옛우물이라고 불렀다. 아주 옛날부터 있어 온 우물이라는 뜻이었을 것이다. 물이 깊고 물맛이 좋았다. 증조할머니는 내게 말했다. 옛우물에는 금빛 잉어가 살고 있단다. 천 년이 지나면 이무기가 되고 또 천 년이 지나면 뇌성벽력 치는 밤 용이 되어 하늘에 올라가지. 아흔 살이 넘은 할머니에게서 검은 머리털이 돋아나고 텅 빈 입에 누에씨 같은 희고 깨끗한 이가 돋아나자 어머니는 그것을 불길한 재앙의 징조로 여겼다. 노망이 들었다고 말했다.

낙조(落照): 저녁에 지는 햇빛

원근법(遠近法): 그림에서 물체와 공간을 실제 눈에 보이는 것과 같이 멀고 가까움을 느낄 수 있도록 표현하는 방법

소실점(消失点): 눈으로 보았을 때 평행한 두 직선이 멀리 가서 한 점에서 만난 것처럼 보이는 점

두레박: 우물물을 퍼 올리기 위해 줄을 길게 달아 만든 도구

까치발: 뒤꿈치를 들고 발끝으로 서 있는 발의 모양

가없이: 끝이 없이

이무기: 전설 속의 동물로, 어떤 저주를 받아 용이 되지 못한 채 물속에 사는 여러 해 묵은 큰 구렁이

뇌성벽력(雷聲霹靂): 천둥소리와 벼락을 아울러 이르는 말

누에씨: 명주실의 원료가 되는 누에고치를 얻기 위해 키우는 누에의 알

노망(老妄): 늙어서 정신이 흐려지고 정상에서 벗어난 말이나 행동을 함. 또는 그런 상태

(2) 창 아래 연당집이 사라졌다. 내가 꿈 없는 깊은 잠에 들었던 사이, 정오의 태양이 이우는 사이 이백 년의 세월은 재처럼 내려앉았다. 장엄한 노을은 보랏빛으로 시들어 어둠이 차오르고 있었지만 집이 있던 자리, 폭삭 내려앉은 자리만은 이상하게 훤히 떠보였다. 밤에도 공사를 계속할 모양이었다. 마당을 가로지른 줄에 몇 개의 알전구가 때 이른 불을 밝히고 있었다. 바보는 무너진 집의 잔해를 헤집어 보다가 그 주위를 황망하게 돌아다니기도 한다. 무엇인가 찾으려는 몸짓으로, 안타까운 목안엣소리를 지르며 아직 남아 있는 나무 등치를 끌어안고 흔들기도 했다. 왜, 왜, 왜? 뭐였지? 뭐였지? 바보의 움직임은 커다란 의문부호 같았다. 그러나 바보는 자신이 찾는 것이 무엇인지 알 수 없을 것이다. 익숙한 것의 사라짐, 그 낯섦을 이해하지 못할 것이다. 나는 조금 울었던가. 아마 그랬을 것이다.

아파트의 문을 잠그고 계단을 내려오며 곧 집을 내놓으리라고 생각하기도 했을 것이다. 연당집 울타리가 있던 길로 접어들다 발을 돌려 아파트 입구의 공중전화 부스로 들어갔다. 동전을 넣고 번호판을 하나씩 힘주어 꾹꾹 눌렀다. 벨이 두 번 울리기도 전에 생소한 여자의 목소리가 들렸다. 잘못 걸렸나? 나는 할 말을 몰라 가만히 수화기를 내려놓았다. 동전을 넣고 다시 번호판을 꼼꼼히 눌렀다. 역시 벨이 두 번 울리기 전에 조금 전의 목소리가 받았다. 잘못 걸렸나 보다고, 미안하다고 더듬더듬 말하는 내게 그 여자는 새로 바뀐 전화번호라고 상냥하게 대답했다. 나는 천천히 발길을 돌렸다. 그가 오랫동안 소유했던 그 일련의 숫자들이 이제는 다른 사람에 의해 쓰여진다는 것이 기이했다. 그 일련의 숫자들은 그를 기억할까. 그의 음성과 말버릇, 말 속에 담거나 숨겼던 무한히 복잡한 감정들을 기억할까. 어느 날 그들은 까마득한 지난날로부터 들려 오는 귀익은 소리에 문득 놀라고 그게 누구였지? 기억을 더듬어 보지 않을까. 내가 갈게. 여긴 비가 오는데 거긴 어때? 그냥 전화했어요, 이젠 됐어요. 끊을게요…….

어둠이 깃드는 숲에 발걸음을 멈추고 서 있으면 현자가 된 느낌이 든다. 나무의 몸체에 가만히 귀를 대어 보기도 한다. 그러나 나는 나

이울다: 해나 달의 빛이 약해지거나 희미해지면서 없어지다.
알전구(－電球): 빛을 모아주거나 열로부터 보호해 주는 가리개가 없이 전선 끝에 달려 있는 전구
현자(賢者): 성인에 견줄 만큼 어질고 총명한 사람

무의 말을 알아듣기에는 너무 나이를 먹었다. 나무의 몸에서 귀를
떼고 팔을 벌려 안아 보았다. 따뜻한 기운이 느껴지는 것 같았다. 신
을 벗고 나무 위로 기어올랐다. 거친 줄기의 속 깊이 흐르는 수액이
향기롭게 맡아졌다. 나무는 곧게 자라 자칫 주르르 미끄러지거나 떨
어질 듯 긴장이 되었다. 나는 다리를 꼬아 힘껏 굵은 줄기를 휘감았 5
다. 돌발적이고 불합리한 욕구로 몸이 뜨거워졌다. 나는 나무를 껴
안고 감아 안은 다리에 힘을 주며 온 힘을 다해 비틀었다. 아아, 억눌
린 비명이 터져 나오고 나는 산산이 해체되어 흰빛의 다발로 흩어지
는 듯한 짧은 희열을 느끼며 축 늘어졌다. 나는 조금 울었던가?
　오동의 보랏빛 꽃이 어둠 속에서 나울나울 피고 있었다. 별과 꽃이 10
난만한 밤에 그는 죽었다. 내가 존재하지 않을 어느 시간대에도 이
나무에는 꽃이 피고 잎이 피고 새가 깃들것다.
　나는 나의 생보다 오랠 산과 나무, 별 들을 바라보았다. 비로소 먼
옛날 증조할머니가 내게 해준 말을 정확히 기억해 내었다. 옛날 어
느 각시가 옛우물에 금비녀를 빠뜨렸는데 각시는 상심해서 죽고 금 15
비녀는 금빛 잉어로 변해…….

수액(樹液): 땅속에서 나무의 줄기를 통
하여 잎으로 올라가는 액체
오동: 오동나무. 예로부터 '여성'을 의미
하는 나무로, 딸이 태어나면 뜰에 오동나
무를 심고 결혼할 때 오동나무로 장롱을
만들어 주었음.
난만하다(爛漫——): 꽃이 활짝 피어 화
려함. 또는 별빛이 강하고 선명함.
각시: 갓 결혼한 젊은 여자 또는 아내
비녀: 전통사회에서 결혼한 여자들이 긴
머리를 땋아 머리 위로 올린 다음 머리가
풀어지지 않도록 꽂았던 장신구

Ⅱ 작품의 이해와 감상

오정희의 소설에는 작가 자신의 성장과정과 체험이 많이 반영되어 있다. 어린아이로부터 사춘기 소녀, 중년의 주부에 이르기까지 자신을 포함한 여성의 성장과정이 하나의 독립된 작품으로 만들어지곤 한다. 「옛우물」은 중년의 나이에 생일을 맞이한 여주인공이 인생의 의미를 되돌아보는 것이 주된 내용인데, 작가 자신의 삶에 대한 회고가 짙게 드러난 작품이다.

이 소설은 한 중년여성이 유년에서부터 지금에 이르기까지 자신이 경험한 것들 가운데 지워지지 않는 기억들을 회고하면서 삶의 의미를 찾아간다. 여기에서 평범한 가정주부의 내면에 숨은 욕망과 일탈에 대한 동경이 표출된다. 하지만 이러한 욕망과 일탈에 대한 동경은 단순히 지루한 일상에서 벗어나고자 하는 의도가 아니다. 이 과정에서 주인공은 자신의 내면을 정직하게 바라봄으로써 삶과 죽음, 만남과 이별, 생성과 소멸 등이 반복되는 삶의 이치를 깨닫고 그 속에서 자신의 정체성을 찾게 된다. 실제로 소설 속에 등장하는 남편이 아닌 다른 남자인 '그'나 옛우물에 사는 금빛 잉어, 그리고 낡은 연당집은 모두 사라지고 잊혀진 것이라는 공통점을 가지고 있다. 하지만 이들은 남성 중심의 질서와 일상 속에서 억압되거나 혹은 상실된 자아의 상징으로 해석될 수 있다.

이 소설은 주인공의 유년에 있어서 중요한 의미를 갖는 장소, 즉 옛우물에서 이야기가 시작된다. 옛우물은 주인공의 친구인 '정옥'이가 죽은 곳이며, 증조할머니가 들려 준 금빛 잉어에 관한 신화적 이야기가 살아있는 장소이기도 하다. 일반적으로 대지의 자궁으로 상징되는 우물은 여성성을 상징하는데, 이 소설에서 죽음의 장소이면서 신화적 장소인 옛우물은 소멸과 생성으로 이어지는 여성의 정체성을 비유한다. 이처럼 옛우물은 여성의 장소이자 여성의 몸인 셈이다.

이 소설의 작중 화자는 여성으로서의 자신의 정체성과 자아 개념에 대해 끊임없이 의문을 던진다. 주인공이 거울을 통해 확인하려 했던 것은 바로 '나는 누구인가'와 같은 보편적 인간으로서 가지게 되는 기본적인 물음이다.

**페미니즘(feminism)과
에코 페미니즘(echo feminism)**

페미니즘이란 여성의 해방을 목표로 여성의 사회, 정치, 법률 상의 권리를 확대해 나가고자 하는 여성주의 운동과 그 이론을 말한다. 초기 페미니즘은 여성의 사회 진출과 성공을 가로막는 장애물을 관습적이고 법적인 제한으로 보고, 여성들에게도 남성과 동등한 교육 기회와 시민권을 요구하면서 등장하였다. 이러한 페미니즘은 시간이 흐를수록 다양한 분파로 나누어지는데, 이 가운데 에코 페미니즘은 생태학과 페미니즘이 결합한 용어로서, 자연 생태계와 인간을 하나로 보고 생명의 가치와 평등한 삶의 가치를 실현하려는 경향을 가리킨다.

동경(憧憬): 마음으로 그리워하여 간절히 생각함.
자아(自我): 자기 자신에 대한 의식이나 관념
신화적(神話的): 신들의 이야기를 다룬 신화나 예로부터 전해 오는 이야기인 설화와 같은 신성함과 기이함을 지닌.
존재론적(存在論的): 존재가 지니고 있는 공통적이며 근본적인 것에 근거한.

감자 먹는 사람들

| 신경숙

신경숙의 소설은 인간의 내면세계를 섬세하게 포착하는 것으로 유명하다. 인물의 내면과 상처를 서정적으로 묘사한 그녀의 작품은 한국 독자들은 물론 세계적으로도 사랑을 받고 있다. 1996년에 발표한 「감자 먹는 사람들」은 편지글의 형식을 빌려 주변 삶에서 겪은 사건과 의미를 독백하듯 표현한 소설이다.

신경숙(申京淑, 1963년~현재)

소설가. 1985년 『문예중앙』 신인문학상에 「겨울우화」가 당선되면서 작품 활동을 시작하였다. 서정적 문체와 섬세한 묘사를 통해 여성적인 글쓰기를 보여주었다. 대표작으로는 「풍금이 있던 자리」, 「외딴방」 등이 있으며, 소설집으로는 『풍금이 있던 자리』(1993), 『외딴방』(1995), 『엄마를 부탁해』(2008) 등이 있다.

서정적(抒情的): 자기의 감정이나 정서를 표현하거나, 또는 그런 감정을 불러일으키는 것
무명(無名): 이름이 없거나 이름을 알 수 없음. 또는 이름이 널리 알려져 있지 않음.
삭이다: 분노나 슬픔, 고통 따위를 가라앉혀 풀리도록 하다.
의연하다(毅然――): 의지가 굳세고 당당하다.
중증(重症): 병의 상태가 매우 심각하고 위태로움.
재발(再發): 어떤 일이 다시 생기거나 일어남.
대목: 이야기나 글에서의 특정한 부분

‖ 줄거리

‘나’는 28세의 무명가수이다. 뇌질환으로 투병중인 아버지를 간호하면서 ‘윤희 언니’에게 편지를 쓴다. 방송국 프로듀서인 ‘윤희 언니’는 5년이나 간호하던 남편을 잃은 슬픔을 삭이며 의연하게 살고 있다.

병원에서 간호를 하는 동안 나는 어릴 적 친구 ‘유순’의 아이가 소아당뇨로 죽을지도 모른다는 소식을 듣는다. 아버지 병실에서 옆 아주머니에게서는 그녀의 남편이 언제 죽을지도 모를 중증 뇌환자라는 사실도 알게 된다. 그런가 하면 우연히 참석한 모임에서 강물에 떠내려간 아이를 생각하며 슬퍼하는 중년남자의 이야기도 듣는다. ‘나’는 이들의 병과 죽음을 통해 인간이 겪어야 할 근원적인 슬픔과 고통을 느끼게 된다. 그리고 죽음을 담담하게 받아들이고 의연하게 대처하는 그들의 모습에서 위안을 얻는다.

아버지는 7년 만에 재발한 뇌질환으로 여러 번 기절한 적이 있다. 이번 가을에는 시골에 가서 고구마를 수확하려는 의욕을 보이며 마음의 평화를 되찾는다. ‘나’는 이 모든 내용을 담은 편지를 ‘윤희 언니’에게 끝내 부치지는 않지만 슬픔을 딛고 다시 일어설 것을 다짐한다.

인용한 부분은 죽음을 예감하는 아버지가 새로운 의욕으로 마음을 다스리는 장면과 ‘윤희 언니’의 마음이 단단해지길 바라는 ‘나’의 마음이 드러나는 대목이다.

마치 나는 오래 전부터 이 병실을 알고 있었던 것 같기도 하고, 이 곳에서 긴 낮잠을 자 본 것 같기도 하고 그래요. 이 병실에선 이따금 생각하지요. 한 사람의 일생으로부터 마지막에 남는 것은 무엇일까? 하고요.

무엇일까요? 사진틀 속에서 노랗게 바래가는 가족사진? 가슴속에 간직된 사랑의 얼굴? 돌보는 이 없는 무덤? 살면서 의지해 왔던 친구들의 주소나 몇 개의 전화번호들? 그리고 언니에겐 문이? 나에겐 나의 음반? 나는 그만 조용해져서 창에 이마를 갖다 대게 됩니다. 그 어떤 것도 내 가슴속을 잠식하기 시작한 이 마음 시림을 투명하게 걷어 내 주진 못하기 때문입니다. 내가 이미 누군가의 존재를 잊었듯이, 나의 존재를 기억할 나의 증인들도 사라지겠죠. 나의 아버지를 시작으로 해서 이제 나는 끝도 없이 나의 증인들을 잃어갈 것입니다. 가을이 끝나가는 저 하늘에 잠시 모였다가 흩어지는 저 구름처럼, 결국은 아무것도 남지 않겠죠. 존재의 무(無). 그러나 끝없는 순환. 한편에서 나의 증인들은 사라지고 다른 한편에서 나의 증인들은 태어나고 …… 생의 갑옷은 철갑옷인가 봅니다. 다시는 돌아오지 않을 것들 앞에서 노래를 부르고 싶은 욕망이 더 강해지는 건 또 어인 까닭인지.

병원에 당도해 아버지를 모시고 산책을 나갔습니다. 지난 어느 날 밤에 문득 일어나 앉아 훌쩍이셨던 일을 아버진 제가 모르고 있다고 생각하시는가봅니다. 이젠 모든 정밀검사가 끝났어요. 결과는 일주일 후에 나온다는군요. 일주일 후. 그때면 알 수 있을까요? 칠 년 동안 잠잠하던 그 석회질이 왜 다시 움직였는지를? 이제 내일이면 아버진 오빠 집으로 우선 퇴원하실 겁니다. 그 다음의 일은 일주일 후에 다시 생각해봐야 되겠지요. 그저 병원 뜰을 조금 걷다 들어올 양이었는데 아버지가 자꾸만 저만큼만 더, 저만큼만 더…… 하시는 바람에 꽤나 먼 걸음이 되었습니다. 테니스 코트를 지나 좁다랗게 난 맨땅을 더 걸어 들어갔더니 고구마 밭이 나오더군요. 병원 안에 고구마 밭이 있다는 것을 처음 알았네요. 아니, 그 아주머니가 병원 공터에 고구마를 심었겠지요. 겨울이 지나고 봄이 오면 어쩌면 그 고

「감자 먹는 사람들」
힘겨운 노동을 마치고 돌아온 사람들이 희미한 조명 아래서 감자로 식사를 대신하고 있는 풍경을 그린 고흐(Vincent van Gogh, 1853년~1890년)의 그림이다. 어두운 화면과 쓸쓸한 분위기를 자아내는 이 그림은 가난한 사람들의 고된 삶을 화폭에 담아낸 고흐의 대표작이다.

잠식(蠶食): 어떤 세력이 다른 세력을 조금씩 침입하여 차지해 나감.
시림: 몸의 한 부분이 찬 기운으로 인해 느끼는 차가움.
당도(當到): 어떤 곳에 다다르거나 도착함.

구마 밭엔 병원 별관이 들어서거나 그러겠지요. 아버진 그 고구마 밭에 이르러서야 저만큼만 더……를 끝내셨습니다. 아주머니 한 분이 고구마를 캐고 있었어요. 고구마 순을 우두둑 잡아당긴 뒤에 호미로 땅을 파서 고구마를 캐는 아주머닐 보고 아버진 어둔하게 말씀하셨습니다. 고구마는 비가 온 다음에 캐야 쓰는디요. 나는 부친의 팔을 붙잡고 서서는 감자도요, 실없이 덧붙였습니다. 그런 일은 상관말구 아저씬 아프지나 말아요. 늙으면 그저 건강하게 있어주는 것이 자식들 도와주는 것이라구요. 고구마를 캐는 아주머닌 내 얼굴과 부친의 얼굴을 번갈아 보시더니 흙 묻는 손으로 차양을 만들어 가을 햇살을 가리셨습니다. 우린 고구마나 감자를 비가 온 뒤에 캤지요. 찬비가 그친 뒤 밭에 가서 감자나 고구마 순을 잡아당기면 뿌리에 감자나 고구마가 주렁주렁 달려 나왔지요. 감자 뿌리에 쑥쑥 딸려 나오는 감자 캐는 일은 얼마나 풍요롭고 재미있던지 누가 시키지 않아도 맨발이 되어 감자밭을 휘젓고 다니곤 했습니다. 고구마나 감자는 푸지고 푸져서 한 고랑만 캐도 수북이 쌓였습니다. 캐도 캐도 또 나오고 또 나오고 그랬지요. 다 캤나 보다 해도 밭을 갈 적에 뒤집어지는 흙 속에 고구마나 감자는 또 나오곤 했습니다. 아버진 고구마 캐는 아주머니 곁에서 한참을 서성서성거렸습니다. 바람이 차다고 그만 들어가자고 해도 고구마밭 주위를 빙빙 도셨습니다. 아마도 부친은 당신이 직접 고구마를 캐보고 싶으셨던 게지요. 방금 전에 비는 내리지 않았어도 어쩐지 고구마 줄기를 잡아당기면 예전처럼 고구마가 주렁주렁 딸려 나올 것만 같았던 게지요. 내 팔에 이끌려 고구마밭으로 들어가는 좁다란 맨땅을 다시 걸어 나올 때도 아버진 자꾸만 고구마밭을 향해 몸을 돌리시곤 했습니다. 병실로 돌아오자 피로하셨는지 잠시 누워 있던 부친은 시골의 어머니한테 전화를 넣어달라고 했습니다. 벨이 울리고 어머니 목소릴 확인하고 아버지한테 수화기를 건네드렸더니 어머니를 향한 부친의 첫마디는,

고구마…… 고구마는 캤는가?

였습니다. 부친은 수화기를 귀에 바짝 대고 말씀을 이으셨습니다.

안 캤이믄 기냥 놔두소. 내가 내려가서 캘 테니께는.

어둔하다(語遁一一): 말이 시원스럽지가 못하다.
차양(遮陽): 햇볕을 가리거나 비를 막기 위해 창문 바깥쪽에 덧붙인 지붕이나 덧붙이는 물건
푸지다: 매우 많아서 넉넉함.
고랑: 두둑한 두 땅 사이에 좁고 길게 들어간 곳

나는 냉장고에서 주스를 꺼내려다 말고 아버지의 귀를 물끄러미 바라봤습니다. 부친의 야윈 귀가 멀리 어머니에게 무슨 말씀인가를 하고 있는 것 같았어요. 나는 그 말씀을 들어보려고 주스병이 기울어지는지도 모르고 내 귀를 기울였습니다. 아버지의 귀가 어머니한테 말씀하시는군요. 나는 오늘같이 가을볕이 좋은 날, 밭에서 고구마를 캐다가 그렇게 갈라네. 늦봄 볕이 따사로운 날 감자를 캐다가 가만히.

두서없는 글이 길어졌습니다. 그런데 저는 이 글을 부치기나 할는지요. 그만 안녕,이라고 쓰려니까 어디선가 또 기차의 강철 바퀴 소리가 들립니다. 철거덕철거덕 그 무서운 소리에 그만 논둑 뒤로 몸을 숨기는 소년도 어른거립니다. 그래도 오늘은 내 마음이 평화로운가봅니다. 고구마밭에서 돌아오느라 엘리베이터를 탔을 적에 마음이 슬픈 자는 행복하다, 그는 위로받을 것이다,라는 그 문구가 차분히 가슴에 젖어 드는 걸 보니 말이지요. 문구가 약간 삐틀어져 있어서 손을 뻗어 바로 해놓기까지 했습니다.

이젠 언니도 그때처럼 그렇게 자주 울진 않겠지요? 그러리라고 생각합니다. 야채며 김밥이며 과일을 담을 수 있는 야외용 대바구니는 구했어요? 언젠가 언니와 함께 텔레비전을 보는데 드라마 속의 부부가 아이를 데리고 소풍을 가는 장면이 나왔지요. 노란 챙이 달린 모자를 거꾸로 쓰고 함빡웃음을 짓는 아이를 앞세우고 시종 즐거워하는 아내와 남편을 보면서 괜히 내 가슴이 서걱거렸어요. 나도 모르게 아빠를 잃은 문이를 생각했고, 나도 모르게 남편을 잃은 언니를 생각했던 게지요. 잠시, 어색해지려는데 뜻밖에 언니가 밝은 목소리로 그랬지요.

저거 정말 이쁘지 않니?

언니가 가리킨 저거는 소풍가는 가족 중에서 무릎길이의 연두색 에이라인 원피스 위에 같은 색 시폰을 걸친 아내가 들고 있던 대바구니였습니다. 내가 보기엔 별로 예쁘지도 않았어요. 그저 평범한 손

챙: 햇빛을 가리기 위해 모자의 앞이나 주위에 둘러 붙인 부분
서걱거리다: 스치는 소리가 자꾸 나다.
시폰(chiffon): 매우 얇고 매끄러운 천

잡이가 달린 대바구니였지요. 아마 그 안에는 딸기를 재서 담은 찬합이나, 김밥을 싸서 담은 도시락, 그리고 과도며 땀 닦을 타월, 여분의 스타킹이나 아이의 또 다른 간식이 담겨 있었겠지요. 나는 그저 그런 대바구니를 두고 얼른 예쁘다고 대답을 할 수밖에 없었죠. 소풍가는 장면이 화면에 잡혔을 적부터 내가 이미 문이나 언니의 가슴을 치고 지나갔을 상실을 감지하고 있는데, 당사자인 언니가 아무렇지도 않았을 리가 없었거든요. 아마도 그래서 언니도 뜻밖의 그 대바구니 얘기를 꺼냈던 게지요. 그저 그런 대바구니를 참, 예쁘다고 칭찬했겠지요. 시장에 나가면 저거와 비슷한 걸 하나 사야겠다고도 했지요. 그래서 도시락을 싸서 바구니에 담아 문이와 함께 고궁에 가겠다고요. 그래요. 그때만 해도 눈물 대신 까닭 없이 대바구니 타령을 할 정도로 마음이 회복되고 있었으니까, 그로부터 세월이 일 년이 더 흘렀으니까, 이제는 많이 단련이 되었겠지요. 설마, 아직까지 출근할 적이면 남편이 누워 있던 침대를 향해 손을 내밀진 않겠지요? 설마, 아직까지 퇴근해 돌아와 현관문을 따고서는 문이 아빠 나, 왔어요, 하진 않겠지요?

찬합(饌盒): 반찬을 서너 개의 그릇에 담아 포개어 보관하거나 운반할 수 있도록 만든 용기
과도(果刀): 과일을 깎을 때 사용하는 작은 칼
고궁(古宮): 임금이 거처했던 옛 궁궐
타령: 어떤 일이나 사물에 대한 생각을 자꾸 되풀이해서 말함.

‖ 작품의 이해와 감상

신경숙의 소설은 우리 주변의 일상적이고 사소해 보이는 세계에 주목한다. 특히 작가는 일상적인 세계에서 잘 안 보이는 존재들, 자신의 존재를 쉽게 드러내지 못하는 이들을 애정 어린 시선으로 포착한다. 「감자 먹는 사람들」 역시 그러한 존재들의 흔들리는 내면과 불안을 섬세하게 묘사하고 있다.

이 소설에서 '나'는 여러 환자들의 삶과 어릴 적 친구인 '유순'의 삶에서 운명을 받아들이는 모습을 본다. 또한 남편을 잃은 '윤희 언니'의 사연에서 상실의 아픔을 깨닫는다. 이러한 경험을 통해 '나'는 평범한 인간들이 겪는 상처와 아픔, 그리고 이러한 생의 과정을 담담하게 받아들이게 된다. 작가는 이러한 변화를 섬세한 필치로 그려낸다. 특히 작가는 고흐의 그림에 나타난 농부의 '감자'와 생명력, 주인공의 아버지가 생의 마지막에 보이는 '고구마'에 대한 애착을 통해 삶에 대한 긍정을 보여준다.

이 소설의 묘미는 주인공과 주변 인물들이 겪는 아픔과 그들의 심리가 1인칭 서술자의 독백으로 친숙하게 전달된다는 데에 있다. 서술자인 '나'는 '윤희 언니'에게 쓰는 편지글을 통해 자신의 주변에서 펼쳐지는 삶의 모습과 슬픔의 감정을 담담하게 털어 놓는다. 따라서 이 소설을 읽다 보면 마치 누군가의 이야기를 듣고 있는 듯한 느낌을 받게 된다. 작가의 섬세한 내면 묘사는 이러한 고백체 소설의 묘미를 한껏 살려주고 있다.

이 작품의 '나'는 인간이라면 누구나 간직하고 살아갈 수밖에 없는 숙명적인 상처와 아픔을 성찰한다. 타인의 상처와 아픔을 통해 인간의 삶을 긍정하고 이해할 수 있게 하는 것은 문학의 가치이자 의미이다. 1990년대 이후 점점 고립되고 단절되어 가는 한국사회에서, 이 소설의 진정한 가치는 인간과 삶에 대한 긍정과 타인의 감정을 공유하는 일의 소중함을 일깨우고 있다는 점일 것이다.

필치(筆致): 글에 나타나는 맛이나 개성
묘미(妙味): 어떤 사물이나 현상에서 느껴지는 뚜렷하게 표현을 할 수 없는 재미
1인칭 서술자(1人稱 敍述者): 소설에서 이야기를 전개하는 주인공인 '나' 혹은 주인공을 관찰하는 '나'
고백체 소설(告白體 小說): 작가가 자신의 은밀한 경험이나 생각을 솔직하게 서술한 소설

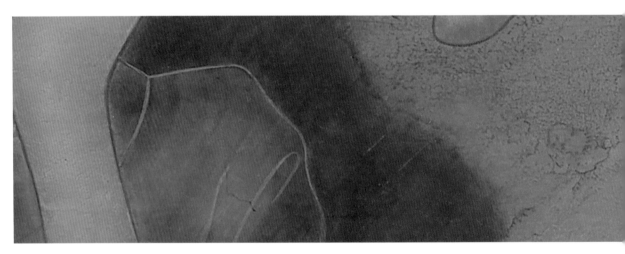

Modern Korean Literature

제 14장 개인의 고립과 소외의 서사

1. 김영하, 「바람이 분다」
2. 박민규, 「그렇습니까? 기린입니다」

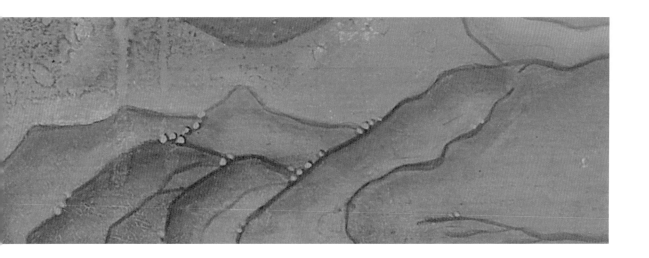

바람이 분다

| 김영하

김영하는 영상세대의 감수성을 보이며 냉정한 시선으로 도시적 삶을 그려낸 작가이다. 그는 소설에 탐미주의와 판타지 (fantasy) 기법 등을 도입하는 새로움을 시도하면서 단절된 개인의 삶과 소통의 문제를 주로 다루고 있다. 1998년에 발표된 「바람이 분다」는 현실에서 고립된 이들이 겪는 내면 풍경을 메마른 감성으로 소설화하고 있다.

김영하(金英夏, 1968년~현재)

소설가. 1995년 『리뷰』에 「거울에 대한 명상」을 발표하면서 작품 활동을 시작하였다. 그는 영상세대의 소설미학을 보여주는 작가로 평가된다. 대표작으로는 「나는 나를 파괴할 권리가 있다」(1996), 「당신의 나무」(1999), 「보물선(2004)」 등이 있고, 소설집으로는 『호출』(1997), 『엘리베이터에 낀 그 남자는 어떻게 되었나』(1999), 『오빠가 돌아왔다』(2007), 『퀴즈쇼』(2007) 등이 있다.

탐미주의(眈美主義): 아름다움을 최고의 가치로 여겨 이를 추구하는 사상
유부녀(有夫女): 남편이 있는 여자를 이르는 말
구인광고(求人廣告): 일할 사람을 찾는 광고
상념(想念): 마음속에 품고 있는 여러 가지 생각

▌줄거리

'나'는 상가 지하에 있는 단칸방 겸 사무실에서 CD를 불법으로 복제해 판매하는 일을 하며 외부생활과 단절된 삶을 살고 있다. 이 공간에서는 오직 컴퓨터를 통해서만 외부세계와 소통할 수 있다. 그러던 중 '나'는 불법판매 일을 보조할 직원을 컴퓨터 통신을 통해 구하게 된다.

어느 날 '나'가 올린 구인광고를 보고 자신을 '송진영'이라고 부르는 여인이 찾아온다. 그녀는 '나'가 하는 일이 불법이라는 것을 눈치채지만, 기꺼이 함께 일하고자 한다. 그녀가 온 이후로 '나'의 삶에는 약간의 변화가 생기기 시작한다. 고립된 삶을 살아가던 '나'는 그녀와 대화를 하기 시작하고 함께 게임을 즐기기도 한다. 또 함께 밥을 먹고, 함께 여행을 떠날 꿈을 가지게 된다. 그러는 과정에서 서로는 상대방에 대한 묘한 동질감을 느낀다.

'나'는 그녀가 유부녀인 것을 알지만 함께 떠날 목적으로 그녀와의 관계를 유지한다. 그러던 어느 날, 불법행위가 발각되어 그녀는 경찰에 붙잡혀 간다. '나'는 변호사를 통해 그녀를 빼내지만 그녀는 다시 돌아오지 않는다. '나'는 텅 빈 사무실에서 돌아오지 않을 그녀를 기다리며 여전히 컴퓨터 게임에 매달린다. 그러면서 '나'는 홀로 떠날 마음의 준비를 하기 시작한다.

인용한 (1)은 '나'가 생활하는 공간에 대한 설명과 함께 구인광고를 보고 찾아온 여자의 독특한 분위기를 서술하고 있는 부분이고, (2)는 돌아오지 않는 그녀를 기다리며 홀로 떠날 준비를 하는 '나'가 상념에 잠기는 소설의 결말 부분이다.

(1) 밤도 없고 낮도 없다. 신도시 아파트 단지들 사이 식객처럼 자리 잡은 단독 주택 지구 상가 지하에 사는 나에게는, 밤도 없고 낮도 없다. 직장이면서 집인 이 습한 공간까지 기어들어오는 빛은 없다. 아니, 처음엔 있었으나 막아버렸다. 영화 포스터보다 조금 큰 들창. 그 빛에 감사하며 살고 싶지는 않았기 때문이었다.

구석엔 작은 침대, 그 옆으로 이단짜리 싱크대가 놓여 있다. 책꽂이로 형식적인 칸막이를 해두었지만 애당초 그런 구분이란 게 무의미한 공간이다. 영화 「캘리포니아」의 포스터가 싱크대 옆에 붙어 있다. 눈을 가린 긴 머리카락 사이로 백인 남자가 나를 쏘아 보고 있다.

싱크대에서 다섯 발자국쯤 걸어가면 사무용 책상 두 개가 벽을 바라보며 앉아 있고 그 위엔 으레 그래야 하는 것처럼 컴퓨터와 모니터, 프린터, 스캐너 등속이 자리 잡고 있다. 소형 스피커 두 개는 컴퓨터와 연결되어 음악을 들을 수 있게 되어 있다. 물론 TV와 비디오도 비슷한 방식으로 볼 수 있다. 컴퓨터가 없으면 음악도 영상도 없다. 그러니 눈을 뜨면 가장 먼저 하는 일은 컴퓨터를 켜는 일이다. 물론 자기 전에 마지막으로 하는 일도 그것을 끄는 일이다. 창이 없는 이 방에서 컴퓨터는 내 창이다. 거기에서 빛이 나오고 소리가 들려오고 음악이 나온다. 그곳으로 세상을 엿보고 세상도 그 창으로 내 삶을 훔쳐본다.

여기가 마음에 들어요.

그녀가 처음 여기 왔을 때 던진 말이다. 나는 놀랐다. 몇 명의 여자들이 이 방을 방문했지만 그런 말을 듣기는 처음이었다. 당신이 마음에 들어요, 라는 말보다 훨씬 좋았다. 그녀는 정말로 이곳을 마음에 들어했다. 아주 느리게, 하지만 완전하게 그녀는 이곳에 젖어들었다.

그녀를 구한 곳은 컴퓨터 통신망의 구직란이었다. 그 무렵 내겐 사람이 하나 필요했다. 나는 무심히 엔터키를 쳐가며 올려진 자료들을 검색해가고 있었다. 공간이 하나 주어지면 그 속에 있는 모든 것들

'바람'의 다양한 의미

한국어에서 '바람'은 다양한 의미를 가진 어휘로 활용된다.

· 바람을 맞다 : 상대가 만날 약속을 지키지 않아 헛걸음하다.

· 바람 쐬다 : 기분 전환을 위하여 바깥이나 딴 곳을 거닐거나 다니다.

· 바람피우다 : 한 이성에 만족하지 아니하고, 몰래 다른 이성과 관계를 갖다.

· 신바람 나다 : 신이 나서 어깨가 우쭐거릴 정도로 기분이 좋다.

· 바람 잡다 : 남을 부추겨서 무슨 행동을 하려는 마음이 생기게 만들다.

· 바람 들다 : 허황한 생각이 마음에 차다.

· 바람을 일으키다 : 사회적으로 많은 사람에게 영향을 미치다.

신도시(新都市): 대도시의 근교에 계획적으로 개발한 새 주택지

식객(食客): 하는 일 없이 남의 집에 얹혀서 밥만 얻어먹고 지내는 사람. 여기서는 새로 지은 아파트 단지 사이에 부적절하게 공간을 차지하고 있는 단독주택지구를 비유하고 있음.

등속(等屬): 나열한 사물과 같은 종류의 것들을 모아서 이르는 말

들창 : 벽의 위쪽에 자그맣게 만든 창

「캘리포니아(Kalifornia)」(1993): 도미닉 세나(Dominic Sena) 감독의 미국 범죄 스릴러(thriller) 영화

구직란(求職欄): 신문이나 잡지, 인터넷 사이트(internet site)에서 일자리를 구하는 글을 싣는 부분

엔터키(Enter Key): 컴퓨터(computer)의 자판에서 명령을 실행시킬 때 누르는 단추

은 서로 닮아간다. 구직란도 마찬가지였다. 대부분이 대동소이. 약
간의 과장을 섞어 자신의 이력을 소개하는데 그 내용이란 컴퓨터 통
신의 특성상, 컴퓨터와 관련된 것이 많았다. 워드 프로세서 1급 자격
증 소지. 한글 400타, 영문 250타. C프로그래밍 할 수 있어요. 워드
입력해드려요. 등등등. 그 천편일률 속에서 그녀는 빛났다.   5

　　일자리를 구해요. 아무것도 잘하는 게 없어요. 워드를 조금 치
고 컴퓨터 통신은 채팅만 잘해요. 컴퓨터 프로그래밍은 몰라요.
잘 웃고 아주 가끔 우울해요. 종교도 없고 친구도 없어요. 야근할
수 있지만 토요일은 일하고 싶지 않아요. 영화를 좋아하고 소설   10
을 싫어해요. 바흐와 너바나를 좋아해요. 일터가 조용한 곳이면
좋겠어요. 호출기로 연락주세요.

　　호출하자 그녀가 전화를 걸어왔다. 돈을 많이 주지는 못합니다. 나
는 처음부터 질러 말했다. 그녀는 놀라지 않는 기색이었다. 돈이 많   15
이 필요하지는 않아요. 그런데 무슨 일을 하는 곳인가요? 나는 잠시
망설였다. 그 생각을 해두지 않았다는 걸 깨달았다. 무슨 일을 한다
고 해야 할까. 잠시 고민하다가 그냥 둘러댔다. CD롬 홈쇼핑업체지
요. 아직 직원은 없습니다. 전화로 주문 받고 직배로 보내니까 직원
은 많이 필요하지 않아요. 그녀는 선선히 일하겠노라고 말했다. 내   20
일부터 출근하세요. 나는 그렇게 말하고 전화를 끊었다.

　　(2) 손가락이 잘린 남자를 다시 만날 수 있었다. 여자는 잘 있다고
한다. 컴퓨터로 채팅과 게임을 하며 세월을 죽이고 있다고 했다. 그   25
녀와 함께 하던 게임들을 생각했다. 우리는 다른 연인들처럼 극장에
도 가지 못했고, 공원을 거닐거나 동물원의 원숭이도 보지 못했다.
멋진 식당에서 밥을 먹지도 못했고 카페를 전전해보지도 못했다. 우
리가 함께한 일이라고는 함께 마법사들을 무찌르거나 서로 격투를
벌인 일뿐이었다. 배달된 중국 음식과 도시락, 찌개백반 따위가 우리   30

대동소이(大同小異): 큰 차이 없이 거의
같음.
소지(所持): 가지고 있는 일. 또는 그런
물건
천편일률(千篇一律): 여럿이 개별적 특
성이 없이 모두 비슷한 현상을 비유적으
로 이르는 말
바흐(Johann Sebastian Bach, 1685년
~1750년): 독일의 작곡가
너바나(Nirvana): 1986년에 결성된 미국
의 3인조 밴드(band)
호출기(呼出機): 신호로 상대편을 부르
는 데 사용되는 휴대용 수신기
홈쇼핑(home shopping): 구매자가 집에
서 텔레비전, 상품 안내서, 인터넷 따위
를 보고 상품을 골라 전화나 인터넷을 통
하여 사는 통신 판매 방식
업체(業體): 사업이나 기업의 주체
직배(直配): 생산자 또는 판매점으로부
터 직접 소비자에게 배급함.
선선히: 성질이나 태도가 쾌활하고 시원
스럽게.
전전(轉轉): 이리저리 옮겨 다님.
백반(白飯): 음식점에서 흰밥에 국과 몇
가지 반찬을 함께 파는 한 상의 음식

가 함께 먹은 모든 것들이었다. 나쁘지는 않았다. 회전 돌려차기를 할 때 그녀의 얼굴에는 득의만만한 웃음이 흐르곤 했었다. 마법사의 목을 자를 때엔 키보드를 두드리는 손에 힘을 너무 주는 바람에 키보드가 부서지는 줄 알았었다. 내게 어울리는 추억이란 그런 것들이었다.

손가락이 잘린 남자와 여자 사이에는 네 살 된 아들이 있다고 했다. 추운 나라의 언어를 전공했다는 것도 거짓말이라 했다. 아들은 뇌성마비를 앓고 있다 했다. 이혼한 지 이 년째라 했다. 나는 새로운, 하지만 별로 새롭지 않은 이야기를 많이 알게 되었다.

나는 남자의 말도, 여자의 말도 반쯤만 믿기로 했다. 남자는 여자를 위해 손가락을 잘랐을 것이다. 여자는 그 남자와 결혼했을 것이다. 추운 나라의 언어도 배웠을 것이다. 뇌성마비를 앓는 아이는 그 여자의 아이가 아닐 것이다. 둘은 이혼했을 것이다. 여자는 떠나고 싶었을 것이다. 아니 지금도 그럴 것이다.

남자가 다녀간 뒤 여자는 통신을 통해 편지를 보내왔다. 편지를 보다가 갑자기 그녀의 글씨체가 궁금해졌다. 언제나 깔끔하게 인쇄된 워드 프로세서로만 그녀의 글을 보아왔었기 때문이었다. 그녀도 궁금해했을까. 내 글씨체를.

우리, 다음 주에 떠나요. 열심히 준비하고 있어요. 테이프에 음악을 녹음하고 있거든요. 제가 좋아하는 곡들로만 가려서 말이에요. 러시아에 가면 카자흐 노래를 가르쳐드릴게요. 남자가 부르면 훨씬 멋지거든요.

그곳에 계속 계신다면 찾아갈게요. 이젠 정말로 떠나는 거예요.

그 남자가 당신에게 갔다는 거 알아요. 그 남자를 믿지 마세요.

나도 준비가 다 되어 있었다. 사무실은 빠졌고 보증금도 돌려받을 예정이다. 남은 집기를 모두 팔아치웠고 비행기도 예약해두었다. 하지만 그녀가 올 거라고는 생각하지 않는다. 그러면서도 나는 우연히 게임을, 또 게임을 하고 있다. 바람이 분다. 바람이 분다. 바람이 분

득의만만(得意滿滿): 뜻한 것을 이루어 뽐내는 기색이 가득함.
뇌성마비(腦性麻痺): 뇌가 손상되어 운동 기능이 마비된 상태
카자흐(Kazakh): 중앙아시아에 있는 공화국으로 '카자흐스탄(Kazakhstan)'의 줄인 말
집기(什器): 집 안이나 사무실에서 쓰는 온갖 기구

다. 빛도, 낮도, 밤도 없이 이 지하실에 바람이 분다. 바람이 분다. 게임을 한다. 게임을 한다. 게임이 한다. 게임을 한다. 그녀가 오지 않는다.

아무래도 나는 석 달 동안 새벽 신문을 돌릴 팔자는 아니었던 것 같다. 킬리만자로의 표범이 만년설이 쌓인 정상까지 기어올라가 죽은 까닭을 다시 생각한다. 아마도, 바람이 불어서였을 것이다. 마사이 초원에 바람이 불고 바람이 불고 바람이 불고 또 바람이 불어 표범은 무료했을 것이다. 사냥을 하고 사냥을 하고 사냥이 하고 사냥을 하다가 지루해졌을 것이다. 「캘리포니아」의 백인 남자가 나를 쏘아보고 있다. 내일이면 나는 떠난다. 떠난다. 떠난다. 떠날 수 있다. 그녀가 없어도 떠날 것이다. 그럴 수 있다. 게임 따위는 집어치울 것이다. 나는 컴퓨터가 깔아주는 카드를 순서대로 맞추어가면서 계속 되뇌고 있다. 카드들은 벌써 수십 번이나 질서정연하게 정리되었다.

사방이 꽉 막힌 이 지하실로 어디에서 이렇게도 바람이 불어오는 걸까. 바람이 분다. 바람이 분다. 바람이 분다. 한 여자를 기다리고 있다. 바람이 분다. 바람이 분다. 분다.

무료(無聊): 흥미 있는 일이 없어 심심하고 지루함.
만년설(萬年雪): 아주 추운 지방이나 높은 산 위에서 녹지 않고 항상 쌓여 있는 눈

‖ 작품의 이해와 감상

　김영하의 소설에는 컴퓨터 게임, 만화, 영화, 광고 등 대중문화의 여러 요소들이 널리 활용된다. 특히 그는 사이버시대의 유희적 상상을 통해 영상문화세대의 인간상과 삶의 방식을 소설 속에 담아내고자 하였다. 이 소설은 이러한 작가의 경향을 잘 보여주는 작품이다.

　소설의 주인공은 게임용 CD를 불법으로 복제해 파는 젊은 남자이며, 스스로도 말하고 있듯이 삶에 있어 '슬쩍 비켜 선' 인물이다. 삶에 대한 큰 기대 없이 생활하는 그는, 창이 없는 작은 지하 공간에서 현실과는 단절된 채 살아가고 있다. 작가는 이 같은 인물 설정을 통해 개인의 단절된 삶과 고립된 채 살아가는 현대인의 불가능한 소통의 문제를 보여준다.

　하지만 그런 '나'에게 다가온 묘한 분위기의 여인은 생의 변화와 욕망을 불러일으킨다. 이 변화는 평소보다 많은 CD를 복제하고, 보다 많이 팔기 위해 광고하는 모습으로 구체화된다. 이는 소설의 앞부분에서 킬리만자로를 등반하기 위해 석 달 동안 신문을 돌리던 '나'의 모습을 떠올리게 하는데, 그녀로 인해 '나'는 비로소 고립된 삶에서 벗어나 타인과 소통하는 삶을 살고자 하는 희망을 갖게 된 것이다. 그러나 그녀의 삶이 그랬던 것처럼 '나'의 희망은 끝내 실현되지 못한다. 이런 점에서 그녀가 보여주는 독특한 분위기는 삶에 있어서 주체가 되지 못하는 슬픔으로 그려진다. 결국 그들의 관계는 가상현실 속에서 유지될 뿐이며, 둘의 관계는 현실세계로 돌아오면 텅 빈 허상으로만 남게 된다. 작가는 속도감 있는 서사를 통해 이들의 단절감을 그려냄으로써 가상현실이 지배하는 현대적 삶의 우울한 세태를 그려내고 있다.

　개인의 고립과 소통의 부재는 1990년대 이후 한국문학의 주된 특징 가운데 하나이다. 이 소설은 이러한 현대사회의 일그러진 모습과 영혼의 상처를 무심한 듯 냉정한 시선으로 탐색하고 있다.

유희적(遊戲的): 즐겁게 놀며 장난하는 것
가상현실(假想現實): 현실이 아닌데도
실제처럼 생각하고 보이게 하는 현실

그렇습니까? 기린입니다

| 박민규

박민규는 냉정한 현실 세계에서 소외된 인간들이 겪는 비애를 발랄한 상상력으로 형상화하고 있는 작가이다. 그가 묘사하는 현실과 자본주의의 논리는 냉정하기 이를 데 없다. 그러나 그 속에서 살아가는 이들의 고민과 비애는 환상적 장면의 도입이나 풍자와 냉소를 통해 새롭게 그려진다. 「그렇습니까? 기린입니다」는 경제적 고통을 해결하기 위해 사회에 뛰어든 고등학생이 사회의 속성과 원리를 깨닫고 성장하는 과정을 그리고 있다.

박민규(朴玟奎, 1968년~현재)

소설가. 2003년 「지구영웅전설」로 『문학동네』 신인작가상을 받으며 작품 활동을 시작하였다. 대표작으로는 「지구영웅전설」, 「누런 강 배 한 척」 등이 있으며, 소설집으로는 『지구영웅전설』(2003), 『삼미 슈퍼스타즈의 마지막 팬클럽』(2003), 『카스테라』(2005), 『더블』 등이 있다.

‖ 줄거리

‘나’는 상업고등학교를 다니는 가난한 학생이다. 공부보다 놀기를 좋아하던 ‘나’는 아버지의 일터를 보고 난 후, 열악한 환경 속에서 터무니없게 낮은 보수를 받으면서도 참고 견디며 열심히 아르바이트를 해서 돈을 모은다. 하지만 거울에서 아버지의 ‘잿빛의 눈동자’를 발견한 ‘나’는, 아버지와 같은 삶에서 벗어나기 어렵다는 사실을 깨닫는다.

어느 날, 식당에서 일하던 어머니가 쓰러지자 ‘나’는 더 많은 돈을 벌기 위한 일을 찾아다닌다. 그러던 중, 아는 형의 소개로 전철역에서 푸시맨으로 일하게 된다. 이 일을 하면서 ‘나’는 일을 하는 요령을 터득하게 되고, 돈의 논리를 배우기도 한다. 하지만 실직한 아버지마저 가출을 하게 되자, ‘나’는 더욱 고단한 나날을 보낸다.

어느 날, 푸시맨으로 아르바이트를 하는 전철역 플랫폼(platform)에서 ‘나’는 아버지의 양복을 입은 기린을 본다. ‘나’는 기린에게 다가가 아버지가 나간 후의 집안 형편을 이야기하며 집으로 돌아오라고 말한다. 그러면서 ‘나’는 아버지가 맞는지 대답해 달라고 호소하지만, 기린은 ‘그렇습니까? 기린입니다’라고 대답할 뿐이다.

인용한 (1)은 처음 해 보는 아르바이트에 적응하는 ‘나’의 상황과 상념이 이어지는 대목이고, (2)는 기린에게서 아버지라는 대답을 듣고 싶어 하지만 끝내 듣지 못하는 소설의 마지막 장면이다.

상업고등학교(商業高等學校): 상업에 관한 지식과 기술을 전문적으로 교육하는 고등학교
푸시맨(pushman): 혼잡한 출퇴근 시간에 지하철역에서 승객들을 지하철 안으로 밀어 넣어 주는 사람을 비유적으로 이르는 말
플랫폼(platform): 역에서 기차를 타고 내리는 곳

(1) 지금 열차가 들어오고 있습니다

승객 여러분들은 안전선 밖으로 물러나 주서야겠지만, 그게 될 리가 없는 것이다. 승객들은 모두 전철을 타야 하고, 전철엔 이미 탈 자리가 없다. 타지 않으면, 늦는다. 신체의 안전선은 이곳이지만, 삶의 안전선을 전철 속이다. 당신이라면, 어떤 곳을 택하겠는가.

처음 열차가 들어오던 그 순간을 나는 잊을 수 없다. 그러니까 열차라기보다는, 공포스러울 정도의 거대한 동물이 파아, 하아. 플랫폼에 기어와 마치 구토물을 쏟아내듯 옆구리를 찢고 사람들을 토해냈다. 아아, 절로 신음이 새어나왔다. 뭔가 댐 같은 것이 무너지는 광경이었고, 눈과 귀와 코를 통해 머릿속 가득 구토물이 차오르는 느낌이었다. 야! 코치 형이 고함을 질러주지 않았으면, 나는 아마도 놈의 먹이가 되었을 테지. 정신이 들고 보니, 놈의 옆구리가 홍건히 고여 있던 구토물을 다시금 빨아들이고 있었다. 발전(發電)이라도 일어날 기세였다. 힘! 그때 코치 형이 고함을 질렀다. 해서, 엉겁결에—영차, 영차 무언가 물컹하거나 무언가 딱딱한 것들을 마구마구 밀어넣긴 했지만, 그것이 무엇이었는지는 지금도 기억나지 않는다. 아니, 어째 내 입으로 그것이 인류(人類)였다고 말할 수 있겠는가.

정신 차려. 열차가 출발하자 코치 형이 다가와 단단히 주의를 주었다. 네. 심호흡을 크게 했지만 다리가 떨리긴 마찬가지였다. 저 사람들을 사람이라고 생각하지 마. 화물이나, 뭐 그런 걸로 생각하란 말이야. 알겠니? 알겠지? 알겠지,에서 다시 열차가 들어왔으므로, 나는 새로이 전열을 가다듬었다. 파아, 하아. 의정부행이었던 두번째 열차는, 아마도 두배의 사람들이 쏟아져나오는 느낌이었다. 이건 마치, 전인류가 아닌가.

그렇게 한시간이 지나갔다. 정신을 차리고 보니 나는 안전선 밖의, 그러니까 '물러서 주시기 바랍니다' 정도의 지점에 주저앉아 있었

안전선(安全線): 전철의 플랫폼 따위에 승객의 안전을 위하여 그어 놓은 선
발전(發電): 전기를 일으킴.
엉겁결에: 자기도 미처 모르는 사이에 갑자기
전열(戰列): 전쟁에 참가하는 부대의 대열

다. 그리고 눈앞에는— 세개의 넥타이핀과 두개의 단추, 더불어 부러진 안경다리가 부상병의 목발처럼 뒹굴고 있었다. 뿔테였다. 인류의 분실물들을 수거하며, 나는 비로소 온몸이 땀으로 젖어 있다는 사실을 알게 되었다. 그러니까, 화성인들은 좋겠다. 참, 좋겠다.

(2) 그리고 그것이, 아버지의 마지막 모습이었다. 아버지는 회사에도 가지 않았고, 집으로도 오지 않았다. 말 그대로의, 실종. 경찰은 요즘 그런 사람들이 꽤 있다는 말로 나를 위로했지만, 그런 사람들이 꽤 있다고 해서 위로가 될 리 없었다. 그후의 기억은…… 잘 정리가 되지 않는다. 나는 아버지의 회사를 상대로 밀렸던 두달치 임금을 받아냈고, 이는 보통 힘든 일이 아니었고, 이런저런 서류를 마련해 할머니를 관인 '사랑의 집'에 보내고, 이 또한 정말 까다롭고 힘든 일이었으며, 경찰서와 병원을 꾸준히 오고, 가고, 또 여전히 일을 했다, 해야만 했다. 때로 새벽의 전철에 지친 몸을 실으면, 그래서 나는 — 어둠 속의 누군가에게 몸을 떠밀리는 기분이었다. 밀지 마, 그만 밀라니까. 왜 세상은 온통 '푸시'인가. 왜 세상엔 〈풀맨〉이 없는 것인가. 그리고 왜, 이 열차는

　삶은, 세상은, 언제나 흔들리는가. 그렇게

　흔들리던 겨울이 가고, 봄이 왔다. 봄은 금성인과 화성인이 모두 부러워할 만큼이나 근사한 계절이었다. 끝내 아버지는 돌아오지 않았지만, 대신 어머니의 의식이 기적처럼 돌아왔다. 의식이 돌아왔다는 사실보다도, 퇴원을 할 수 있다는 사실이 기뻐 나는 울었다. 글쎄 그 정도의 서러운 이유라면, 누구나 눈물이 나오지 않았을까? 이제 재활치료만 받으면 됩니다. 의사란 사람이, 그렇게 얘기했다. 재활치료만 받으면 되는 거겠지. 의사란 사람이, 그렇게 말했으니.

　그렇게 우리집은 다시금 숨을 트고 있었다. 아버지가 사라졌지만

화성인(火星人): 지구 밖 다른 행성인 화성에 사는 사람을 이르는 말로, 작품에서는 극심한 경쟁사회 속에 살지 않아도 되는 사람들로 주인공의 부러움의 대상이 됨.
관인(官認): 국가기관에서 인정함.
재활치료(再活治療): 신체의 장애나 기능의 저하를 낮게 하여 정상적인 상태로 되돌리는 의료행위

할머니란 짐을 덜게 된 까닭으로, 또 엄마가 스스로 자신의 병원비를 번 까닭으로— 그대로, 그렇게. 근처의 지붕에서 지켜본다면, 아마도 그것은 잔디의 작은 싹이 움을 튼 모습과 비슷한 광경이었을 것이다. 살아, 있다. 무사하진 않았지만, 그래도 유사한 산수를 할 수 있단 것은 얼마나 큰 삶의 축복인가. 사라지기 전에, 사라지기 전에 말이다.

봄이 얼마쯤 완연한 날이었을까. 일을 마친 나는 잠깐 역사의 벤치에서 졸다가— 깊고, 완연한 잠을 자버리고 말았다. 그리고 눈을 떴다. 목이 말랐다. 여느때처럼 미린다 한잔을 마시고 나자, 탄산수처럼 쏘는 느낌의 봄볕이 피부를 찔러왔다. 당연히 〈얼음 없음〉인 봄볕 속에는, 그래도 그만큼의 온기가 더 스며있었다. 아아, 마치 기지개처럼 나는 다릴 뻗고 고갤 젖혔다. 여전히 구름은 흘러가고 지구는 돌고, 그리고 다시 고개를 들었는데— 건너편 플랫폼의 지붕 부근에 떠 있는 이상한 얼굴 하나가 눈에 들어왔다. 저것은 설마

기린이 아닌가. 그것은 정말 한 마리의 기린이었다. 기린은 단정한 차림새의 양복을 입고, 플랫폼의 이곳저곳을 천천히 거닐고 있었다. 오전의 역사는 한가했고, 아무리 한가해도 그렇지— 사람들은 그럴 수도 있지 뭐,의 표정으로 그닥 신경을 쓰지 않는 눈치였다. 이거야 원, 누군가 한 사람은 긴장을 해야 하는 게 아닌가,란 생각으로 나는 기린을 예의, 주시했다. 끄덕끄덕 머리를 흔들며 걷던 기린이 코너 근처의 벤치 앞에서 멈춰섰다. 그리고, 앉았다. 그것은 그리고, 앉았다,라고 해야 할 만큼이나 분리되고, 모션이 큰 동작이었다. 이상하게도 그 순간, 나는 기린이 아버지란 생각을 했다. 이유는 알 수 없지만 그런 확신이 들었다. 나는 이미 통로를 뛰어가고 있었다. 사라지기 전에, 사라지기 전에.

다행히 기린은 꼼짝 않고 앉아 있었다. 주저주저 그 곁으로 다가간 나는, 주저주저 기린의 곁에 조심스레 앉았다. 막상 앉으니— 기린은

유사(類似): 서로 비슷함.
예의(銳意): 어떤 일을 잘하려고 단단히 준비한 마음

앉은 키가 엄청났고, 전체적으로 다소곳하고 무신경한 느낌이었다.
기린은 이쪽을 쳐다보지도 않는데, 나는 혼자 울고 있었다. 이상하
게도 자꾸만 눈물이 나오는 것이었다. 아버지…… 곧장 나는 가슴속
의 말을 꺼냈고, 기린의 무릎 위에 내 손을 올려놓았다. 떨리는 손바
닥을 통해, 손으로 밀어본 사람만이 기억하는 양복의 질감이 그대로   5
느껴져왔다. 구름의 그림자가 빠르게 지나갔다. 기린은 여전히 아무
반응이 없었다. 아버지, 아버지 맞죠?

　어떻게 된 거예요? 기린의 무릎을 흔들던 나는, 결국 반응을 포기
하고 이런저런 집안의 근황을 들려주었다. 할머니의 소식과 어머니   10
의 회복, 그리고 나는 부동산 일을 배울 수도 있다, 선배가 자꾸 함께
일을 하자고 한다. 자리가, 자리가 있다고 한다, 경제도 차차 좋아질
거라고 한다. 무디슨가 어디서 우리의 신용등급이 또 한 계단 올라
섰대요, 좋아졌어요. 그러니까 돌아오세요. 이제 걱정 안하셔도 된
다니까요. 구름의 그림자가 또 빠르게 지나갔다. 아버지, 그럼 한마   15
디만 해주세요, 네? 아버지 맞죠? 그것만 얘기해줘요.

　무관심한, 그러나 잿빛의 눈동자가 이윽고 물끄러미 나를 바라보
았다. 기린은 자신의 앞발을 내 손 위에 포개더니, 천천히, 이렇게 얘
기했다.   20
　그렇습니까? 기린입니다.

25

근황(近況): 요즈음의 상황
무디스(Moody's Corporation): 1909년에
미국에 설립된 국가와 기업의 신용을 평
가하는 회사
신용등급(信用等級): 전문적인 신용평가
기관이 금융기관이나 국가가 어느 정도
경제적 책임을 이행할 수 있는 능력이 있
는지를 평가하여 부여한 등급

30

‖ 작품의 이해와 감상

박민규는 독특한 발상, 파격적인 형식, 발랄한 상상력으로 2000년 대의 한국문학을 대표하는 젊은 작가 가운데 한 사람이다. 그의 소설은 현실의 부조리를 드러내면서도 사회에서 소외된 인생을 따스한 시선으로 통찰하는 힘을 보여준다.

이 소설은 1990년대 후반, 소위 IMF 구제 금융을 받게 된 당시의 한국사회를 배경으로 하고 있다. 주인공 '나'는 가정형편상 지하철 푸시맨으로 일하게 되는데, 여기서 '나'가 만나는 세상은 안전, 예의, 도덕이 무시되는 치열한 생존경쟁의 장이다. 작가는 주인공의 아버지를 통해 자기 몫을 감당하기 위해 발버둥치는 현대인의 불안과 고독을 보여준다. 또한 주인공 '나'가 이런저런 아르바이트 경험을 통해 고통스런 현실을 깨닫고 정신적으로 성장하는 과정을 보여준다. 그러나 작가는 이러한 현실을 연민어린 시선으로만 그려내지는 않는다. 현실의 고단함과 비참함이 묘사될 법한 상황이지만 작가의 신선한 비유와 경쾌한 상상력을 통해 현실의 벽을 넘어서고자 하는 새로운 가능성을 제시한다. 이 작품에서 '기린'의 출현은 낯설고 비현실적인 방식이지만 자본주의적 현실에 돌아올 뜻이 없음을 알리는 작가의 선언에 가깝다.

이 작품은 폐쇄적이고 냉정하며 계산을 강요하는 현실을 배경으로 하고 있다. 하지만 작가는 이러한 현실의 강요 속에서 순응하는 길을 택하지 않는다. 소설의 결말에서 작가는 아버지와 아들이 만나서 냉정한 현실을 받아들이는 감상적 방식을 택하지 않고, 대답을 유보함으로써 현실의 논리에 의문을 남기는 방식을 취한다. 이렇게 볼 때, 이 소설은 '나'가 현실의 냉정한 논리를 알아가는 과정을 기록한 성장기이기도 하지만, 좀처럼 사이가 좁혀지지 않는 한국사회의 빈부문제를 냉정하게 바라본 보고서이기도 한 셈이다.

IMF 관리체제

1997년에 한국은 외국과 거래할 때 사용하는 외화가 부족하여 경제적인 위기 상황을 맞았다. 이에 따라 한국정부는 1997년 말 '국제통화기금(IMF)'에 구제 금융을 신청하였고 IMF의 관리를 받게 되었다. 이 시기에는 문을 닫는 기업과 실직한 이들이 급증하였다. 한국은 구제 금융을 신청한 지 3년 8개월 만에 IMF 관리체제로부터 벗어났다.

부조리(不條理): 이치에 맞지 아니하거나 도리에 어긋남. 또는 그런 일
장(場): 어떤 일이 행하여지는 곳
양극화(兩極化): 서로 점점 더 달라지고 멀어짐.
유보(留保): 뒤로 미루어 하지 않음.
성장기(成長記): 성장하는 과정을 담은 기록

Modern Korean Literature

제 15 장 1990년대의 비평·희곡·수필

'리얼리즘'과 '모더니즘'의 회통

| 최원식

최원식은 근대성 담론과 동아시아 담론을 주도적으로 제기하며 활발한 비평 활동을 전개하고 있는 대표적인 한국문학 연구자이자 비평가이다. 이 글은 모더니즘과 리얼리즘으로 대립하고 있는 한국문학의 두 진영이 어떻게 생산적으로 소통할 수 있는가를 모색한 비평문이다.

최원식(崔元植, 1949년~현재)

평론가이자 국문학자. 1972년 《동아일보》 신춘문예에 「신성사와 세속사의 갈등」이 당선되면서 작품 활동을 시작하였다. 개화기문학 연구를 심화시켰으며 동아시아 담론과 근대성 논의를 주도적으로 이끌었다. 대표작으로는 「리얼리즘과 모더니즘의 회통」 등이 있으며, 평론집으로는 『민족문학의 논리』(1982), 『한국근대소설사론』(1987), 『생산적 대화를 위하여』(1997) 등이 있다.

부르주아민주주의(bourgeois民主主義)와 사회민주주의(社會民主主義)

부르주아민주주의는 자본주의사회에서 생산 수단을 소유하게 된 자본가들이 시민적 인권과 주권이 국민에게 있음을 주장하면서 형성된 제도로서, 시민적인 자유를 바탕으로 하여 정치참여의 기회를 확대하려는 자유민주주의를 말한다. 이에 반해 생산수단의 사회적 소유와 관리를 통한 사회의 개조를 민주주의적인 방법을 통해서 실현하려고 하는 주장 또는 운동을 사회민주주의라 한다.

회통(會通): 언뜻 보기에 서로 어긋나는 뜻이나 주장을 해석하여 조화롭게 함.
담론(談論): 어떤 주제에 대한 체계적인 말이나 글
진영(陣營): 서로 대립되는 세력의 어느 한쪽
함몰(陷沒): 어떤 사물이 아래로 꺼져 내려앉음. 또는 푹 빠져들어 헤어나지 못하게 됨.

(1) 우리는, 서양에서 중세 이후 시대를 지칭하는 모던(modern)을 근대와 현대로 혼용하여 사용해왔다. 이 혼용은 단순한 혼동만은 아니다. 자본주의가 발생·발전하면서 국민국가들을 형성해간 시기를 근대라고 보았다면, 국민국가의 억압성이 안팎으로 발현되면서 자본주의가 위기로 함몰한 20세기, 특히 제1차 세계대전의 발발(1914), 또는 그 와중에서 폭발한 러시아혁명의 성공(1917) 이후를 현대라고 불러왔다. 모던을 근대와 현대로 갈라보는 구분의식은 자본주의에 기반한 부르주아민주주의를 넘어서 사회민주주의 또는 사회주의를 우리 사회가 궁극적으로 지향할 모델로 간주하는 정치적 무의식에 기초하고 있다고 보아도 좋을 것이다. 이 무의식에 동의하지 않는 의견도 있을 수 있지만, 우리 사회에 우심한 반공콤플렉스에 드러나는 좌파에 대한 공포 자체가 (극)우파의 위기의식의 발로로 볼 수 있다는 점에 유의할 때, 근대에 대비되는 현대라는 용어의 일반성이 긍정적으로건 부정적으로건 널리 인정되었던 터이다.

그런데 근대/현대를 한국사에 적용하면, 이 두 시간대는 단순한 계기적 관계로 정렬되지 않는다. 그것은 무엇보다 우리가 내발적 힘에 의거하여 그대로 진입하지 못하고 외부의 강제에 의해 자본주의 세계체제에 편입된 사실(1876년 개항)에 말미암는다. 그 강제편입에도 불구하고 근대국가 건설에 성공했던 일본과 달리, 한국은 결국 후발 자본주의국 일본에 의해 1910년 식민지로 떨어짐으로써 상황은 더욱 복잡하게 꼬여들었던 것이다. 일본제국주의를 극복하고 근대국가를 건설하려는 문제는 얼핏 아주 명쾌한 근대적 과제처럼 보이지

만, 실상은 그렇지 않다. 시민계급의 성장 없이 식민지해방운동의 종국적 승리는 성취되기 어려울 것이다. 그런데 식민지에 있어서 시민계급의 성장은 독립을 위한 물적 토대의 확충이면서 동시에 식민지 지배체제에 대한 포섭의 강화를 한층 진전시키기도 한다는 데 고민이 있다. 러시아혁명은 이 고민을 해결할 '훌륭한' 대안으로 떠올랐다. 3·1운동 이후 한국사회에서 맑스주의 또는 레닌주의의 수용은 가히 열광적이었다. 1920년대 중반 이후 급속하게 발전한 식민지민중운동은 사회주의 운동으로 표현된 민족해방운동의 하나의 대표적 사례로서 근대적 과제와 현대적 과제의 비동시적 동시성을 시현하였다. 그리하여 20세기 초두의 한국사회는 운동의 압축성장을 거듭한 끝에 외관상, 근대/현대를 빠르게 따라잡은 듯이 보이기도 하였다. 그런데 식민지민중운동의 발전 또한 시민계급의 성장과 유사한 측면이 없지 않았다. 자본주의사회 안에서의 노동운동의 발전이 자본에 대한 타격인 동시에 자본에 대한 노동의 포섭을 강화하듯이, 식민지해방운동 또한 자본주의 세계체제에 대한 타격인 동시에 그 체제를 공고히하는 데 기여하기도 하는 것이다. 그리하여 대공황(1929) 이후 '사멸하는 자본주의'가 오히려 천황제 파시즘으로 부활한 1930년대에 들어서 사회주의적 현대론에 대한 환멸감이 휩쓸었다. 이 속에서 사회주의적 현대론을 대신하여, 자본주의 근대를 갱신한 자본주의적 현대가 새로운 담론으로 패를 잡게 되었으니, 이 또한 새로운 압축성장이었다.

이처럼 현존사회주의의 붕괴로 근대 또는 근대성(modernity)에 대한 더욱 근본적인 성찰이 행해지기 전, 한국에서 '현대'는 독특한 이데올로기적 함의(含意)를 내장한 용어로 사용되어왔다. 도식적 위험을 무릅쓰고 단순화한다면, 우리에게는 두 개의 '현대'가 있었으니, 좌파의 '현대'는 러시아혁명(1917) 이후를, 우파의 '현대'는 자본주의의 수정 또는 변모가 가속화했던 대공황(1929) 이후를 주로 지칭하였던 것이다. 전자에 있어서 러시아혁명이 '사멸하는 자본주의'를 넘어서 필연적으로 도래할 전세계적 규모의 사회주의 세상의 빛나는 선취(先取)라면, 후자에 있어서 대공황은 파국으로 함몰한 자본

동아시아론(東Asia論)

현실사회주의의 해체와 자본주의의 전지구적 팽창에 따른 문명사적 비판과 회의에서 출발하였으며, 1990년대 이후 한국, 중국, 일본을 중심으로 논의되기 시작하였다. 이 담론은 서구 중심적 자본주의 세계체제와 자국 중심주의적인 시각에 대한 비판의식을 가지고 새로운 문명적 대안으로서 동아시아라는 지역에 주목하였다. 특히 이 논의에서는 평화 유지와 상호 이해에 기반을 둔 동아시아 공동체를 적극적으로 모색하고 있다.

천황제 파시즘(天皇制 fascism)

천황제를 유지하면서 파시즘으로 전환한 일본의 파시즘체제로서, 천황에 대한 충성을 극대화함으로써 일본국민을 결속시키고 국민의식과 생활을 획일화하여 제국주의 침략을 가속화해 나간 국수적이고 권위적인 체제를 의미한다.

러시아혁명(Russia革命): 1917년 러시아에서 농민과 노동자를 중심으로 하여 일어난 사회주의 혁명을 이르는 말로, 이 혁명으로 인해 세계 최초로 사회주의국가가 세워짐.

우심하다(尤甚−−): 정도가 더욱 심하다.

발로(發露): 바탕에 깔려 있는 생각, 심리, 사상 따위가 겉으로 드러남.

계기적(契機的): 어떤 일이 일어나거나 바뀌게 되는 원인 또는 기회가 되는 것

내발적(內發的): 외부의 자극 없이 내부에서 자연히 일어나는 것

편입(編入): 이미 짜인 한 동아리나 대열 따위에 끼어 들어감.

종국(終局): 일의 마지막

포섭(包攝): 상대편을 자기편으로 끌어들임.

함의(含意): 말이나 글 속에 어떠한 의미가 담겨 있음.

선취(先取): 남보다 먼저 가짐.

주의가 위기를 먹이로 오히려 부활하는 가공할 생명력의 표상으로 떠올랐던 터이다. 그리하여 그들은 각자 이 시기의 '모던'을 '근대'와 구별하여 '근대 이후' 또는 '탈근대'라는 뉘앙스를 강하게 풍기는 '현대'로 표기하였던 것이다.

그리하여 두 개의 '현대'론에 입각하여 두 개의 '현대'문학론이 구성되었으니, 좌파에게 '현대'문학이 근대부르주아문학의 리얼리즘을 비판적으로 계승한 프롤레타리아문학의 사회주의 리얼리즘(또는 그 변형들)을 뜻한다면, 우파에게 '현대'문학은 근대부르주아문학의 리얼리즘을 해체한 모더니즘(또는 그 변형들)의 등장이 그 주요한 지표가 되었던 것이다. 신경향파의 등장을 획기로 '신문학사(新文學史)'를 근대편과 현대편으로 나눈 카프(KAPF) 출신의 백철(白鐵)이 전자에 속한다면, 1930년대 모더니즘의 등장을 강조하면서 아예 근대문학사를 '현대문학사'로 고쳐 부른 청년문학가협회 출신의 조연현(趙演鉉)은 후자의 맹장이다. 두 개의 현대와 두 개의 현대문학 사이에 드러나는 이 엄격한 상동성(相同性)은 한국사회에서 문학적 담론이 얼마나 정치투쟁과 직접적으로 맺어져 있는가를 단적으로 웅변하는 것이다.

(2) 서구에서 상륙한 이래 이 땅에서 벌어진 긴 이데올로기 투쟁과정에 얽히고 설킨 리얼리즘과 모더니즘은 제아무리 갈고 닦아도 구원의 가망이 없는 용어들인지도 모른다. 식민체제와 그 후계국가들이 종족적 차이와 전통을 창안하고 촉진하고 이용했듯이, 리얼리즘/모더니즘론에도 이러한 혐의가 없지 않다. 어떤 사물에 이름을 붙일 때, 그 이후 사물을 대신한 이름이 이름의 연쇄를 구성할 때, 이름은 사물로부터 미끄러져 사물의 소외가 깊어지기도 한다. 리얼리즘/모더니즘을 대칭적으로건 비대칭적으로건 차이 속에 정의하려는 노력을 통해 얻어진 리얼리즘과 모더니즘의 집단정체성은 상상된 또는 창안된 표지이기 쉽다. 실제의 작품들과 이 집단정체성을 조응할 때 그러한 의구심은 더욱 커지게 마련이다. 이미 지적했듯이 리얼리

카프(KAPF)
조선 프롤레타리아 예술가 동맹(Korea Proletarian Artist Federation)의 약칭으로, 1925년에 결성되었다가 1935년에 해체된 예술단체이다. 문학을 비롯한 연극, 음악, 미술 등 예술 분야에서 사회주의운동을 펼쳤다.

파국(破局): 어떤 일이나 상황이 잘못되어 완전히 깨어짐.
신경향파(新傾向派): 1920년대 초반에 한국 문단에 등장한 사회주의 경향의 문학 유파로, 이전의 문학 경향인 낭만주의, 자연주의 문학에 반발하여 일어남.
맹장(猛將): 용감하고 움직임이 빠른 장수
짜르체제(tsar體制): 군주가 국가를 다스리는 체제. '짜르(tsar)'는 러시아(Russia)에서 통치자를 이르던 말임.
화약고(火藥庫): 가벼운 자극에 의하여 폭발하는 물질인 화약을 저장해 두는 창고. 또는 전쟁이 터질 위험성이 있는 지역을 비유적으로 이르는 말
조응(照應): 둘 이상의 사물이나 현상 또는 말과 글의 앞뒤 따위가 서로 맞게 대응함.

즘과 모더니즘, 이 두 계열의 정전(正典)들은 정연하게 정렬되지 않는다. 두 계열은 시대를 따라 넘나든다. 마치 좌우파가 그러하듯. 기든스는 이른바 좌우파가 시대에 따라 변화무쌍한 상대적 개념이라는 전제 아래, 자유시장의 주창자들이 19세기에는 좌파였지만 지금에 와서는 우파를 대표하는 예를 드는데, 이는 우리의 경우도 마찬가지다. 비(非)좌파적이었던 30년대 모더니스트들이 해방 직후에는 대거 범(汎)좌파로 합류해 간 사정은 이미 주지하는 바이다. 물론 좌우파를 일거에 용도폐기하는 것도 문제지만, 교조적으로 그 차이를 견지하는 것은 말할 것도 없고 양자의 부분수정으로 문제가 시원스럽게 해결되는 것도 아니다.

　지금 중요한 것은 담론의 정립이라기보다는 담론의 형이상학화를 경계하는 비평정신의 회복을 통해서 담론으로부터 대상을 창안하기보다는 담론으로부터 대상으로 귀환하는 것이다. 이 점에서 리얼리즘/모더니즘의 창안된 정체성을 떠나 작품의 실상으로 직핍하면, 리얼리즘의 최량의 작품들은 통상적 리얼리즘을 넘어서는 순간 산출되었으며, 모더니즘의 최량의 작품들도 통상적인 모더니즘을 비월(飛越)하는 찰나에 생산되었다는 것에 다시금 주목할 필요가 있다. 다시 말하면 최고의 작품들이 생산되는 그 장소에서는 이미 '리얼리즘'과 '모더니즘'이 회통의 경지에 이른 것이다. 그런데 이 용어들을 선택하는 순간, 우리는 '리얼리즘'과 '모더니즘'의 이 끝없는 윤회의 사슬에서 근본적으로 벗어나기 어렵다. 이 때문에 진정한 리얼리즘이건 광의의 모더니즘이건, 어느 한 쪽에 의한 다른 한쪽의 흡수는 해결책이 되지 못한다. 그것이 가상일지라도 한번 생긴 것은 그 가상을 성립시킨 업(業)이 소멸하지 않는 한 쉽게 사라지지 않는다. 그래서 나는 양자의 회통을 위해 우선 작품으로 귀환할 필요가 절실하다고 판단한다. 물론 '작품으로의 귀환'이란 명제에서 가리키는 '작품'이란 작품을 형이상화함으로써 일종의 존재론적 오류로 빠져든 형식주의의 '작품 자체'와는 거의 관련이 없다. 이 귀환은 구체적인 또는 단독적 작품을 지향한다. 다시 말하면 비평담론 안에 갇힌 리얼리즘/모더니즘 논쟁을 창작측으로 방(放)하는 것이다. 리얼리즘 논

정전(正典): 위대하다고 인정되는 문학 작품이나 작가. 또는 그러한 문예 이론

기든스(Anthony Giddens, 1938년~현재): 영국의 사회학자로, 구조주의·민속방법론 등의 사회이론을 바탕으로 하여 현대 사회와 자본주의의 현상을 분석함.

주창자(主唱者): 주의나 사상을 앞장서서 주장하는 사람

교조적(敎條的): 사고방식이나 태도가 하나의 신념이나 원칙에만 집착하여 경직되어 있는 것

견지(堅持): 어떤 견해나 입장 따위를 굳게 지니거나 지킴.

직핍(直逼): 바싹 다가옴.

최량(最良): 가장 좋음.

비월(飛越): 무엇의 위를 날아서 넘음.

형식주의(形式主義): 사물의 내용보다는 겉으로 드러나는 격식이나 절차 따위를 중시하는 입장

방하다(放一一): 놓아주다.

쟁이건 모더니즘 논쟁이건 이들에 대한 창작가들의 무관심 또는 냉소를 감안할 때 이같은 전환이 절실하다고 아니할 수 없다. 특히 최근 들어서 창작과 비평이 마치 딴 나라인 양 갈라서게 된 데는 창작의 실제 지형을 제대로 돌아보지 않은 비평측의 책임도 크지만, 비평을 남의 일 보듯 하는 창작측의 관행에도 일말의 책임이 없지 않을 것이다. 모더니티란 말의 창안자인 보들레르는 일찍이 "모든 위대한 시인은 자연적으로 숙명적으로 비평가가 된다. 나는 본능에만 의존하는 시인을 측은하게 여긴다. 나는 시인을 최상의 비평가라고 생각한다"고 일갈하였다. 요즘 우리 문단에는 진정한 비평가이기를 포기하고 본능에만 의존하는 작가가 너무 많은 것이 아닐까? 지금이야말로 창작의 책무가 막중한 시점이라는 점을 다시 한번 환기하고 싶다. 김수영 이후 다시 '리얼리즘'과 '모더니즘'으로 나뉜 김수영상(像)의 회통을 실현하는 새로운 작품들의 출현을 대망한다. 더 나아가 김수영의 재영토화가 현실과 환상을 넘나드는 동아시아 고전문학의 전통을 민중적 관점에서 해체, 재발견, 쇄신하는 한국발(發) 대안의 모색으로 들어올려진다면 금상첨화겠다. 바로 이 경지에 도달할 때 우리 문학은 김수영을 진정으로 극복했다고 이야기할 수 있기 때문이다.

요컨대 리얼리즘과 모더니즘의 대립은 현재 우리가 직면하고 있는 근대자본주의를 어떻게 살아내는가, 이 문제로 수렴된다. 한국사회에서 근대는 여전히 성취되어야 할 그 무엇이며 동시에 극복되지 않으면 우리의 생활세계 전체가 파국을 면치 못할 그 무엇이기도 하다. 근대의 이중성에 어떻게 직면할 것인가? '리얼리즘'과 '모더니즘'의 회통은 이중과제의 해결을 향해 나아갈 내 미숙한 정신의 일차적 거처다. 이 거처를 바탕으로 낡은 사회주의의 붕괴와 브레이크 없는 자본의 질주를 가로질러 창조적인 우리식 어법을 탐색하는 것이야말로 1989년의 의미를 되새기는 긴 여로의 첫걸음일 것이다.

측은(惻隱): 처한 상황 따위가 슬프고 안타까워 불쌍함.
대망(待望): 기다리고 바람.
쇄신(刷新): 나쁜 폐단이나 오래된 것을 버리고 새롭게 함.
금상첨화(錦上添花): 비단 위에 꽃을 더한다는 뜻으로, 좋은 일 위에 또 좋은 일이 더해짐을 비유적으로 이르는 말

‖ 작품의 이해와 감상

이 글은 최원식이 1999년에 발표한 비평으로, 필자는 그 동안 한국문학에서 대립적으로 인식되어 온 모더니즘과 리얼리즘의 회통을 주장한다. 이러한 필자의 주장은 1990년대의 한국문학이 1980년대의 리얼리즘적 경향에서 탈피하여 모더니즘적 경향을 보였지만 작품의 성과가 높지 않았다는 비판과 반성에서 비롯하였다. 이 글을 통해 최원식은 1990년대 문학을 비판적으로 인식하며, 훌륭한 작품은 모더니즘과 리얼리즘이 회통하는 경지에 있다고 보고 한국문학의 반성을 촉구한다.

필자는 먼저 (1)에서 '현대'와 '현대문학'의 개념을 역사적으로 설명한다. 그리고 한국에서는 좌파가 리얼리즘을, 우파가 모더니즘을 독점하면서 문학이 정치투쟁의 장이 되었다고 보고 있다. 이어서 필자는 (2)에서 실제로 이 두 계열은 대립적인 것이 아니었으며, 시대에 따라 두 계열이 서로 넘나들기도 하였다고 강조한다. 결론적으로 필자는 현시점에서 비평이 할 일은 대립적인 담론의 정립이 아니라 작품의 실상을 살피는 일이라고 주장한다.

최원식은 한국의 대표적인 잡지인 『창작과비평』 편집위원으로 활동하면서 근대를 어떻게 인식하고 극복할 것인가에 관한 논의를 지속적으로 전개해 왔는데, 이 글은 한국문학에서 근대 극복의 문제에 대한 하나의 해결방안을 제시한 것으로 평가할 수 있다.

『창작과비평』: 1966년에 창간되었으나 1980년에 신군부에 의해 강제로 폐간되었으며, 1988년에 복간되어 현재까지 발행되고 있음. 진보적인 경향을 보이며 해방 이후 한국문학과 한국의 지성계에 많은 영향을 끼친 대표적인 잡지임.

그것은 목탁구멍 속의 작은 어둠이었습니다 | 이만희

1990년대 이후 한국의 대표적인 희곡작가로 활동하고 있는 이만희는, 철학적인 실존의 문제를 탁월한 언어감각으로 풀어내는 작가로 평가된다. 이 작품은 주인공이 인간적 번뇌에서 벗어나 깨달음에 이르는 구도의 과정을 그리고 있다.

이만희(李萬喜, 1954년~현재)

극작가. 1979년 《동아일보》에 「영원히 지워지지 않는 미이라 속의 시체들」이 당선되면서 작품 활동을 시작하였다. 대표작으로는 「그것은 목탁구멍 속의 작은 어둠이었습니다」, 「피고지고 피고지고」, 「불 좀 꺼주세요」 등이 있으며, 작품집으로는 『이만희 희곡집 1』(1998), 『이만희 희곡집 2』(1998) 등이 있다.

목탁(木鐸): 승려가 부처 앞에서 향, 등, 꽃, 음식 따위를 바치고 기원하는 불공을 할 때나 사람들을 모이게 할 때 두드려 소리를 내는 기구
구도(求道): 진리나 종교적인 깨달음을 상태를 구함.
겁탈(劫奪): 상대방을 때리거나 협박하여 반항하지 못하게 하고 강제로 성관계를 맺음. '강간(强姦)'과 비슷한 말
출가(出家): 종교적 수행을 위해 집을 떠남.
법명(法名): 승려가 된 사람에게 지어주는 이름
불상(佛像): 부처의 형상을 표현한 조각이나 그림
망령(亡靈): 죽은 사람의 영혼. 또는 현재까지 남아 있는 혐오스러운 과거를 비유적으로 이르는 말
정사(情事): 남녀 사이에 벌이는 육체적인 사랑의 행위
석고(石膏): 시멘트, 벽돌 등의 건축 재료나 조각 등에 사용하는 광물

‖ 줄거리

미대교수이자 조각가로 행복한 가정을 꾸리고 살아가던 김명석은 아내가 깡패들에게 겁탈당하는 것을 지켜본 후 출가하여 '도법'이라는 법명을 가진 승려가 된다. 몇 년을 성실하게 수행하던 그는 봉국사의 불상을 조각하라는 큰스님의 명을 받고 삼년 동안 불상을 조각한다. 하지만 불상이 거의 완성될 무렵 도법 앞에 망령이 나타나 불상을 부숴 버린다. 망령은 아내를 불러내어 도법 앞에서 정사를 벌이며 도법의 아픈 기억을 환기시킨다. 분노를 이기지 못한 도법은 조각칼을 들고 망령에게 달려드나 결국 자신의 눈을 찌르고 만다. 망령에게 석고를 입혀 불상을 완성한 후, 도법은 절벽에 가서 몸을 던져 죽음을 맞이한다.

(1)

늙은 모습의 탄성스님이 의자에 앉아있다.

한정된 톱라이트.

잠시 뒤 희미한 조명이 허공을 비추면 천정에서 도법스님이 탄 그네가 스르륵 내려
와 바닥과 천정의 중간쯤에 놓이게 된다.

사자(死者)의 모습인 도법스님.

눈두덩이엔 피가 흥건하다.

탁자에는 조각에 필요한 소도구가 가지런히 놓여 있고 두개의 찻잔이 놓여 있다.

탄성, 조각칼(헤라)을 만지작거리면서 이따금씩 도법을 힐끔 쳐다본다.

다시 침묵이 계속된다.

그들 뒤에는 흉칙하고 일그러진 불상이 있다.

탄성 (쉰 목소리로) 왔나? 어떤가?

도법 그냥 그래.

탄성 내려와서 차 한잔 하지 그래. 이승의 물맛이 그립지 않나?

도법 아니 됐네.

탄성 나이를 먹으니까 참선하다가도 졸고 횡보하다가도 졸고 그래.

도법 기력이 쇠잔해서일 거야.

탄성 그럴 짬도 없는데 그러니까 문제지. 늙으면 그저 죽어야 되나
부이. 나도 자네 곁으로나 갈까?

도법 아직 일러.

(2)

도법 (그네가 바닥에 닿을 듯 내려온다. 그네에서 내려 탄성에게 다가간다.) 오
늘따라 말이 많군.

탄성 그렇지? 오늘은 특별한 날이거든…. 나도 자네처럼 이런 저런
상념들을 저 어둠에게 맡겨두고 어디론가 가게 되겠지. 이젠
별 것 아닌 선행으로 죽음의 위안을 삼던 나이도 지났어. 명예
나 금전에 빠져 죽음 자체를 잊어본 적도 없는 반쪽 수행자이
기도 하고. 그저 먹물 옷을 입다보니 폭행이나 강도 강간 같은

사자(死者): 죽은 사람
참선(參禪): 불교에서 스스로 도를 닦음
을 이라는 말.
횡보(橫步): 모로 걸음.
쇠잔(衰殘): 기운이 점점 약해짐.
상념(想念): 마음속에 품고 있는 여러 가
지 생각
수행자(修行者): 부처의 가르침을 실천
하고 불도를 닦는 사람

큰 죄만은 면할 수 있었다는 자족이 있을 뿐일세.

도법 아니야. 인간은 본래 완성자일세. 완성자임을 모르는 데서 무
지가 싹트지.

탄성 (손으로 허공을 가리키며) 저것이 태양이다 했을 때 무엇이 있던가.
태양은 없고 가리킨 내 손만 허공에 있지 않은가. 내가 그 꼴일세. 5

도법 자네가 허공을 잡았다고 했을 때 허공이란 다만 이름만 있을
뿐 모양이 없으니 잡을 수도 없고 버릴 수도 없는 것, 이와 같
이 자네의 마음 밖에서 그 무엇을 찾는다는 것은 있을 수 없는
일이야.

탄성 어둠 속에서는 나무는 있어도 그림자는 없다 이 말인가? 10

도법 스스로 말함이 없어야 저절로 입에서 연꽃이 필 것일세.

탄성 그러니까 자넨 나무요 난 그림자다?

도법 (엷은 미소)

탄성 으스대지 말어. (만지작거리던 혜라로 두눈을 찌르는 시늉을 하며 빈정
대듯) 이랬었나? 다시 한번 해보지 그래. 자넨 숱한 의문을 남긴 15
채, 하룻밤 뚝딱 희한한 부처를 하나 만들어놓고는 두눈을 찌
르고 서전교 교각에서 몸을 던져 죽고 말았어. 그게 도대체 지
금 나한테 무슨 상관이냐고 묻고 싶겠지… 바위틈에 끼어 있
던 자네의 시신을 들어내며, 그리고 피로 물들었던 자네의 작
업실 이 서전을 치우면서, 언젠가는 자네의 죽음도 정리되어야 20
한다고 마음먹었지.

도법 탄성당. 무상참회(無常懺悔)일세. 난 당시 지나간 허물은 뉘우칠
줄 알면서도 앞으로 있을 허물은 조심할 줄 몰랐어.

탄성 그 참회하는 마음으로 두눈을 후벼파고 용감하게 자폭했다는
얘기 같군. 25

도법 (미소만 지을 뿐)

탄성 어떤 똘중들은 이런 말을 하대. 파계는 개안(開眼)이라고. (힘을
주며) 팔정도(八正道) 중 으뜸은 아직도 정견(正見)이라! 바르게
보아야. 부처의 면상이 보잘 것 없다고 해서 눈알을 찌르고
구도(求道)를 쫑(終)낸다는 것은 어쩐지 청정비구로서 떳떳치 30

으스대다: 어울리지 아니하게 우쭐거리
며 뽐내다.

희한하다(稀罕——): 보기에 매우 드물
거나 신기하다.

교각(橋閣): 공중에 높이 걸려 있는 다리

서전(西殿): 절에서 서쪽에 위치한 건물

무상참회(無常懺悔): 아무 보람도 없이
헛되게 했던 반성

똘중: 여기저기 떠돌아다니면서 중(승
려)의 행세를 하고 다니는 가짜 중을 얕
잡아 이르는 말

파계(破戒): 불교에서 승려가 지켜야 하
는 규범을 어기는 일

개안(開眼): 사물 또는 진리에 대하여 깨
닫거나 새로운 의식을 갖는 것을 비유적
으로 이르는 말

팔정도(八正道): 모든 괴로움과 얽매임
에서 벗어나고 진리를 깨닫도록 이끄는
수행의 올바른 여덟 가지 길

정견(正見): 불교를 수행하는 방법(팔정
도)의 한 가지로, 모든 편견을 버리고 세
계의 참모습을 바르게 판단하는 지혜를
말함.

구도(求道): 진리나 종교적 깨달음을 구함.

쫑: '끝'의 속된 말

청정비구(淸淨比丘): 승려로서 지켜야
할 규율을 잘 지킨, 마음이 깨끗한 남자
승려

못한 행동 같지 않던가?

도법 그렇게 묻는 자네의 마음이 바로 내 마음일세.

탄성 그렇다면 자네 세상은 아직도 암흑인가?

도법 때론 광명도 있지.

탄성 그래 그것을 보아야지.

도법 자네도 잘 보라구.

탄성 뭘?

도법 자네 마음속에도 있으니까.

탄성 후후후. 나이가 듦에 인생살이가 허망터니 요즈음 들은 얘기
중 가장 그럴 듯한군.

도법 가장 흔한 얘기지.

탄성 그래 맞아. 흔한 얘기지. 그 흔하고 흔해 빠진 얘기 속에 뭔가
답이 있을 텐데 까먹고 잊어먹고, 잊어먹고 까먹고 늘 그 모양
일세. 이건 우문(愚問)이네마는… 왜 죽었나?

도법 (손가락으로 동그라미를 만들어 보이며) 옛 부처 나기 전에 의젓한 동
그라미, 석가도 알지 못한다 했는데 어찌 그 제자인 가섭이 전
할손고.

탄성 (무릎을 치며) 옳고 옳고. (고개를 끄덕이며) 역시 어리석을 질문이
었어. 나도 이젠 이런 짓거리에 신물이 나. 말도 안 되는 것을
말로 묻고 말로 대답하고. 허지만 궁금했거든? 자네 평생 화두
(話頭)만 해도 그래. "어떤 사람이 잠자다 일어나 거울을 들어
다보니 얼굴이 없어졌다. 왜 없어진 것일까? 얼굴이 어디로 간
것일까?" 그때마다 난 이렇게 결론을 내렸지. 거울을 뒤집어
뒷면으로 본 거라고. 단순한 생각이었어. 난 항상 단순한 것을
좋아했으니까. 그러나 화두란 듣고 배우고 끝없고 의심하는
거라고 하던가? 의심에 의심이 끊이질 않더군.

도법 인간은 태어날 때부터 완성자라네.

탄성 그럼 자네는 완성자로 죽은 건가?

도법 아닐세.

탄성 그럼 역시 사기꾼으로 죽은 게구먼.

화두(話頭)

불교에서 행해진 부처님과 스님들의 말
씀이나 행동, 또는 문답을 가리키며, 수
행하는 과정에서 본질에 대한 의구심을
이끌어내기 위한 질문을 말한다. 일반적
으로는 이야기가 시작되는 처음의 주제,
화제가 되고 있는 유명한 이야기(issue)
라는 뜻으로도 널리 사용된다.

허망(虛妄): 보람이 없고 허무함.
우문(愚問): 어리석은 질문
가섭(迦葉): 석가모니의 제자 가운데 한
사람
무방하다(無妨――): 거리낄 것이 없이
괜찮다.

도법 그럴지도 모르지.

탄성 그래. 그게 무방할 거야. 난 자네의 기이한 죽음을, 완벽한 불상을 만들 수 없다는 한계성으로 마감했었지. 그게 가장 쉽고도 고상한 결론이었으니까. 그런데 해가 바뀔수록 엉망진창이 돼버렸어. 이봐 도법당.

도법 ?

탄성 (흉칙한 불상을 가리키며) 어디서 저런 엉터리 발상을 하게 됐나?

도법 후후후.

탄성 내가 말한 쉬운 부처였나, 아니면 자네가 말하던 망령이었나?

도법 내 불안의 그림자였지.

탄성 그 불안의 그림자가 바로 망령으로 나타났다?

도법 그렇지.

탄성 하면 망령이란 자네의 고통만을 긁어모은 분신일 수도 있고?

도법 (고개를 끄덕인다.)

망령(亡靈): 죽은 사람의 영혼. 또는 현재까지 남아 있는 혐오스러운 과거를 비유적으로 이르는 말

‖ 작품의 이해와 감상

이 작품은 이만희가 1990년에 창작희곡으로 무대에 올려 많은 이
들의 사랑을 받았다. 이 희곡은 총 10장으로 구성되어 있으며, 주인
공인 '도법' 스님이 세속적인 번뇌에서 벗어나 구원에 이르는 과정을
그린 종교극이다. 하지만 이 작품은 엄숙한 종교적 성향을 보이기보
다는 예술적인 미의 완성과 종교적인 해탈을 서로 연관시켜 인간적
인 고뇌와 갈등을 그려냄으로써 대중적인 흥미를 자극하고 있다.

이 희곡의 무대는 깊은 산중에 있는 사찰이다. 불상을 조각하는 승
려 '도법'과 그의 동료이면서 '도법'과 대립하는 승려 '탄성'의 철학
적인 대화가 중심이 되면서 극은 진행된다. 하지만 이 극의 주된 갈
등은 '도법'과 '망령' 사이에서 벌어진다. 불상을 조각하는 '도법'에
게 나타나는 '망령'은, '도법'이 속세에서 사용하던 이름을 그대로
가지고 있으며 그에 대해 모든 것을 알고 있다. 그러면서 '도법'이
만드는 불상에 대해 불만을 제시하는데, 여기에서 '망령'은 '도법'의
번뇌이자 불안의식을 상징하는 인물로, 결국 '도법'의 분신이라 할
수 있다. 이 둘의 갈등은 '도법'이 스스로의 눈을 찌르게 됨에 따라
파국을 맞이한다.

여기에서 '눈'은 인간이 가지고 있는 인식의 한계를 상징하며, 아
름다움과 추함, 선과 악 등으로 나누는 분별심을 의미한다. 따라서
'도법'이 자신의 눈을 찌르는 행위는, '도법'이 인간적 한계에서 벗어
나는 것을 뜻한다. 깡패들에게 아내가 강간당하는 모습을 지켜만 보
아야 했던 고통스러운 기억을 떨쳐버리기 위해 승려가 된 '도법'은,
자신의 번뇌가 한낱 허깨비에 불과하다는 것을 깨닫고 '망령'에 석
고를 부어 불상을 완성한다. 이는 번뇌(망령)와 깨달음(불상)이 결국
은 하나라는 인식을 보여주는 것이기도 하다. 즉 주인공을 괴롭히던
번뇌는 목탁구멍 속의 작은 어둠에 지나지 않는 것이었다. 이러한 결
말은 모든 것은 인간의 마음에 달려 있다는 불교의 '일체유심조(一切
唯心造)'사상을 표현한 것으로 볼 수 있다. 이처럼 진지한 주제의식을
담고 있는 이 작품은 불교사상에 대한 깊은 이해를 자연스럽게 대화
에 녹여내고 있으며, 극중극의 형식을 도입하여 흥미를 더해준다.

일체유심조사상(一切唯心造思想)
모든 것을 오로지 마음이 지어내는 것으
로 보는 불교사상이다. 이는 불교의 주
요 경전 중의 하나인 『화엄경(華嚴經)』
의 중심 사상으로서, 일체의 것은 그것을
인식하는 마음의 나타남이고, 존재의 본
질은 오직 마음이 지어내는 것일 뿐이라
는 뜻을 갖고 있다.

세속적(世俗的): 세상의 일반적인 풍습
에 속하는 것
번뇌(煩惱): 마음이나 몸을 괴롭히는 욕
망이나 분노 따위의 허황된 생각을 이르
는 말
해탈(解脫): 구속이나 괴로움 등에서 벗
어나 근심이 없는 편안한 경지에 도달함.
사찰(寺刹): 승려가 불상을 모시며 불도
를 닦는 집
속세(俗世): 불교에서 일반 사회를 이르
는 말
허깨비: 기운이 없어 눈앞에 있지 않은
것이 있는 것처럼 보이는 것
분신(分身): 부처가 교화를 위하여 여러
가지 몸으로 나타남. 또는 그 몸.
극중극(劇中劇): 연극 속에서 이루어지
는 또 하나의 연극

당신이 나무를 더 사랑하는 까닭

| 신영복

신영복은 인간성이 상실되고 물질문명에 탐닉하는 한국사회를 비판적으로 성찰하며, 인간에 대한 깊은 이해를 통해 이러한 현실을 극복하려는 교훈적인 글을 발표하였다. 이 글은 상품미학에 빠져버린 오늘의 세태를 비판하며 소나무를 통해 물질이 아니라 정신을 지키며 살아가는 사람을 예찬하고 있다.

신영복(申榮福, 1941년~현재)

저술가이자 학자. 1968년 통일혁명당 사건으로 구속되어 20년 간을 감옥에서 지냈으며, 1988년에 출소한 후 활발한 저술 활동을 하였다. 대표적인 저서로는 『감옥으로부터의 사색』(1988), 『나무야 나무야』(1996), 『더불어 숲』(1998), 『강의』(2004) 등이 있다.

탐닉(耽溺): 어떤 일을 매우 즐겨서 온통 마음이 그 일에 쏠림.
상품미학(商品美學): 상품의 미적 장식과 이러한 장식의 심리학적 작용 및 소비자들과 목표한 바의 경제적 결과를 향한 모든 기술이나 이론
풍상(風霜): 바람과 서리를 아울러 뜻하는 말로, 모질게 겪은 세상의 고생이나 고통을 비유적으로 이르는 말
경이(驚異): 놀랄 만큼 신기하게 여길 만한 일
복원(復元): 원래 상태로 되돌림.
변변하다: 제대로 갖추어져 꽤 충분하거나 쓸 만하다.
궁제(宮制): 궁궐의 배치에 관한 제도

오늘은 당신이 가르쳐준 태백산맥 속의 소광리 소나무숲에서 이 엽서를 띄웁니다. 아침 햇살에 빛나는 소나무숲에 들어서니 당신이 사람보다 나무를 더 사랑하는 까닭을 알 것 같습니다. 200년 300년, 더러는 500년의 풍상을 겪은 소나무들이 골짜기에 가득합니다. 그 긴 세월을 온전히 바위 위에서 버티어온 것에 이르러서는 차라리 경이였습니다. 바쁘게 뛰어다니는 우리들과는 달리 오직 '신발 한 켤레의 토지'에 서서 이처럼 우람할 수 있다는 것이 충격이고 경이였습니다. 생각하면 소나무보다 훨씬 더 많은 것을 소비하면서 무엇 하나 변변히 이루어내지 못하고 있는 나에게 소광리의 솔숲은 마치 회초리를 들고 기다리는 엄한 스승 같았습니다.

어젯밤 별 한 개 쳐다볼 때마다 100원씩 내라던 당신의 말이 생각납니다. 오늘은 소나무 한 그루 만져볼 때마다 돈을 내야겠지요. 사실 서울에서는 그보다 못한 것을 그보다 비싼 값을 치르며 살아가고 있다는 생각이 듭니다. 언젠가 경복궁 복원공사현장에 가 본 적이 있습니다. 일제가 파괴하고 변형시킨 조선 정궁의 기본 궁제를 되찾는 일이 당연하다고 생각하였습니다. 그러나 막상 오늘 이곳 소광리 소나무 숲에 와서는 그러한 생각을 반성하게 됩니다. 경복궁의 복원에 소요되는 나무가 원목으로 200만 재, 11톤 트럭으로 500대라는 엄청난 양이라고 합니다. 소나무가 없어져가고 있는 지금에 와서도 기어이 소나무로 복원한다는 것이 무리한 고집이라고 생각됩니다. 수많은 소나무들이 베어져 눕혀진 광경이라니 감히 상상할 수가 없습

니다. 그것은 이를테면 고난에 찬 몇 백만 년의 세월을 잘라내는 것이나 마찬가지입니다.

우리가 생각 없이 잘라내고 있는 것이 어찌 소나무만이겠습니까. 없어도 되는 물건을 만들기 위하여 없어서는 안될 것들을 마구 잘라내고 있는가 하면 아예 사람을 잘라내는 일마저 서슴지 않는 것이 우리의 현실이기 때문입니다. 우리가 살고 있는 이 지구 위의 유일한 생산자는 식물이라던 당신의 말이 생각납니다. 동물은 완벽한 소비자입니다. 그 중에서도 최대의 소비자가 바로 사람입니다. 사람들의 생산이란 고작 식물들이 만들어 놓은 것이나 땅 속에 묻힌 것을 파내어 소비하는 것에 지나지 않습니다. 쌀로 밥을 짓는 일을 두고 밥의 생산이라고 할 수 없는 것이나 마찬가지입니다. 생산의 주체가 아니라 소비의 주체이며 급기야는 소비의 객체로 전락되고 있는 것이 바로 사람입니다. 자연을 오로지 생산의 요소로 규정하는 경제학의 폭력성이 이 소광리에서만큼 분명하게 부각되는 곳이 달리 없을 듯합니다.

산판일을 하는 사람들은 큰 나무를 베어낸 그루터기에 올라서지 않는 것이 불문율로 되어 있다고 합니다. 잘린 부분에서 올라오는 나무의 노기가 사람을 해치기 때문입니다. 어찌 노하는 것이 소나무뿐이겠습니까. 온 산천의 아우성이 들리는 듯합니다. 당신의 말처럼 소나무는 우리의 삶과 가장 가까운 자리에서 우리와 함께 풍상을 겪어온 혈육 같은 나무입니다. 사람이 태어나면 금줄에 솔가지를 꽂아 부정을 물리고 사람이 죽으면 소나무 관 속에 누워 솔밭에 묻히는 것이 우리의 일생이라 하였습니다. 그리고 그 무덤 속의 한을 달래주는 것이 바로 은은한 솔바람입니다. 솔바람뿐만이 아니라 솔빛·솔향 등 어느 것 하나 우리의 정서 깊숙이 들어와 있지 않는 것이 없습니다. 더구나 소나무는 고절(高節)의 상징으로 우리의 정신을 지탱하는 기둥이 되고 있습니다. 금강송의 곧은 둥치에서뿐만 아니라 암석지의 굽고 뒤틀린 나무에서도 우리는 곧은 지조를 읽어낼 줄 압니

금줄

예로부터 부정(不淨)을 막기 위하여 문이나 신성한 대상물에 가로질러 매는 새끼줄을 가리킨다. 새끼줄은 볏짚 두 가닥을 성인 남자의 새끼손가락 정도의 굵기로 꼬아서 만들며 여기에 숯덩이, 고추, 생솔가지 등을 꽂아서 금줄을 만든다. 한국의 전통사회에서는 아이를 낳으면 대문에다 금줄을 쳤는데, 대문의 한쪽 기둥에서 다른 쪽 기둥에 성인의 키 정도의 높이로 금줄을 치면 마을 사람들이 그 집에 출입하는 것을 삼갔다. 남자아이의 경우에는 숯덩이와 빨간 고추를, 여자아이의 경우에는 작은 생솔가지와 숯덩이를 금줄에 꽂는다.

객체(客體): 작용의 대상이 되는 쪽
산판일(山坂—): 산에서 나무를 베는 따위의 일
그루터기: 풀이나 나무 따위의 아랫부분을 자르고 남은 부분
불문율(不文律): 문서의 형식을 갖추지는 않았으나 관습적으로 지켜지는 법칙
노기(怒氣): 화가 난 얼굴빛
풍상(風霜): 바람과 서리를 아울러 이르는 말로, 세상의 어려움과 고생을 비유적으로 이르는 말
한(恨): 몹시 원망스럽고 억울하거나 안타깝고 슬퍼 응어리진 마음
고절(高節): 생각이나 뜻을 굽히지 않고 굳게 지키는 태도
금강송(金剛松): 질 좋은 소나무
둥치: 큰 나무의 뿌리에 가까운 부분

다. 오늘날의 상품미학과는 전혀 다른 미학을 우리는 일찍부터 가꾸어놓고 있었습니다.

나는 문득 당신이 진정 사랑하는 것이 소나무가 아니라 소나무 같은 '사람'이라는 생각이 들었습니다. 메마른 땅을 지키고 있는 수많은 사람들이란 생각이 들었습니다. 문득 지금쯤 서울거리의 자동차 속에 앉아 있을 당신을 생각했습니다. 그리고 외딴 섬에 갇혀 목말라 하는 남산의 소나무들을 생각했습니다. 남산의 소나무가 이제는 더 이상 살아남기를 포기하고 자손들이나 기르겠다는 체념으로 무수한 솔방울을 달고 있다는 당신의 이야기는 우리를 슬프게 합니다. 더구나 그 솔방울들이 싹을 키울 땅마저 황폐해버렸다는 사실이 우리를 더욱 암담하게 합니다. 그러나 그보다 더 무서운 것이 아카시아와 활엽수의 침습이라니 놀라지 않을 수 없습니다. 척박한 땅을 겨우겨우 가꾸어놓으면 이내 다른 경쟁수들이 쳐들어와 소나무를 몰아내고 만다는 것입니다. 무한경쟁의 비정한 논리가 뻗어오지 않는 곳이 없습니다.

나는 마치 꾸중을 듣고 집 나오는 아이처럼 산을 나왔습니다. 솔방울 한 개를 주워들고 내려오면서 생각하였습니다. 거인에게 잡아먹힌 소년이 솔방울을 손에 쥐고 있었기 때문에 다시 소생했다는 신화를 생각하였습니다. 당신이 나무를 사랑한다면 솔방울도 사랑해야 합니다. 무수한 솔방울의 끈질긴 저력을 신뢰해야 합니다.

언젠가 붓글씨로 써드렸던 글귀를 엽서 끝에 적습니다. "처음으로 쇠가 만들어졌을 때 세상의 모든 나무들이 두려움에 떨었다. 그러나 어느 생각 깊은 나무가 말했다. 두려워할 것 없다. 우리들이 자루가 되어주지 않는 한 쇠는 결코 우리를 해칠 수 없는 법이다."

암석지(巖石地): 큰 바위가 많은 땅
지조(志操): 생각이나 뜻을 굽히지 않고 굳게 지키는 태도
침습(侵襲): 남의 영토나 구역 등에 갑자기 쳐들어가 공격함.
척박(瘠薄): 땅에 영양분이 없어 매우 메마름.
경쟁수(競爭樹): 경쟁하듯 자라나는 다른 나무
소생(蘇生): 거의 죽어 가다가 다시 살아남.
자루: 무엇을 자르거나 박거나 뚫는 데 쓰는 도구의 손잡이 부분

‖ 작품의 이해와 감상

　이 글은 신영복이 1996년에 발간한 산문집 『나무야 나무야』에 수록한 편지 형식의 가벼운 수필이다. '국토와 역사의 뒤안에서 띄우는 엽서'라는 부제가 붙은 이 산문집은 신문에 연재된 글을 모은 것으로, 인간이 추구해야 할 참된 가치에 대한 진지한 성찰을 담고 있어 발간 이후 오늘날까지 스테디셀러(steady seller)가 되고 있다. 특히 이 글은 한국인에게는 중요한 문화적 상징인 소나무를 제재로 삼아 사람마저도 소비의 대상으로 삼고 있는 세태를 비판하고 있어, 더욱 큰 의미를 던져주기도 한다.

　우선 필자는 소나무를 '우리의 삶과 가장 가까운 자리에서 우리와 함께 풍상을 겪어온 혈육 같은 나무'라고 전제한다. 금줄과 소나무관, 솔바람과 지조 등은 소나무가 한국인의 삶에서 얼마나 중요한 의미를 갖는가를 보여주는 예로 제시된다. 이처럼 중요한 의미를 갖는 소나무를 통해 필자는 '신발 한 켤레의 토지'에 서서 오랜 시간 동안 풍상을 이겨내며 우람하게 자란 정신의 위대함을 발견한다. 이러한 발견은 '소나무 같은 사람'에 대한 희망으로 옮아간다. 따라서 필자는 상품미학이 지배하는 메마른 현실에 좌절하지 않고 미래를 향한 희망을 품고 있는 사람은 '솔방울의 끈질긴 저력을 신뢰'해야 한다고 강조한다. 인간에 대한 무한한 신뢰를 담고 있는 이 글은, 현실에 대해 희망을 버리지 않고 더 나은 세상을 만들어 나가고자 하는 열망을 친근감이 느껴지는 편지글로 풀어냄으로써, 절망과 좌절에 빠져 있는 많은 이들의 사랑을 받고 있다.

세태(世態): 사람들의 일상이나 문화에서 보이는 세상의 상태와 형편
예찬(禮讚): 훌륭한 것, 좋은 것, 아름다운 것을 존경하고 찬양함.

외국인을 위한

한국 현대문학 산책

초판 1쇄 인쇄 | 2012년 11월 5일
초판 1쇄 발행 | 2012년 11월 10일

지은이 이선이 · 구자황
발행인 김진수
편 집 유승희 · 이효정 · 허미양
발행처 한국문화사
등 록 1991년 11월 9일 제 2-1276호
주 소 서울특별시 성동구 아차산로 3(성수동 1가) 502호
전 화 02-464-7708, 3409-4488
전 송 02-499-0846
홈페이지 http://www.hankookmunhwasa.co.kr
이메일 hkm7708@daum.net

책값은 뒤표지에 있습니다.
ISBN 978-89-5726-118-7 04800
      978-89-5726-850-6 (세트)